Einaudi Tascabili.
Scrittori tradotti da scrittori
325

Dello stesso autore nel catalogo Einaudi

Pierrot amico mio
Il pantano
Zazie nel metró
Icaro involato
Suburbio e fuga
Segni, cifre e lettere e altri saggi
Piccola cosmogonia portatile
Esercizi di stile
Troppo buoni con le donne
La domenica della vita
Una storia modello
Figli del limo
Romanzi

Raymond Queneau
I fiori blu

Traduzione di Italo Calvino

Einaudi

Titolo originale *Les fleurs bleues*

Per la traduzione di Italo Calvino

Prima edizione «Supercoralli» 1967

ISBN 88-06-13984-3

I fiori blu

ὄναρ ἀντὶ ὀνείρατος
PLATONE

Capitolo primo

Il venticinque settembre milleduecentosessantaquattro, sul far del giorno, il Duca d'Auge salí in cima al torrione del suo castello per considerare un momentino la situazione storica. La trovò poco chiara. Resti del passato alla rinfusa si trascinavano ancora qua e là. Sulle rive del vicino rivo erano accampati un Unno o due; poco distante un Gallo, forse Edueno, immergeva audacemente i piedi nella fresca corrente. Si disegnavano all'orizzonte le sagome sfatte di qualche diritto Romano, gran Saraceno, vecchio Franco, ignoto Vandalo. I Normanni bevevan calvadòs.

Il Duca d'Auge sospirò pur senza interrompere l'attento esame di quei fenomeni consunti.

Gli Unni cucinavano bistecche alla tartara, i Gaulois fumavano gitanes, i Romani disegnavano greche, i Franchi suonavano lire, i Saracineschi chiudevano persiane. I Normanni bevevan calvadòs.

– Tutta questa storia, – disse il Duca d'Auge al Duca d'Auge, – tutta questa storia per un po' di giochi di parole, per un po' d'anacronismi: una miseria. Non si troverà mai via d'uscita?

Affascinato, continuò per alcune ore a osservare quei rimasugli che resistevano allo sbriciolamento; poi, senz'alcuna ragione apparente, lasciò il suo posto di vedetta e scese ai piani inferiori del castello, dando di passata sfogo al suo umore cioè alla voglia che aveva di picchiare qualcuno.

Pìcchiò, non la moglie, inquantoché defunta, bensí le figlie, in numero di tre; batté servi, tappeti, qualche ferro ancora caldo, la campagna, moneta, e, alla fin fine, la testa nel muro. Ciò fatto, gli venne voglia d'un viaggetto, e decise di recarsi nella Città Capitale in umile arnese, accompagnato solo dal paggio Mouscaillot.

Scelse tra i palafreni il suo roano favorito, chiamato Demostene perché parlava, pur col morso tra i denti.

– Ah, mio buon Demò, – disse il Duca d'Auge con voce lamentosa, – quanta tristezza, quanta melancolia m'opprimono!

– Sempre la storia? – domandò Sten.

– Non c'è gaudio che in me lei non dissecchi, – rispose il Duca.

– Coraggio! Vossignoria si metta in sella, e andiamo a spasso!

– La mia intenzione era ben questa, e altra ancora.

– Qual mai?

– Andar via per qualche giorno.

– Cosí sí che mi piace! Dove vuole che la porti, signoria?

– Lontano! Qui il fango è fatto dei nostri fiori.

– ... dei nostri fiori blu, lo so. E allora?

– Scegli.

Il Duca d'Auge montò in groppa a Sten che fece la seguente proposta:

– Che ne direbbe vostra signoria d'andare a vedere a che punto sono i lavori della chiesa di Notre-Dame?

– Come? – esclamò il Duca, – non sono ancora terminati?

– È quel che andremo a controllare.

– Se la tirano tanto in lungo, quei franchi muratori finiranno per metter su una mahomeria.

– Perché non un buddistero? o un batti-lao-tsero? o un confucionale? Non bisogna veder tutto cosí nero, signoria! In strada! Coglieremo l'occasione per porgere il nostro feudal omaggio al santo Re Luigi nono del suo nome.

Senz'attendere risposta dal padrone, Sten si mise a trottare verso il ponte levatoio che s'abbassò funzionalmente. Mouscaillot, che non proferiva verbo per paura di prendersi un rovescio di manopola sulle gengive, veniva appresso, montato su Stéphane, cosí chiamato perché di poche parole. Dato che il Duca rimasticava la sua amarezza e che Mouscaillot, seguendo la sua politica prudente, perseverava nel silenzio, solo Sten continuava a ciarlare allegramente e lanciava ameni frizzi a quelli che lo guardavano passare, i Celti con aria gallicana, i Romani con aria cesarea, i Saraceni con aria cerealicola, gli Unni con aria univoca, i Franchi con aria sorniona, i Vandali con aria vigile e urbana. I Normanni bevevan calvadòs.

Nell'inchinarsi al passaggio del loro ben amato signore, i villici bofonchiavano oscure minacce, ma sapendo che sarebbero rimaste senza seguito non le spingevano piú lontano dei propri baffi, chi li aveva.

Sulla strada maestra, Sten andava di buon passo e stava zitto: non c'era traffico e lui non trovava piú interlocutori; non voleva importunare il suo cavaliere, che sentiva sonnecchiare; dato che Stef e Mouscaillot condividevano tale riserbo, il Duca d'Auge finí per addormentarsi.

Abitava una chiatta ormeggiata nei paraggi d'una grande città e si chiamava Cidrolin. Gli si serviva in tavola una aragosta non troppo fresca con una glauca maionese. Scorticando le zampe della bestia con lo schiaccianoci, Cidrolin disse a Cidrolin:

– Mica gran che, mica gran che; a far da cucina Lamelia non imparerà mai.

Soggiunse, sempre rivolto a se stesso:

– Ma dove diavolo andavo, addosso a quel cavallo? Non mi ricordo piú. Del resto, vedi i sogni come sono: mai in vita mia sono montato su un cavallo. In bicicletta neanche: mai in vita mia sono montato su una bicicletta, ma in sogno, in bicicletta non ci vado mai, a cavallo sí. Una spiegazione ci dev'essere, questo è poco ma sicuro. Certo quest'aragosta non è gran che, e questa maionese neanche, e se imparassi ad andare a cavallo? Al Bois, per esempio. Oppure in bicicletta.

– Non avresti neanche bisogno di patente, – gli si fa osservare.

– Lascia perdere.

Gli si porta il formaggio.

Gesso.

La frutta.

Piena di vermi.

Cidrolin si pulisce la bocca e mormora:

– Anche questa l'ho in quel posto.

– Non t'impedirà di farti la tua siesta, – gli si dice.

Non risponde; la sedia a sdraio l'attende sul ponte. Si copre la faccia con un fazzoletto ed eccolo già in vista delle mura della capitale, in quante tappe non importa.

– Càspita! – esclamò Sten, – ci siamo.

Il Duca d'Auge si stava svegliando con l'impressione di aver mangiato male. Fu allora che Stef, il quale non aveva detto nulla da quand'erano partiti, sentí il bisogno di prendere la parola, in questi termini:

– Alma ed inclita città...

– Silenzio! – disse Sten. – Se ci sentissero parlare, il nostro buon padrone sarebbe accusato di stregoneria.

– Brr, – fece il Duca.

– E il suo paggio, idem.

– Brr, – fece Mouscaillot.

E per mostrare in che modo conveniva a un cavallo esprimersi, Sten nitrí.

Il Duca d'Auge discese alla Sirena Storta, che gli era stata raccomandata da un trovatore di passaggio.

– Cognome, nome, titoli? – domandò Martin, il locandiere.

– Duca d'Auge, – rispose il Duca d'Auge, – Joachim di nome. Sono accompagnato dal mio devoto paggio Mouscaillot, figlio del Conte d'Empoigne. Il mio cavallo ha nome Sten e l'altro si chiama Stef.

– Domicilio?

– Larche, vicino al ponte.

– Tutto molto cattolico, mi pare, – disse Martin.

– Spero bene, – disse il Duca, – perché con le tue domande cominci a rompermi le tasche.

– Che sua signoria mi perdoni, è per ordine del Re.

– Non vorrai mica domandarmi cosa vengo a fare nella capitale?

– Non c'è bisogno! Sua signoria viene a visitare le nostre sgualdrine che sono le piú belle di tutta la cristianità. Il nostro santo Re non le può soffrire; ma esse partecipano con ardore al finanziamento della prossima crociata.

– Mal t'apponi, locandiere. Vengo a vedere a che punto siamo coi lavori della chiesa di Notre-Dame.

– La torre a sud è parecchio avanti e adesso si comincia quella a nord e la galleria che le congiunge. Si rifanno pure le parti in alto per dare piú luce.

– Basta! – urlò il Duca. – Se mi racconti tutto, non mi resterà che tornarmene a casa, il che non mi confà.

– Non confà neanche a me, quindi porto da cena immantinenti.

Il Duca mangiò copiosamente, andò a dormire, dormí di buon appetito.

Non aveva ancora terminato la siesta, quando lo svegliarono due nomadi interpellandolo dall'alto della riva. Cidrolin rispose a segni, ma loro certo non capivano quel linguaggio, dato che discesero la scarpata fino alla passerella e salirono a bordo della chiatta. Erano un campeggiatore maschio e un campeggiatore femmina.

– Skiuzate euss, – disse il campeggiatore maschio, – nosotros sind lost.

– Cominciate bene, – replicò Cidrolin.

– Comprí? Egaràti... Lostati.

– Triste destino.

– Campinghe? Luèn? Euss... smarriti.

– Chiacchierare chiacchiera, – mormorò Cidrolin, – ma parlerà in europeo vernacolare o in neo-babelico?

– Ah, ah, – fece l'altro, con segni manifesti di soddisfazione. – Voi fersteate l'iuropío?

– Un poco, – rispose Cidrolin, – ma mettete giú lo zaino, nobili stranieri, e prendete un glass con me prima di ripartire.

– Ah, ah, comprí: glass.

Radioso, il nobile straniero posò lo zaino, poi, disdegnando i mobili destinati alla bisogna, s'accoccolò sull'impiantito, incrociando agilmente le gambe sotto di sé. La signorina che l'accompagnava l'imitò.

– Saranno giapponesi? – si domandò Cidrolin a mezza voce. – Però hanno i capelli biondi. Che siano degli aino?

E rivolto al giovane:

– Non sarà mica aino, lei?

– I? No. Io: piccolo amico di tutto il mondo.

– Capito: pacifista?

– Jawohl. E quel glass?

– O europeo, tienti pur calmo!

Cidrolin batté le mani e chiamò:

– Lamelia! Lamelia!

Si apparve.

– Lamelia, da bere per questi nobili stranieri.

– Da bere che?

– Quella bevanda alcolica che si ottiene dalla fermentazione dell'essenza di finocchio, e viene versata nel bicchiere in piccola dose e poi diluita con acqua naturale.

Ci si eclissò.

Cidrolin si sporse verso i nomadi.

– Allora, uccellini miei, vi siete ferloren?

– Sperduti, – disse la ragazza. – Complètement paumés.

– Dolcezza mia, saresti tu francese?

– Non ancora: canadese.

– E questo glass? – domandò l'accoccolato. – Schnell, da trincare!

– Un po' rompiballe, – disse Cidrolin.

– Oh, non è mica cattivo.

– E naturalmente ve ne andate tutti e due al campo da campinghe per campisti.

– Lo stiamo cercando.

– Siete quasi arrivati. È lungo il fiume, a meno di cinquecento metri a monte da qua.

– Wie sind arrivés! – esclamò il giovane rimettendosi in piedi d'un solo movimento. – Sri hundred yards? Allons!

Si rimise lo zaino in spalla, uno zaino che doveva essere sulla tonnellata.

– Stiamo aspettando l'essenza di finocchio, – disse la ragazza senza muoversi.

– Uell, uell.

Tornò a calare la tonnellata delle sue impedimenta e a sedersi sull'impiantito con la stessa naturalezza che su un fior di loto.

Cidrolin sorrise alla ragazza e le disse con aria complimentosa:

– Ammaestrato!

– Ammaestrato? Non capito.

– Eh sí, basta muovere un dito e ubbidisce.

La ragazza alzò le spalle.

– Metta in moto le meningi, – disse. – Resta perché è libero, non perché è ammaestrato. Fosse ammaestrato, andrebbe dritto filato al campo da campinghe per campisti. Resta perché è libero.

– Ce ne sta, di pensiero, dentro una testa cosí piccola, – mormorò Cidrolin guardando con piú attenzione la canadese che metteva in mostra la bionda peluria delle cosce e la suola delle scarpe. – Eh sí che ce ne sta...

In quella, venne servita l'essenza di finocchio e l'acqua naturale. Bevvero.

– E com'è che nomandate? – domandò Cidrolin. – A piedi, a cavallo, in macchina? in bici, moto, auto, elico?

– In stop, – rispose la ragazza.

– Autostop?

– Certo, icciaíking.

– Io l'autostop lo faccio solo coi tassí. È piú caro.

– Il denaro me ne frego.

– D'accordo. E la mia essenza di finocchio?

– Mica male. Io, meglio l'acqua pura.

– Qui non è mai pura. Il fiume è fogna e il rubinetto cloro.

– Vuole che lui le canti qualcosa?

– Per fare?

– Per ringraziarla.

– Dell'essenza di finocchio?

– Dell'accoglienza.

– Molto gentile. Grazie.

La ragazza si voltò verso il giovane e gli disse:

– Canta.

Lui scavò nel suo bagaglio, ne trasse un banjo di dimensioni minime e prese a grattarne le corde. Dopo alcuni accordi preliminari, aperse la bocca e si intesero queste parole:

– J'aime Paimpol et sa falaise, son clocher et son vieux pardon...

– Dove l'hai imparata? – domandò Cidrolin quando fu finita, dopo aver ringraziato il virtuoso.

– A Paimpol, naturalmente, – rispose la Canadese.

– Stupido che sono, – disse Cidrolin dandosi la mano sulla fronte. – Non ci avevo pensato.

Il minibanjo venne reintegrato nel rucksack. Il giovane riprese la posizione eretta e tese la mano a Cidrolin.

– Sanx, – disse, – à rivedertchi.

E alla ragazza:

– Schnell! Cisivà o nosivapyou?

La ragazza s'alza con grazia e s'imbasta del suo basto.

– Ammaestrata, – disse Cidrolin a mezza voce.

Il nomade protestò:

– Nein! Nein! No maestrata: lípera. Sie iz lípera. Andato the campus bicós sie iz lípera de allé to the campus.

– Ma sí, ma sí.

– Ciao, – disse la ragazza tendendo a sua volta la mano a Cidrolin. – Grazie ancora e forse torneremo a vederla, se si ha il tempo.

– Ecco, – disse Cidrolin.

Li guardò arrampicarsi per la scarpata con tutti i loro bagagli.

– Ci vuole schiena, per quel mestiere lí, – mormorò.

– Torneranno? – domandò Lamelia.

– Credo di no. No, non torneranno piú. Che me ne viene? Sono appena partiti ed è tanto se mi ricordo di loro. Eppure esistono, meritano d'esistere, non c'è dubbio. Non torneranno piú a smarrirsi nel labirinto della mia memoria. È stato un incidente senza importanza. Ci sono sogni che si snodano come incidenti senza importanza, cose che nella vita ad occhi aperti neppure se ne riterrebbe il ricordo, eppure ti occupano al mattino quando li afferri mentre si spingono in disordine contro la porta delle palpebre. Avrò sognato?

Lamelia non aveva da dirgli né di sí né di no; e del resto non aveva nemmeno atteso la fine del discorso.

Cidrolin consultò l'orologio del quadrato e constatò non senza soddisfazione che l'episodio dei nomadi non era stato che un intermezzo molto breve nel tempo ch'egli accordava alla siesta, e che essa siesta poteva venire degnamente prolungata per qualche minuto ancora. Si distese quindi sulla sedia a sdraio e riuscí a riaddormentarsi.

Capitolo secondo

– Che vedo! – esclamò il Re seduto sotto la sua quercia, – quello che avanza laggiú non è il mio beneamato Auge?

– Lui in persona, sire, – rispose il nobiluomo inchinandosi a terra. – I miei rispetti, – soggiunse.

– Felice di vederti in fiorente salute, – disse il Re. – Come va la famigliuola?

– Mia moglie è morta, sire.

– Non l'avrai uccisa tu, spero. Con te non si sa mai.

Il Re sorrise della propria benevola indulgenza, tra l'ammirazione crescente della congrega che lo circondava.

– Ancora senza erede? – domandò il Re.

– Ahimè! – disse il Duca. – Son rimasto con le mie triplici figliole sulle braccia: un calvario, maestà, mi creda.

– A proposito di calvario, – disse il Re, – son contento di vederti. Stiamo preparando un nuovo crociame e facciamo assegnamento sulla tua partecipazione.

– M'attira poco.

– Stt, stt. Non ti devi pronunciare prima di aver sentito i particolari. Prima cosa, stavolta non andiamo in Egitto (n'asserènati) ma voghiamo su Cartagine.

– M'attira ancor meno.

– Cartagine? Ma di', mio beneamato Auge, non fosse che per i ricordi storici... Sant'Aguzzino... Giugurta... Scipione... Annibale... Salammbô... non t'attira?

– Per niente, sire. Mica intellettuale, io.

– Ah, Auge, mio ben amato Auge, bisognerà pur che m'accompagni a sventrare quel tanto d'infedele, no?

– No, no, sire: stavolta non attacca!

– Ma 'sti adoratori di Mahom non li vuoi piú disconfiggere?

– Cosí stanno le cose, sire, io mi sono ritirato in campagna, nelle mie castella, ci allevo le figlie di cui il buon Dio mi ha afflitto, mi ci curo le febbri malariche che mi son portato dietro da Damietta e altre lontane colonie, quel sant'uomo del mio cappellano, l'abate Onesiforo Biroton, mi conduce per le vie della santificazione: e perché mai, mi dica la maestà vostra, perché mai dovrei abbandonare la mia terra natia e tra un anno farmi rimpatriare salato in una giarra?

Il santo Re sospirò.

– Insomma, – disse, – non ci vuoi andare a sbudellare il Mustansir Billah?

– Che si sbudelli per conto suo, sire, è la mia ultima parola.

– Ah, mi sa che con questa ottava crociata avrò i miei guai.

Il buon santo Re era costernato.

– Su, su, – disse il Duca d'Auge, – la maestà vostra troverà pur sempre un paio di dozzine di coglioni per accompagnarlo in quelle inospiti lande.

– Speriamo bene, – disse il Re, melanconico.

– Posso prender congedo?

Il Re assentí.

Nel ritirarsi, il Duca si prese sullo striscio del muso tutta una carica di uova marce e pomodori vizzi; la minutaglia che ascoltava il santo Re discorrere sotto la quercia stimava essere il detto santo Re troppo proclive all'indulgenza verso un vassallo tanto vile da preferire i comodi delle sue castella all'alea d'una cristiana spedizione sul fronte di Biserta; tanto piú che loro personalmente, per il fatto d'essere borghesi, artigiani o villani, non rischiavano affatto di vedersi spediti a pugnare sulle rive puniche, a ricevere colpi di cimiteriali scimitarre o a buscarsi malattie immedicabili.

– Uh, uh, schifezza! – gridavano, – oh il villan rigonfiato, il cagone lardellato, la lurida checca, l'atroce spetezzatore, il cattivo patriota, il maledetto porco, la mala rogna, lo spudorato battifiacca, lo scriba fariseo, il fottuto lavativo, il crasso paltoniere, l'orrido codardo, che vuol lasciare la tomba di nostro signor Gesú nelle mani dei pagani e che risponde male al proprio re. Viva Luigi di Poissy! Uh, uh, schifezza!

Continuarono a lanciare sul Duca buse sanguinose e stronzi tartufati, e il Duca finí per spazientirsi. Sguainata la durlindana, prese a mulinarla intorno mettendo in fuga villani, artigiani e borghesi, i quali rapidamente si squagliarono nel circondario, non senza calpestarsi a vicenda, talché se ne uccidettero decine, il riposo delle cui anime fu piú tardi oggetto d'efficace preghiera da parte del Re santo.

Scoraggiato, il Duca si diresse verso una vasca da bagno al fine di nettarsi dai residui della pubblica ostilità.

– Ah!, i bastardi, – borbottava, – se si mette di mezzo

il popolo minuto, addio libertà. Lui, Luigi, non dimentica i servigi che gli ho reso a Damietta e a Mansura. Lui sa cos'è la guerra in colonia, mi capisce. Lui, Luigi, ci vuol tornare: affari suoi. Lui, Luigi, non è uno come me, è un santo, finirà che vedremo il suo nome sul calendario; invece questi villani che mi spernacchiano, cos'è che vogliono, in fondo? Liberare il santo sepolcro? Se ne infischiano. Quel che vogliono, è vedere tutti i nobili signori come il sottoscritto sbudellati dai beduini per invadere le nostre castella, bere il chiaretto delle nostre cantine, e chissà violentare le nostre madri e spose e figlie e serve e pecorelle.

– E le nostre giumente, – disse Sten.

Un passante sussultò.

– E le nostre giumente, – disse il Duca a voce alta.

Si chinò verso il tizio:

– Sono io che ho detto «e le nostre giumente». Io, capisci, villanzone?

Poiché il Duca faceva ruotare due occhi grandi cosí, l'altro rispose tutto gentile:

– Lungi da me il pensiero di contraddire vostra signoria.

E sparí scarsamente rinfrancato.

– È tempo che lasciamo questa città, – disse il Duca. – Abbiamo visto i lavori di Notre-Dame, ammirato la Sainte-Chapelle gioiello dell'arte gotica, reso omaggio come si conviene al nostro santo Re, tutto questo va benissimo, ma con la popolazione sento che si mette male; cosí, dopo la bagnatura, andremo a cena in una taverna di lusso per riconfortarci e partiremo senza frapporre indugio.

Intanto che gli pulivano i vestiti, il Duca si crogiolava nell'acqua calda, e ci s'addormentò.

Chiuso il portello dietro di sé Cidrolin andò a guardare se qualche scritta deturpasse lo steccato che separava dal viale il pendío sopra alla chiatta. Scritte non ce n'erano. Dopo di ciò, decise di attraversare la via per andare a vedere i lavori lí di fronte; ci dovevano costruire un palazzo, ma per ora c'era solo un buco.

Avendo preso le necessarie precauzioni, Cidrolin riuscí a raggiungere sano e salvo il marciapiede opposto. S'avviava con prudenza alla staccionata sulla quale era scritto: «Pericolo-Uscita-Di-Camion». Sul fondo, una scavatrice raccoglie delle macerie di cantina e ne riempie uno di quei camion la cui uscita s'annuncia cosí pericolosa. Uomini col casco bianco vanno e vengono. Si scarica roba in un cantone. Tutte cose che per uno che s'intende di costruzioni avranno un senso.

Un passante è venuto ad affiancarsi a Cidrolin; tutti e due guardano il camion che si riempie. Una volta pieno, il camion s'arrampicò per la salita che portava fuori dal buco. Cidrolin s'appartò prudentemente. Appena in piano il camion sbucò sul viale; il passante fece un balzo indietro; stridettero i freni delle auto.

– Ha visto? – disse a Cidrolin il passante, pallidissimo. – Per un pelo non mi schiaccia, 'sto figlio d'un bastardo.

– Però non l'ha fatto, – rispose Cidrolin obiettivamente.

– Ha fatto tutto quel che poteva fare per farlo.

– Lei era avvertito. C'era scritto: «Pericolo-Uscita-Di-

Camion». A scuola mi domandavo perché s'impara a leggere; ora lo so.

– E sia. Supponga ora che anch'io abbia imparato a leggere, ma in una lingua diversa dalla sua. Devo essere schiacciato per forza, allora?

Uno che passava su una bici a motore frenò brusco, mise piede a terra e conducendo il suo veicolo per un'orecchia, s'avvicinò a loro due. Portava una lunga veste nera e un sombrero dello stesso colore, con la tesa incurvata ai lati.

– Ad majorem Dei gloriam, – disse tendendo la mano.

– Il signore non sa il francese, – disse Cidrolin.

– Sed tu?

– Io lo capisco appena.

– Bah.

Si rimise in sella, avanzò per un tratto sul marciapiede a dispetto del regolamento, e riprese la carreggiata un po' piú in là, immergendosi nell'autofiumana.

– Conciliante come un padre conciliare, – disse il passante.

Cidrolin sbadigliò.

– Ha sonno? – domandò il passante.

– No, fame. S'avvicina l'ora di colazione. La prego di scusarmi ma continuo la mia passeggiata anteprandiale il cui circuito non è ancora concluso.

– Io, – continuò il passante alzando il tono, – come le dicevo sono forestiero. Si ricorda del camion?

– Nomade pure lei? – domandò Cidrolin, con cortesia.

– Io? No. Sto in un hôtel...

– E io in quella chiatta...

– hôtel di lusso, addirittura...
– immobile...
– nel bagno ci sono i dobliusí...
– ormeggiata...
– ascensore...
– potrei anche farci mettere il telefono...
– telefono in tutte le camere...
– ha anche il numero civico azzurro, come le case...
– con la chiamata automatica per l'estero...
– è il ventuno...
– e al pianterreno c'è un bar...
– da camera mia potrei pescare...
– american bar...
– potrei pescare se pescassi ma pescare io non pesco.

– Ha ragione, – disse il passante interessandosi bruscamente all'argomento dell'interlocutore, – la pesca è crudele quanto la corrida...

– Non avevo mai fatto il confronto, – disse Cidrolin, modesto.

– Ci pensi un momento. Sono dei maniaci sadici, i pescatori alla lenza. La loro fama di benigni filosofi è usurpata. Dica la verità, non trova che l'amo è piú subdolo e perversamente barbaro dell'espadrilla?

– L'espadrilla?

– Quegli affari che ficcano nel collo della bestia feroce.

– È sicuro che una cosa cosí si chiama cosí?

– Per il momento, io chiamo cosí una cosa cosí quindi la cosa viene chiamata cosí, e dato che è con me e non con un altro che lei sta parlando in questo momento, le conviene prendere le mie parole nel loro aspetto significante.

– Il fatto è che la capisco perfettamente.

– Vede? Sí, chiudiamo la nostra conversazione e teniamoci a queste primizie della pace futura basata su una comprensione tra i popoli reciproca e unescoca. Permette che continui la mia passeggiata? Piacere d'aver fatto la sua conoscenza.

Il passante s'allontanò mentre il capomastro fischiava l'interruzione del lavoro. Cidrolin intraprese la traversata del viale con prudenza ancor maggiore, perché era l'ora in cui ogn'auto riede alla sua parca mensa. Giunto sano e salvo all'altro marciapiede, poté constatare che sia lo steccato sia il portello erano vergini d'ogni graffito.

L'essenza di finocchio e l'acqua naturale, il litro di rosso e il vasetto di senape attendevano Cidrolin. Gli si serví acciughe al burro, sanguinaccio alla campagnola con patate sopra patate sotto, formaggio roquefort e tre babà. Le acciughe sono aringhe piovose, il sanguinaccio e le sue patate si rivelano privi di consistenza fisica, il roquefort stride sotto il coltello, il rum dei molli babà non può pretendere altro nome che acqua.

Cidrolin sospira e mormora:

– Anche questa l'ho in quel posto.

– Che si mangia nella vostra taverna di lusso? – domanda il Duca d'Auge.

Risponde il taverniere:

– Del borš che è šzuppa di cavoli della Šslavonia, e trippa *à la mode de Caen*, il tutto annaffiato da vino dei colli di Suresnes.

– C'è appena di che mettere sotto gli incisivi, – disse il Duca con disprezzo.

– Vostra signoria ha digià assaggiato il borš? – replicò il taverniere piccato fino all'insolenza.

– Ti dico io! – esclamò il Duca rivolgendosi a Mouscaillot. – Chissà per chi mi ha preso! Questa roba io la conosco dal tempo della Regina Anna!

Impressionato, il taverniere s'inchinò profondamente.

– Ti si legge in faccia, – continuò il Duca, – che ti stai domandando chi era la Regina Anna.

– A dire il vero... come vostra signoria...

Era evidente che il taverniere non ne sapeva in effetti nulla.

– Ah, Mouscaillot, – disse il Duca, – i nostri buoni re e gentil regine cadono presto nell'oblio dei popoli. Duecent'anni appena sono passati e questo taverniere non sa piú chi è stata Anna Vladimirovič, il che non gl'impedisce di servire il borš. Vedi un po'!

Approfittando del suo vantaggio, il Duca continuò in questi termini:

– Primieramente, taverniere, prenderò un bicchierino d'un liquore effratico, per esempio quello che si ricava dalla fermentazione dell'essenza di finocchio. Saresti in grado di servirmelo?

– Ah, signoria! – esclamò il taverniere che stava per scoppiare in lacrime, – vi supplico umilmente di non offuscare le tre stellette del mio blasone.

E vi fece sopra parecchie riverenze.

– Queste storie mi ricordano, – disse il Duca, – i salamelecchi degli adoratori di Mahom.

– Se posso servirvi dell'essenza di finocchio? – riprese il taverniere con voce straziante. – Signoria, ne ho pure di diverse marche.

– Allora portamene della migliore! E che si nutrano i miei cavalli di buon fieno, buona paglia e bell'avena.

Ci s'affrettò. Il Duca vuotò parecchi bicchierini d'essenza di finocchio opportunamente diluita con acqua naturale. Due servitori dapiferi e muscolosi stavano recando una grande olla di borš, allorché irruppe un personaggio che lanciava clamori di spavento. Tremava, e il suo viso giallo e vermiglio venato di verde tendeva a diventare bianco come il gesso.

– Uh là là... – diceva, ballonzolando. – Uh là là...

– Hector, – disse il taverniere, – non provi vergogna e disonore a turbare in questo modo la pace del mio refettorio? La tua schiena assaggerà il mio bastone, – e rivolto al Duca soggiunse: – È il mio servo palafreniere.

– Uh là la, Gesummío, – continuava a lamentarsi il servo palafreniere. – Uh là là, la paura che mi son preso, la paura piú grande di tutta la mia povera e umile vita di servo palafreniere. Uh là là, se mi son preso paura!

– Ma racconta, insomma!

– Non potrei bere un bicchierino d'essenza di finocchio per confortarmi?

Ed Hector allungò la mano per prendere la bottiglia sulla tavola del Duca, ma questi gli diede un colpo secco sulle dita.

– Ahi, – disse Hector.

– E racconta! Su, racconta!

Il taverniere perdeva la pazienza.

– Non potrei assaggiare il borš? – domandò il Duca con minacciosa ironia. – Che questi servitori dapiferi e muscolosi mettano l'olla sulla tavola e...

– Ha il cavallo che parla! – si mise a urlare Hector.

– Il cavallo di sua signoria, – aggiunse puntando maleducatamente il dito verso il Duca, – parla come voi e me! Uh là là!

– Bel salame, – disse il Duca.

– Di', – minacciò il taverniere, – se hai mentito...

– Giuro che è vero! Giuro che è vero! Il cavallo di sua signoria parla! chiacchiera! sproloquia!

– Questa è opera del diavolo! – esclamò il taverniere.

A tali parole, i servitori muscolosi e dapiferi lasciarono cadere la grande olla il cui contenuto si spandette al suolo. Familiari e famigli cadevano in ginocchio nella šzuppa scottandosi i ginocchi e facendo dimolti segni di croce; si sentivano esplodere paternostri da ogni parte.

– Se non c'è il borš, – disse il Duca con calma, – possiamo cominciare con la trippa.

Ma l'emozione ambiente aveva raggiunto anche il cuoco che lasciò cadere il piatto nelle fiamme.

– Anche questa l'ho in quel posto! – sbraitò il Duca.

Intanto, la voce che alla taverna delle Tre Stelle un cavallo parlava, già aveva preso a correre per le vie intorno; e i buoni cittadini della capitale ne profittavano per spettegolare a ruota libera e commentare l'avvenimento in questi termini:

– Bestia articolata, anima dannata.

– Uccello che parla verba volant.

– L'ultimo pesce a parlare ha sempre torto.

– A ostrica parlante non si guarda in bocca.

– Se la zebra dà del tu, s'avvicina Belzebú.

E altri proverbi d'estesa salacia sorti dal fondo profondo tanto folle quanto clorico della sapienza îldefrancese.

– Signoria, – disse Mouscaillot, – come lei aveva previsto, le cose si stanno mettendo male. Se ce ne tornassimo a casa?

– Senza cena?

Fuori cominciarono le grida.

– Al rogo il negromante! Al rogo lo stregone!

– Hai ragione, – soggiunse il Duca. – Non siamo popolari, nel quartiere.

S'alzò; seguito da Mouscaillot, si diresse alla scuderia, provocando fughe, scompiglio ed uggiolii.

– Ah, mio buon Demò, – disse il duca, – cosa t'è saltato in testa di mostrare le tue doti a quel palafreniere? Adesso ci siamo tirati addosso tutta questa minutaglia urlante che vuol vederci ardere vivi.

– Eh, signoria, – rispose Sten, – quel mariolo faceva la cresta al foraggio, non mi dava l'avena che mi spetta. Avrebbe vostra signoria voluto ch'io lasciassi fare?

– Ma no, ma no, mio buon Demò, avevi ragione. Quello sciagurato palafreniere morrà di malo spavento, se lo merita. In strada!

Fuori li attendeva una folla considerevole.

– Oh! oh! – gridarono vari parrocchiani, – ma è il malvagio feudatario che rifiuta d'incrociarsi alla crociata! Quest'albigese deve adorare Maometto, e il suo palafreno c'è da scommettere che si chiama Satanasso.

Boli fecali e sassi minerali presero a piovere sul Duca e Mouscaillot; poi fu la volta di ceppi fiammeggianti, schidioni, sgabelli e barbacani. Il Duca aveva tutto quel che ci vuole per non piacere al prossimo: le buone popolazioni ce l'avevano con l'eretico, con l'aristocratico e col provinciale; ma non capita tutti i giorni di prendere la Bastiglia, soprattutto nel Milleduecento.

Sguainando la sua durlindana per la seconda volta in quel giorno, Joachim d'Auge si fece largo tra la folla e trasse l'anima dal corpo a duecentosedici persone tra uomini donne e bambini e diversi, di cui ventisette borghesi patentati e ventisei aspiranti tali.

Poi, sbaragliati gli arceri di guardia, uscí dalla città.

Capitolo terzo

– Uhú! – fu gridato.

Cidrolin non si muove; il suo respiro a intervalli regolari solleva il fazzoletto che gli copre il viso.

– Uhú! – fu gridato, piú forte.

– Un'altra canadese, col suo suonatore di banjo, – mormorò sotto il fazzoletto Cidrolin.

– Uhú!

È un uhú che s'approssima.

– È sola. La faccia tosta non le manca.

Cidrolin si decide a uscir di siesta. Sbadiglia e s'alza. Dall'altra parte della passerella, c'è effettivamente una donzella bardata da campeggiatrice.

– Scusi, signore, – dice. – Il campo da campinghe per campisti, per favore?

A questa domanda Cidrolin risponde con un'altra domanda.

– Non è mica canadese, lei, per caso?

Manco a farlo apposta, è proprio canadese, e non per caso ma perché non poteva farne a meno dato che è nata lí e dato che non s'è sposata con stranieri e che non s'è fatta naturalizzare bordolense o zanzibiana quindi ha salvaguardato la sua purezza canadese (la verginità è un altro discorso). Guardandola con attenzione, Cidrolin s'accorse che non l'aveva ancora guardata con attenzione, e che non s'era accorto, poco razzista com'era, che aveva di fronte una ragazza pellirossa.

– Sono io che vi facciamo restare a bocca aperta?

– Affatto, – rispose Cidrolin.

– Siamo irochese, io, – disse lei, – e me ne vantiamo.

– C'è di che.

– Fate dell'ironia?

– Me ne guardo bene. L'irochese ironizzata si fa irosa od irritata.

– Vi abbiamo svegliato io?

– Mentirei negandolo.

– Allora ce l'avete con me?

– Parlate per celia o da senno, damigella?

– E questo campinghe dove s'è ficcato? Me lo volete dire o no?

Cidrolin, tutto a gesti, ne definí l'ubicazione con un'approssimazione di dieci centimetri.

– La ringraziamo con tutto il mio cuore, – disse l'Irocanadese, – e la preghiamo di scusarci d'averle turbato la siesta, ma avevo sentito dire che i francesi sono cosí premurosi, cosí servizievoli...

– È una voce che corre...

– E allora mi ho permesso...

– Mi sono permessa.

– Mi sono permessa? Però... l'ausiliario del verbo transitivo...

– E lei ci crede ancora? Cosí come crede alla servizievolezza e premurosità dei miei compatrioti? Signorina: debbo crederla credula?

– Ma come? Non si deve piú credere nemmeno alla

grammatica francese?... cosí dolce... cosí pura... incantevole... affascinante... limpida...

– Su su, signorina, non vorrà mettersi a piangere per cosí poco. Ecco, per suo conforto, gradirebbe un bicchierino di essenza di finocchio a bordo della mia chiatta?

– Ah, ci siamo! Un satiro! Anche questo me l'avevano detto! Tutti i francesi...

– Signorina... voglia credere che...

– Se voi pensate, signore, di perseguire i vostri fini mistificaioli e lubrichi garrendo galanterie per attirare nel vostro antro perverso una candida figlia del Canada, signore, v'ingannate di gran lunga!

E fatto mezzo giro su se stessa, la giovane si riarrampicò per la proda mettendo in evidenza l'armoniosa muscolatura del suo treno posteriore.

– Un'altra canadese che non rivedrò piú, – mormorò Cidrolin. – E dire che di canadesi ne ho viste, e anche di giacche a vento dette canadesi, quelle foderate di pelliccia, e di stivali, stivali foderati di felpa, e ho visto pure delle canadesi senza stivali, e delle canadesi senza canadese-giacca-a-vento perché tutte le canadesi che ho visto le ho viste d'estate. O di primavera. O d'autunno. Ecco: avrei potuto farle osservare che oggi è una bella giornata d'autunno: magari una frase cosí non l'avrebbe presa male.

Andò nel quadrato a guardar l'ora, e in conseguenza di questo esame tornò a stendersi sulla sedia a sdraio per portare a termine la siesta interrotta.

Quando riaperse gli occhi, scorse attorno a sé tutto quel che intorno a sé aveva l'abitudine di vedere, le mura di camera sua, la stretta finestra che le dava un po' di luce, e, coricato ai suoi piedi su un fastello di paglia, il fido paggio Mouscaillot circondato da cani che rispondevano ai nomi di Taïau, Taïo, Thaillault, Allalí, Eccetera. Lo spettacolo familiare rinfrancò il Duca, che, alzatosi, svegliò tutte le sue creature a suon di pedate, provocando gemiti ed abbaii.

Detti i suoi paternostri, alleggerita la vescica per le scale, si diresse in cappella a sentir messa. Il cappellano Onesiforo Biroton era un prete del clero d'assalto; se il Duca gli mollava un calcio lui glie ne rendeva due, e perciò il Duca l'aveva in gran simpatia. Quel giorno, il Duca non vedeva l'ora d'intrattenersi con l'abate su vari punti importanti. Non appena Don Biroton itemissaestò, il Duca d'Auge se lo tirò dietro sugli spalti e gli disse:

– Ascoltami bene, Onesiforo, dimolti pensieri il mio animo alberga che ora nelle orecchie vado a mescerti.

– Vostra signoria ebbe grane nella capitale?

– Non si tratta di questo, – disse il Duca, contrariato. – Perché? L'hai saputo o è una tua supposizione?

– Uhm... uhm... – fece Onesiforo. – Durante la vostra assenza, le vostre figlie sono state buone come madonne incollate sulla porta d'un ciabattino.

– Già. Di questo parleremo poi. Ora come ora ho tre domande da porti, e sono: primo, cosa pensi dei sogni; secondo, cosa pensi del linguaggio degli animali; terzo cosa pensi della storia universale in generale e della storia generale in particolare. Son qui che ascolto.

– Uhm... uhm... – fece Onesiforo. – Distinguo...

– Niente distinguo! – urlò il Duca pestando i piedi. – Capito? Niente distinguo, niente dialettica, niente di tutta quella roba! Voglio del concreto. Ascolto.

– Uhm... uhm... – fece Onesiforo. – Non posso rispondere a tre domande contemporaneamente: il mio è un discorso lineare, come ogni discorso umano.

– Dove vuoi arrivare?

– A questo: bisogna che risponda prima a una domanda, poi a un'altra, e poi a quella che resta. Da quale domanda volete che cominci?

– Dalla seconda.

– Optime. E qual era la seconda?

– Bestia da soma, ti sei già dimenticato le domande? E vorresti pure che te le ripetessi, eh, testa di rapa rapata nella chierica?

Il Duca sottolineò queste parole con una pacca dietro l'orecchio destro. L'abate replicò con uno sgrugnone al grugno e una nocchiata nella crapa.

– Be', – disse il Duca d'Auge sputando un incisivo, – comincia tu da quella che vuoi. Dalla prima, magari.

– Non ho mica dimenticato le domande: solo l'ordine.

– Fa niente, comincia dove ti pare.

– Dai sogni.

– Ecco. Dimmi cosa pensi dei sogni.

– Gli uni vengono da Dio, gli altri dal Diavolo.

– Non sarai mica albigese, alle volte?

– Ennò, signoria, se c'è qualcosa proprio da buon cattolico è dire: c'è due specie di sogni, gli uni vengono da Dio, gli altri dal Diavolo.

– Come si fa a distinguerli?

– Oh, lo si vede subito.

– Come? Poffare, come fai a distinguerli? Io non li distinguo mica.

– Eppure è facile. Se si vede il cielo, angeli, o anche solo uccelli, purché non siano notturni, il sogno viene da Dio; se si vede delle fiamme, diavoli o anche solo animali che strisciano, specie serpenti, allora il sogno viene dal Diavolo.

– Ma io non sogno mai roba del genere.

– E di cosa sognate, mio signore?

– Mi capita spesso di sognare che sono su una chiatta, che mi siedo su una sedia a sdraio, che mi metto un fazzoletto sul viso e che faccio la siesta.

– Siesta... fazzoletto... chiatta... che razza di parole sono? Non mi confiferano punto.

– Sono parole che ho inventato per designare cose che vedo in sogno.

– Voi dunque praticate il neologismo, mio signore.

– Non metterti a neologizzare tu, adesso: è previlegio ducale e in quanto duca io lo pratico. Per esempio, dal basso-latino platta per influenza dell'italiano meridionale chiatto traggo chiatta, dal latino sexta hora passando attraverso lo spagnolo traggo siesta, e al posto di moccichino che trovo volgare mi ricollego al basso-latino faciuolum, derivato da facies, e ne derivo fazuolo e poi fazzoletto, secondo le regole piú generalmente accettate e diacroniche.

– Ci siamo spinti ben lontano dall'onirologia sapienziale e cristiana. La vostra scienza semantica, mio signore, mi puzza d'eresia.

– E in che cosa può esser eretico, il sognar chiatte?

– Riconosco che vedere in sogno angeli e santi non succede di frequente. Il piú delle volte, se posso giudicare dalla mia esperienza personale, i sogni hanno per oggetto nient'altro che i minuti incidenti della vita quotidiana.

– E questi, poffarmío, vengono da Dio o dal Diavolo?
– Né dall'uno né dall'altro. Sono indifferenti. Assolutamente indifferenti. Ad primam respondi.
– Oh, adesso! Non contentarti di cosí poco, reverendo. Per degli argomenti cosí mediocri non ho bisogno di cercar te, posso anche inventarmeli da solo. Se credi di guadagnarti il tuo becchime quotidiano con banalità di questo genere, ti sbagli. Esigo un'altra risposta.
E sferrò un ben assestato colpo di savate contro la tibia destra del prete. Onesiforo volle replicare con una ginocchiata al ventre, ma il Duca schivò e lui finí per terra. Subito il Duca gli è sopra e comincia a pestarlo gridando:
– Rispondi, testa di rapa rapata nella chierica! Rispondi!
L'altro fa segno di sí.
– Allora? – domanda il Duca smontando dalla vittima.
– Allora, – disse l'abate rimettendosi in piedi, – si tratta dei sogni che vengono da quel mondo intermedio dove vivono coboldi, fate, gnomi, farfarelli, elfi, nani, leprekoni, sirene, ondine, esseri che non sono né di Dio né del Diavolo e non votati al male né al bene.
– Ora sei diventato piú comprensivo. Ma la santa Inquisizione cosa ne direbbe?
– Optime. Ecco che ho risposto alla domanda. Ad secundam, cioè del linguaggio delle bestie...
– Adesso corri che non ti si può tener dietro.
– ... dirò che è ben lungi dall'essere universalmente ammesso che Adamo con la sua colpa abbia trascinato nella caduta il mondo animale. I piú eminenti teologi contestano questo punto. E d'altronde, dato che non vi son dubbi che non presero parte alla costruzione della

torre di Babele, nulla vieta ch'essi si comprendano tra loro.

– I teologi?

– No, signore mio, gli animali.

– L'argomento è triviale. Io non volevo parlare del fatto che gli animali si parlano tra loro, che è una banalità, ma degli animali che parlano il linguaggio degli uomini. Insomma, fai tante parole per non dir niente.

Il Duca alza la mano per mollargli una labbrata ma piú svelto di lui l'abate gli scocca un diretto al mento che lo fa traballare sulle gambe.

– Ad tertiam, respondeo... – s'affrettò a dire il cappellano.

– Sst, sst, – fece il Duca rimettendosi a posto la mascella. – Pian pianino. Ora vorrei sentirti parlare degli animali che parlano nei sogni. Vengono da Dio o dal Diavolo?

– Non ha importanza. È indifferente. Ad tertiam...

– Sst, sst. Adess'adesso mi dicevi che in sogno gli animali che strisciano vengono dal Diavolo.

– Dixi.

– E se parlano?

– Bis diabolici.

– E se gli si parla?

– Ter diabolici.

– E se rispondono?

– Quater.

– Be', son proprio contento. Conversazioni con un serpente non ne ho mai sognate; tutto il contrario che mamma Eva.

– Mica sognava, lei.

– E Adamo cosa sognava quando Dio l'addormentò per portargli via la costola?

– Questa è una quarta domanda che possiamo rimandare a domani. Ad tertiam, respondeo.

– Sst, sst. Non ho ancora finito, con gli animali che parlano. E le màkkine? Vengono da Dio o dal Diavolo?

– Le ma...? Cos'è? Non ne so guari.

– Sono bestiole vive e quackueggianti che corrono in tutti i sensi sulle loro zampe rotonde. Non mangiano niente di concreto e bevono petrolio. Quando cala la notte gli s'illuminano gli occhi.

– Giammai viste.

– Io le scorgo nei sogni. A migliaia, a miriadi, a legioni. Le vedo invadere le vie e le strade. Sono loro, quando passano sul lungofiume, a emettere quel rombo che io sento dalla chiatta...

Dato che il sentir raccontare sogni non l'interessava, Don Biroton s'addormentò.

– Alla maggior gloria di Dio.

Cidrolin si voltò.

– Oh mi scusi, – disse un uomo vestito d'un completo grigio ferro tagliato con eleganza. – Lei la conosco, non volevo disturbarla. Lei è di qui del quartiere.

– Abito nella chiatta lí davanti, – disse Cidrolin, – e...

– Tanto basti. Va' con Dio!

Il semi-clergyman rimontò sul motociclo e si diresse verso il campo da campinghe per campisti. Cidrolin, che guardava lavorare gli operai del cantiere, continuò la sua passeggiata nella stessa direzione. Dietro a fili spinati Angli, Brabanzoni, Nederlandici, Suomifoni, Pitti, Galli, Norgici e Alamanni attendevano alle loro vacanti occupazioni, che consistevano nell'andare dal loro carrozzone o tenda al dobliusí, dal dobliusí alle docce, dalle docce allo spaccio, e dallo spaccio al loro carrozzone o tenda, in attesa di riprendere la strada per Elsinore e Salzburg e Uppsala e Aberdeen. Le varie attività erano accompagnate da musica varia, e il canto lancinante dei transistor era a tratti coperto da cori alloglotti con accompagnamento di cornamusa, di bombardino o d'ocarina. Personalità dotate di speciale ottimismo si percuotevano i petti a suon di pugni per evocare il rullo dei tamburi.

Accanto a Cidrolin c'erano altri bighelloni intenti a esaminare la situazione, e uno gli disse:

– Li si guarda come bestie rare; eppure, mica è lo zoo.

– Siamo lí, – disse Cidrolin.

– Non vorrà mica dirmi che sono animali e non uomini?

– Fuori le prove, – disse Cidrolin.

– Parlano.

– E i pappagalli, allora? – disse Cidrolin.

– I pappagalli non capiscono cosa dicono.

– Fuori le prove, – disse Cidrolin.

– Oh che rompiballe! Con un rompiballe come lei non si può mica far conversazione.

– Eppure, proprio adesso, cos'abbiamo fatto, se non una conversazione? e interessante, anche! Non succede tutti i giorni che un campo di campinghe per campisti susciti riflessioni degne d'esser registrate col magnetofono.

– Magnetofono delle mie balle, – borbottò il bighellone allontanandosi scoraggiato.

Di lontano, il semi-clergyman agitò la mano verso Cidrolin in un segno cordiale di saluto. Cidrolin gli rispose con molta cortesia, poi si voltò per rincasare. Sulla cinta e sul portello erano state scarabocchiate delle scritte ingiuriose. Cidrolin andò a prendere un barattolo di vernice e un pennello per far sparire quei graffiti.

Capitolo quarto

Nel caffè all'aperto la saliva traboccava giú per gli amorosi menti delle coppiette intente al bocca a bocca; tra i piú accaniti a far ventosa si trovavano a essere Lamelia e un dipendente trasporti pubblici, soprattutto lei, perché il dipendente trasporti pubblici non dimenticava di guardare di tanto in tanto l'orologio in relazione alle proprie mansioni professionali. A occhi chiusi, Lamelia si consacrava religiosamente alla linguistica.

Venne il momento del distacco; il dipendente trasporti pubblici diede lentamente inizio alle operazioni di decollo dall'incollamento orale, e una volta portatele a buon fine con un: flopp! s'asciugò sul rovescio della manica, disse: – Bisogna che scappi, – e s'asperse di birra le mucose inaridite.

Stralunata lei lo guata.

Lui trae di tasca un po' di franchi e li batte sul tavolino. Dice, a voce piuttosto alta: – Cameriere.

Lei lo guata stralunata.

Il cameriere viene a riscuotere. In quel momento, Lamelia si getta sul suo dipendente trasporti pubblici e ci rifà. Lui si trova nella necessità d'esprimersi a segni, di non difficile comprensione, del resto. Il cameriere raccatta gli spiccioli. Lo spettacolo non l'eccita nemmeno un po'. S'allontana.

Il dipendente trasporti pubblici intraprende un nuovo decollo. Ci riesce con garbo e pur sempre con un: flopp! finale. S'asciuga le labbra col dorso della mano e dice: – Stavolta bisogna proprio che scappi.

Prosciuga la sua mezza e lesto s'alza.

Lei, stralunata, lo guata, ne segue il moto e: – Io non ho mica fretta, posso venire con te fino al capolinea e ritorno.

– Be', sai il traffico che c'è a storaquí, ci si porta sempre dietro del ritardo, di chiacchierare con te mica avrò tempo.

– Ti guarderò che giri la manovella sulla pancia, sentirò la tua voce che annuncia la scadenza dei biglietti, e sarò già contenta.

– Non sei sicura di farcela a salire. Ci sarà gente.

Gente ce n'era. Duecentodiciassette persone avevano messo radici lí, disponendosi in una coda costituita in ottemperanza alle istruzioni ufficiali. Lamelia aspettò, salí gente, l'autobus si riempí, e lei era ancora lontana nel flusso dei postulanti al posto, quando il suo ganzo con gesto elegante ribaltò il cartello del completo e diede una tirata al campanello. Salpò il tutto. Il bigliettaio fece un gesto forse in direzione di qualcuno perduto nella coda che continuava ad allungarsi. Lamelia si voltò controcorrente per risalire la coda, ma i suoi sforzi suscitavano commenti del tipo:

– Cosí, bella mia, non sappiamo piú cosa vogliamo?

– Un'altra che crede che non abbiamo rotture di scatole abbastanza.

– Le donne che cambiano idea, te le raccomando.

– Fanno la coda all'incontrario e se le si dice qualcosa hanno ancora ragione loro.

Una signora sbraitò: – La vuol smettere di spingere? Non ha visto la pancia che ho?

– Se lei è incinta, – replicò Lamelia, astiosa, – vada a mettersi negli aventi diritto a precedenza.

Un cittadino che non aveva capito niente del dialogo, esplose:

– Largo! – gridò, – largo! Una donna incinta si sente male!

– Largo! In nome di Dio, non avete capito? Una donna incinta!

– Fate largo! Rispetto per le donne incinte e gloria alla maternità!

– Largo! Largo! Fate largo!

Lamelia si trovò scagliata fuor dal pelago attendista come un cespo d'alghe su una spiaggia di Normandia. S'allontanò. Ripassò davanti ai tavolini del caffè con le coppiette sempre là a far ventosa. Tutta immalincolita, Lamelia prese per il Quai.

Cammina cammina, finí per arrivare all'Arca.

Cidrolin stava riposando sul ponte di dietro, ma non sonnecchiava, nonostante la buona installazione: guardava lontano. L'arrivo di Lamelia con comportò alcun mutamento nella sua mancanza di contegno. Fu solo quando gli si recò essenza di finocchio e acqua liscia ch'egli cambiò atteggiamento prendendo la positura assisa e nello stesso tempo la parola nei termini seguenti:

– È venuto l'ispettore delle imposte immobiliari galleggianti.

– Ho preso l'autobus, – gli si rispose.
– Ha ispezionato tutto.
– Il bigliettaio, un tipo.
– Mi son meritato le congratulazioni.
– Per ogni passeggero aveva una battuta.
– Ha trovato che l'Arca merita due ancore nella categoria A.
– Pure a me, m'ha parlato.
– Tre ancore non ancora. Due non è mica poco, in fondo.
– Ma lo sa che lei è molleggiata meglio d'una tessera a validità settimanale, mi fa, e piú ben messa d'un libretto da dodici corse?
– Pagherò un po' piú d'imposte, si capisce, ma sono cose che dànno della classe.
– Oh adesso, lei, faccia un po' il piacere, adesso, gli rispondo io, per metterlo al suo posto.
– M'ha fatto un'osservazione.
– Ma intanto m'è venuto da ridere.
– La chiamate l'Arca? mi ha detto, ma animali a bordo non ce n'è: è paradossale. Sí, è vero, gli ho risposto, sarà paradossale ma è cosí. Va be', ha detto lui, dicevo cosí per dire. E io anche, ho replicato. Cosí lui se n'è andato. Era soddisfatto di se stesso e io anche, ero soddisfatto di me stesso. Finadesso, a parte il mangiare è stata una giornata piuttosto buona. E non è ancor finita. Può ancora succedere di tutto.
– Mi piace, quel tipo.
– Chi?
– Il bigliettaio del 421.
– Ce ne sarà piú d'uno, credo.

– Quello che conosco io.

– Io non ne so niente.

– Ma se t'ho raccontato adesso.

– Cosí, a te che l'Arca sia promossa due ancore di categoria A non t'importa?

– Non si sprecano. Perché non tre? Con tutto quello che sgobbo a lustrare.

– Un po' di pazienza. Verrà il giorno, per le tre ancore.

– E perché non quattro?

– Ma sí, ma sí.

Tese la mano verso la bottiglia d'essenza di finocchio per servirsene un'altra sorsata.

– Bevi troppo, – gli si fece osservare.

Alzò le spalle e si serví abbondantemente.

– E cosí, – domandò, – questo tuo bigliettaio?

– L'essenza di finocchio provoca la pazzia, c'è scritto nei giornali.

Cidrolin s'accigliò, poi si disaccigliò per finire il bicchiere, poi si riaccigliò intensamente. Quattro rughe profonde gli si diramarono dalla sella del naso. Mugugnò: – Sei una guastafeste. Anche questa l'ho in quel posto.

Gli si portò via bottiglia, acqua liscia e bicchieri.

– Parlami del tuo bigliettaio.

– Ho da lavorare.

– Devo prendere il barattolo della vernice?

– No, nulla da segnalare.

Stando cosí le cose, tornò a stendersi sulla sdraio e si rimise a guardar lontano.

All'orizzonte apparve un distaccamento della real guardia celere; la sentinella venne ad avvertire il Duca d'Auge, che diede gli ordini del caso urlando cosí forte da svegliare Don Biroton.

– La celere, arriva la celere, – disse il Duca fregandosi le mani. – Le gratteremo un po' la rogna.

– Che succede? Perché la celere?

– Ah, ah! non te l'avevo ancora detto. Ho commesso omicidio nella persona di alcuni borghesi che mi stavano sulle croste.

– L'ira è cattiva consigliera. Bisognerà far penitenza.

– Tanta quanta ne vuoi, ma si sa che quelli hanno mire piú subdole.

– Il nostro santo Re non scherza, con le levate di testa dei signori.

– Ci prende sul serio, a noialtri, – disse il Duca con soddisfazione.

Adesso i distaccamenti che s'avvicinavano al castello erano parecchi, e provenivano da vari punti dell'orizzonte.

– Qui si mette al brutto, – mormorò l'abate, – qui si mette al brutto.

– Sta' tranquillo, se fanno i cattivi, te l'ho detto: gli gratto io la rogna!

– Signore! non mi vorrete per sovrammercato diventare un ribelle?

Le guardie adesso circondavano il castello; il piú ardito e baldo fu mandato come araldo. Si fece sotto al ponte levatoio, e con segnalazioni sia fonetiche sia araldiche fece comprendere che voleva trasmettere un messaggio al signore del luogo.

L'abate si lamentava: – O che storia, o che storia!

– A proposito, non hai ancora risposto alla mia terza

domanda sulla storia universale in generale e sulla storia generale in particolare.

Ma in quel momento è introdotto l'araldo, che si mette a spiegare al Duca come qualmente il santo Re non è proprio niente contento: l'ancidere borghesi per futili motivi non s'usa piú, i signori devono tenersi per detto che non si scanna il prossimo a torto o a traverso, ragionpercui Gioacchino Duca d'Auge sarà tenuto a defalcare dal suo tesoro cento scudi tornesi d'oro fino zecchino e non di lega per ogni testa di pipa fatta a pezzi, il che non mancherà di fare una somma considerevole perché bisognerà anche aggiungere al conto i lesionati tuttora in corso d'agonia, e che il detto Gioacchino Duca d'Auge prenda buona nota del fatto che la somma sarà devoluta solo in parte all'indennizzo di vedovi vedove orfanelli e servirà soprattutto a sostanzialmente sovvenzionare la crociata in corso d'allestimento.

Inoltre, il detto Gioacchino Duca d'Auge sarà tenuto a recitare seimilaseicentocinquantasette paternostri, altrettante avemarie e una terza parte di confiteor e a far dire tante messe quanti sono coloro ch'egli ancise, alle quali messe egli assisterà scalzo, in camicia e col capo cosparso di ceneri fredde o calde a suo piacere.

Che nel contempo il detto Gioacchino d'Auge prenda atto che il detto santo Re l'avrebbe fatto appiccare per ambe le orecchie fino a che morte ne segua, se il detto santo Re non avesse serbato rimembranza dei servizi resi a Damietta e a Mansura dal detto Gioacchino d'Auge alla causa cristiana.

Infine, che il detto Gioacchino d'Auge potrebbe pur risparmiare i suoi scudi tornesi d'oro fino zecchino e non di lega e ridurre di metà il numero dei pater e degli ave che ha da dire nonostante che detto numero sia dispari, e d'un quarto il numero dei confiteor nonostante che duemiladuecentodiciannove non sia multiplo di quattro, fermo restando quanto stabilito per le messe pur con licenza d'assistervi calzato e vestito a propria guisa, tutto questo alla semplice benigna benedetta e misericordiosa condizione che egli s'unisca al santo Re per andare a scucir panze di saraceno alla prossima crociata.

– Mai, – rispose il Duca d'Auge. – Gli ho già spiegato che io in quelle terre da pipe non voglio piú metterci piede. Una crociata va già bene; due son troppo.

– Sarebbadire, signore, – disse l'araldo, – che di strappare il Santo Sepolcro dalle mani degli infedeli v'importa poco o punto?

– Ma son sempre fregature, cocco mio! Sempre lo stesso brodo: bouillon freddo di Goffredo di Buglione. Non ci crede piú nemmeno il Santo Padre. Tra poco faranno duecent'anni che ci si scalmana per riprenderlo, ma nelle mani degli infedeli c'è e ci resta, 'sto sepolcro.

Si segnò, a tali detti inorridito, l'araldo, e intanto il Duca continuò:

– E poi ci credete, voi, che dalle mani degli infedeli lo si strappi andando proprio in Tunisia, il sepolcro? In Tunisia! E perché non nel paese degli Amaurotici o degli Amaxobiani? Visto che c'è, perché non va fino dagli Indiani, il nostro santo Re, o dai Sericani e Nabatei? Perché non s'imbarca sul mare Oceano fino a oltrepassare l'isola di Tule, che magari ci trova una terra sconosciuta con tanti begl'infedeli supplementari da passare alla grattugia?

– Moderatevi, signore, – mormorò l'abate Biroton.

L'araldo non la smetteva piú di segnarsi.

– No, no e poi no, – concluse il Duca d'Auge. – Io, andare crociata: nix! Dirò tutte queste tiritere di patravefiteor, assisterò a tutte queste messe cinerate e mi dispossesserò dei miei begli scudi tornesi d'oro fino zecchino e non di lega, ma quanto ad andare a sciabattare dalle parti della riva delle Sirti, l'ho detto e lo ripeto: no, no e poi no. Questa è la mia ultima parola, e detto questo, farò osservare che il santo Re a noialtri che abbiamo diritto di batter moneta ci ha proibito di far circolare i nostri scudi fuori dai nostri domini, però lui vuol vedere lo stesso di che colore sono. In conclusione, araldo, t'ingiungo di sgomberare le nostre terre della tua sgradevole presenza e di quella altrettale dei tuoi accoliti. Ho detto.

– M'affretterò a farlo, ma non posso partirmene senz'aver riscosso un acconto provvisorio dell'ammenda cui siete sottoposto, signore, acconto ammontante a... ehm... vediamo... settemiladuecento scudi tornesi d'oro fino zecchino e non di lega piú dodici soldi parigini per le spese di registrazione e quattro liardi per il bollo.

– Non ho diritto a riduzione in quanto crociato della settima? – domandò il Duca con una pallida smorfia, la pallida smorfia che era solito fare quando gli si voleva far sborsare del suo.

L'araldo rispose con fermezza: – No. Il conto è giusto.

E aggiunse: – È suscettibile d'aumenti ma non di diminuzioni.

Joachim d'Auge tacque e fece sembiante di riflettere. Il cappellano indovinò che il Duca stava prendendo in considerazione la possibilità di passare all'aperta ribellione. L'araldo indovinò la stessa cosa anche lui. Il Duca indovinò che gli altri due avevano indovinato. Il cappellano indovinò che il Duca aveva indovinato che lui aveva indovinato ma non riusciva a indovinare se anche l'araldo avesse indovinato che il Duca aveva indovinato che lui aveva indovinato. L'araldo, da parte sua, non riusciva a indovinare se il cappellano aveva indovinato che il Duca aveva indovinato che lui aveva indovinato, ma indovinava che il Duca aveva indovinato che lui aveva indovinato.

Questa aspra tensione induceva al silenzio, il che permise a ciascheduno d'udire Belusina e Pigranella cantare canzoni da telaio, cavalli annitrire, abbaiar cani, scalpicciar celerini, e Felisa emettere belati.

– Giurabbacco, – il Duca finí per esclamare, – il dado è tratto, i miei scudi tornesi d'oro fino zecchino e non di lega il santo Re non li vedrà neanche dipinti, di messe cinerate non ne sentirò punte, non dirò punte tiritere di patravefiteor, e non incrocerò crociate di sorta. Via di qui, cafoncello! Che tu e i tuoi pari si scostino dalle mie mura o farò loro omaggio d'olio bollente e piombo fuso, la ricetta culinaria piú indicata per accogliere le compagnie della real guardia celere, le quali farebbero tanto meglio ad andare in crociata piuttosto che a stare sulle croste dei buoni e nobili signori come me. Se i Capeti cominciano a trattarci in questa guisa, finirà che prima o poi vedremo gli aristocratici alla lanterna. L'hai capita, araldo? T'ho detto via di qui e dalle mie terre, e se non ti sbrighi a deciderti ti scucirò la panza con i denti, affé.

Atterrito arretrò terreo l'araldo, dimolte volte si segnò, retrocesse i passi necessari a dileguarsi dalla vista del Duca d'Auge. Il ponte levatoio s'abbassò per lasciarlo uscire, e tornò tosto a levarsi.

– Che l'olio bolla! – urlò il Duca. – Che il piombo venga fuso, e cominci, hop, la giostra!

– Forse si va un tantino troppo svelto, – disse timidamente il cappellano. – Dopo tutto, le messe e le preghiere non sono poi cosí tremende.

– Sí, ma è l'oro che vuol prendermi, il Capeto.

– Suvvia, suvvia, signore, non pretenderete mica di sfogare il vostro massacrevole umore a spese dei buoni borghesi e dei malcapitati fittavoli, senza pagare un modesto canone alle vedove e agli orfanelli rispettivi?

– Un modesto canone, io, volentieri. Non hanno che da venir qui a chiederlo. Non c'è bisogno che lo facciano per l'intermediario del Re che ne rastrellerà una parte al passaggio.

– Calunniate il vostro sovrano, mio signore.

– Dico mica per lui. Lui, poverino, è un buon ragazzo. Saranno i suoi bàili e tesorieri che scialacqueranno i miei bei buoni scudi tornesi d'oro fino zecchino e non di lega. Non venitemi a contar storie! Via! Allez! Che la frittura frigga e che rosoli il metallo!

Mentre stava fregandosi le mani tutto soddisfatto, le compagnie della real guardia celere, a giusta distanza dalle mura del castello, cominciarono a metter mano sulle vettovaglie destinate all'approvvigionamento del Duca e dei suoi uomini e animali.

Avendogli l'abate Biroton fatto notare questo subdolo gesto, il Duca in segno di dileggio si batté forte le cosce con le palme.

– Le mie precauzioni le ho prese. Ho provviste di riserva che mi permetteranno di resistere finché il Re cristiano vada e torni dalla sua crociata, se torna.

– Dio lo protegga! – fece macchinalmente l'abate.

– All'occorrenza mangeremo carne umana! Cotta, naturalmente: si dice abbia i suoi pregi. Quando ci mancherà l'insalata, faremo una sortita e pesteremo nel mortaio quei malvagi. Già mi rallegro di vedere i loro corpi concimare i miei campi di radicchi, ortaggio di cui vado ghiotto. E adesso, abate, mi fai il piacere di rispondere alla terza domanda che t'ho fatto, cioè quello che pensi della storia universale in generale e della storia generale in particolare. Il momento mi par propizio: di', ti ascolto.

Capitolo quinto

– Allora, vieni? – fa Bertranda.

– Che barba, – fa Jolando. – Che corvée.

– Non mi hai mica sposato solo per godertela. Dài, sbrigati!

– A vedere tua sorella, non ho niente in contrario. Ma tuo padre, sai...

– So, cosa?

– Niente. Basta cosí.

– Spero bene.

– So io cosa.

– Allora tientelo per te. E aspetta che t'aggiusto la cravatta. Non sarai mai buono a farti un nodo come si deve.

– Cos'è che mi devo tenere per me?

Hanno appuntamento con Sigismonda e Lucillo.

– To', – fa Sigismonda, – avete una nuovauto?

– Non è il caso di sottolinearlo, – fa Lucillo, – si vede.

– Salite con noi? – fa Jolando.

– Andiamo con la nostra, – fa Lucillo.

– To' – fa Bertranda, – una nuovauto anche voi?

– Non c'è niente di straordinario, – fa Jolando. – Tutti si fanno una nuovauto tuttigiorni.

– Però non mettetevi a far corse, – fa Sigismonda.

Corse non ne fanno, però arrivano all'Arca quasi a pari merito. Cidrolin sta ridipingendo lo steccato sul viale. Lamelia aspetta a bordo; ha preparato l'essenza di finocchio, l'acqua e i bicchieri. Le mogli scendono per la scarpata. I due uomini si soffermano a guardare Cidrolin che dà gli ultimi tocchi alla riverniciatura; lo guardano con l'aria di intenditori, in silenzio.

– Un lavoro ben fatto, – finisce per dire Lucillo.

– Venuto bene, – dice Jolando.

– E la chiatta, – chiede Lucillo a Cidrolin, – la ridipinge pure?

– L'anno che viene, – risponde Cidrolin. – Un anno sí e un anno no. È stata ridipinta l'anno scorso. Be', anche questa è fatta.

Prende su il barattolo di vernice e scende per la scarpata.

– Guardate solo di non spaccarvi il muso, – consiglia.

Quand'è sulla passerella, dice:

– Attenti a non sbattervi a bagno.

Li attende il bicchiere di essenza di finocchio: le donne stanno parlando di tivú.

– Dovresti fargliene comprare una, – dice Bertranda a Lamelia. – Cosaltro vuoi combinare la sera? Ti devi scocciare a morte.

– Porto pazienza, – dice Lamelia. – Non resterò mica sempre qui.

– Perché? Dove vuoi andare?

– Mi sposerò, cribbio!

– Ci hai in vista qualcuno?

– Oh adesso.

Fa la ritrosa.

– Sarà una bella noia, quando non ci sarà piú lei, eh? – fa Lucillo a Cidrolin.

– Oh per me, cosa volete. Perché io mi annoi, ce ne vuole.

– Qualcosa da non fare ce l'ha sempre, – dice Lamelia. – Trova sempre il modo di non occuparsi di niente.

– Come se noi non lo conoscessimo, – fanno in coro Sigismonda e Bertranda.

– Certo preferirei che restasse, – disse Cidrolin, – ma anche lei deve vivere la sua vita, poverina, è naturale.

– È naturale, – fa Bertranda.

– È naturale, – fa Sigismonda.

– Dunque ce l'hai, qualcuno in vista? – fa Bertranda.

– Oh adesso, – dice Lamelia.

Fa la ritrosa.

– Già, – dice tutt'a un tratto Lucillo, – perché non avete la tivú? Distrae.

– Istruisce, anche, – dice Jolando.

– Di un po', Lamelia, – fa Cidrolin, – in attesa di sposarti, preferisci distrarti o istruirti?

– Macché, papà: a me piace solo far l'amore.

– Alla tivú, fanno l'amore poco, – osservò Lucillo.

– Mai, fanno l'amore, alla tivú, – dice Jolando.

– Furbi che siete, – dice Bertranda, – è per via dei ragazzini che guardano.

– Tu, i tuoi, – chiede Sigismonda, – li lascerai guardare tutto quel che vogliono?

– Solo roba istruttiva, – risponde Jolando. – Soprattutto il telegiornale. Cosí impareranno la storia di Francia. Anzi: la storia universale.

– Come sarebbe a dire? – fa Lucillo.

– E sí, il telegiornale di oggi è la storia di domani. Tutta roba in meno da imparare a scuola, perché lo sapranno già.

– Ma va', bravo, dài i numeri, – fa Lucillo. – La storia non è stata mai il telegiornale e il telegiornale non sarà mai la storia. Non si deve fare confusione.

– Ma sí, invece, proprio cosí!!! la confusione va fatta!!! Sta' un po' a sentire. Supponiamo che sei davanti alla tivú, e cosa vedi? vedi, dico, Luciano Bonaparte che scampanella, suo fratello in un angolo, i deputati che sbraitano, i granatieri che vengono avanti, ed ecco che hai assistito al Diciannove Brumaio. Dopo te ne vai a letto, dormi cent'anni e poi ti svegli; a quel momento lí, il Diciannove Brumaio è diventato storia e tu non hai bisogno di guardare nei libri per sapercomecheandata.

– Balle, – dice Sigismonda, – a quei tempi non c'era mica la tivú.

– Siamo d'accordo, – dice Jolando, – ma pensa un po' ai cinegiornali dei cinema; alle volte ne dànno di quei vecchi. Cosí ti vedi lo zar Nicola che dà la mano a Poincaré, i tassí della Marna, Guglielmone, il Kronprinz, Verdun: dirai mica che questa non è storia? Eppure era nel cinegiornale anche quella.

– Cinegiornale era e cinegiornale resta, – dice Lucillo. – Tant'è vero che lo vedi nei cinema e te lo dicono prima: questo è il cinegiornale.

– Ma che stupidaggini, – dice Jolando. – E allora la storia che cos'è, secondo te?

– La storia è quello che c'è scritto.

– Ha mica torto, – fa Bertranda.

– Ha ragione, – fa Sigismonda.

– Cento volte ragione, – fa Lamelia.

Jolando dà un pugno sul tavolo.

– Attenzione a non versare l'essenza di finocchio, – dice Cidrolin.

Jolando ridà un pugno sul tavolo facendo attenzione a non versare l'essenza di finocchio. Al gesto accompagna la parola:

– Bisogna proprio essere minchioni, però, per non capire quel che voglio dire.

– Abbiamo capito benissimo, – dice Bertranda, – ma è una scemata.

– Pensaci un po' su, andiamo. Un giorno, c'è stata della gente che ha firmato un armistizio, nel millenovecentodiciotto per esempio...

– D'accordo.

– ... e ci hanno girato il film. Quel giorno lí era cinegiornale, e dopo, per esempio adesso, è diventato storia. È chiaro, no?

– No, – dice Lucillo. – Non si regge. Perché il tuo cinegiornale tu non lo vedi mica nello stesso tempo che la cosa succede. Lo vedi circa una settimana, quindici giorni dopo. C'è dei cinema di periferia che il Giro di Francia lo dànno in novembre. Stando cosí le cose, quand'è che diventa storia, allora?

– Subito! Illichettimmediate! Tudesuit! La tivú è attualità che si congela in storia, presto detto.

– E quando la tivú non c'era, – dice Sigismonda, – non c'era storia, allora?

– Vedi, – dice Lucillo, – adesso non sa piú cosa rispondere.

– Prendete ancora un po' di quest'essenza di finocchio, – dice Cidrolin.

– E tu, papà, – dice Lamelia, – cosa ne pensi?

– Io la tivú non ce l'ho.

– Lo sappiamo, – dice Bertranda, – tanto che stavamo appunto spiegando a Lamelia che dovresti regalargliela perché si scocci un po' meno.

– Sí, però, – dice Cidrolin, – se tutto quello che sa pensare lei è far l'amore.

– Alla tivú, – dice Lucillo, – fanno l'amore poco.

– Mai, fanno l'amore, alla tivú, – dice Jolando.

– Furbi che siete, – dice Bertranda, – è per via dei ragazzini che guardano.

– Tu, i tuoi, – domanda Sigismonda, – li lascerai guardare tutto quel che vogliono?

– Solo roba istruttiva, – dice Jolando. – Soprattutto il telegiornale. Cosí impareranno la storia di Francia, anzi: la storia universale.

– Come sarebbe a dire? – fa Lucillo.

– E sí, il telegiornale di oggi è la storia di domani. Tutta roba in meno da imparare a scuola, perché la sapranno già.

– Strano, – dice Cidrolin. – Mi pare d'aver già sentito questa storia non so dove.

– Eppure, – dice Lucillo, – quel che stiamo dicendo non sono mica cose da tutti i giorni. Non deve esserle capitato tanto spesso di sentire dei discorsi di cosí alto livello filosofico e morale.

– Soprattutto nell'ambiente da cui lei proviene, – dice Jolando.

Bertranda gli spara un calcio in una tibia.

– Ahia, – dice Jolando.

– Duolele? – domanda Cidrolin.

– Brutta bruta, – dice Jolando.

– Insomma, – dice Cidrolin, – ho proprio piacere d'avervi visto. Siete stati molto gentili.

– Ci sbatti fuori? – dice Bertranda.

– Mi sa proprio di sí, – dice Sigismonda.

– Ma no, – dice Cidrolin, – solo che quando comincia la giostra mi domando dov'è che vado a parare, e allora è meglio dargli subito un taglio, se no mi metto a girare a ruota libera e vado a finire nei tempi antichi o magari nei tempi futuri, oppure in nessun posto, roba da metterti una fifa del diavolo.

– Se, – dice Jolando a Lucillo, – ci si quotasse per offrirgli una tivú per il suo compleanno, servirebbe a impedirgli di ruminare col cervello.

– Si vedrà, – dice Lamelia. – Per adesso la cosa migliore è lasciargli fare la siesta: è ancora il cinema che gli piace di piú.

Da un pezzo ormai la real guardia celere se ne stava all'ombra dei cipressi e dentro l'urne che non erano nemmeno poi confortate di pianto perché chi se ne ricordava piú, dei celerini caduti in combattimento al tempo di Re Luigi, nono del nome.

Il Duca d'Auge aperse un occhio e si ricordò che Don Biroton doveva rispondere a una certa terza domanda e non se n'era fatto niente. Aprendo il secondo e ultimo occhio, il Duca d'Auge non percepí alcun Don Biroton nel suo campo visuale.

– Ah il chercuto impunito scioperato, – bofonchiò il Duca. – Scommetto che se n'è andato al concilio di Basilea, a meno che non sia quello di Ferrara o di Firenze, non ci si capisce piú niente. Comunque io sono qui che mi mordo le mani.

Si leva, e s'erge sugli spalti del torrione per considerare un momentino la situazione storica.

Britanni non se ne vedevano, né uomini d'arme di veruna banda o nazione. Era piuttosto deserto, anzi. Rari villani grattavano qua e là il misero suolo, ma nel paesaggio contavano poco, appena percettibili.

Il Duca guardò questo spettacolo con occhio cupo, e sospirò; poi scese verso le cucine al fine di divorarvi di passata un ragú d'allodole, non per altro che per aguzzarsi i denti. Alcuni sguatteri che non l'avevano visto venire si presero una scarica di pedate che li fece rotolare a dritta e a manca. Il cuciniere, conoscendo i gusti del padrone, s'affrettò a recargli il bramato ragú. Il Duca pappa, mastica ossicini, si lecca dita, tracanna caraffe. Si bea. Sorride.

– Delizioso, – dichiara, – ma non c'è paragone con un bambino di cinque anni arrostito allo spiedo.

Sghignazza.

– Signor mio, signor mio, – dice il cuoco, – vi supplico umilmente di non scherzare su orrori di quel genere.

– Non scherzo mica, parlo seriamente.

– Allora, signor mio, è meglio che scherziate.

– Cos'è che vuoi, insomma, mastro cuoco? Che scherzi o che parli seriamente?

– Signor mio, credo sia meglio non abbordare questo tema di conversazione: gli orchi ai tempi che corrono non hanno buona fama. Soprattutto gli orchi tanto feroci quanto froci.

– Sai bene che di quella carne non ne mangio! Il motto di casa d'Auge è questo: piega i feroci ed i froci disdegna.

– Signor mio, nessuno ignora le vostre colpevoli indulgenze...

– Che dunque? Mi rimprovereresti tu d'esser fedele al mio vecchio buon compagno d'armi, il nobile signore Gilles de Rais?

– Sarebbe a dire...

– Che dunque? Avrei in sua compagnia e al comando di Giovanna la Pulzella, per la causa del nostro Re, sventrato tanti di quei figli d'Albione, e lo dovrei lasciar cadere adesso che è nei pasticci? No no e no! Non sarebbe punto nobile.

– Dicono che sia un gran criminale.

– Pettegolezzi di comari! Storie che mettono in giro per calunniare i nobiluomini par suo, o par mio. Questo Carlo, settimo del nome, ora che è lí lí per vincere la Guerra dei Cent'Anni, che sono già cent'anni e passa che la dura e, sia detto tra parentesi, i nostri buoni Re, per furbi che siano, di tempo per vincere una guerra ce ne mettono, insomma cosa dicevo? sí, ora che lo sbaraglio dei Britanni procede a ritmo accelerato, con 'sti tiratardi di Capetingi ancora una quindicina d'anni e poi ci siamo, sí, adesso che il nostro Re non ha piú tanto bisogno di noi per mettere a punto l'espulsione degli Inglesi, me la sento venire che cominci coi provvedimenti antifeudali, tanto per tagliarci le unghie e metterci al passo. M'ispira diffidenza come il diavolo.

– Uh, uh, signor mio, non evocate quella malabestia.

– Questo processo al nostro buon amico Gilles preannuncia misure subdolamente antifeudali per tagliarci le unghie e metterci al passo.

– Vi ripetete, signor mio.

– Prima di tutto non è esatto: ho aggiunto un avverbio. E poi sappi, bestione, che la ripetizione è uno dei fiori piú odoriferi della retorica.

– Sarei tentato di dubitarne, signor mio, se non avessi gran paura delle vostre legnate.

Provocato in tal guisa, il Duca s'alza, prende una panca e la fracassa sulla schiena al cuoco.

– Signor mio, signor mio, – dice il mastro cuciniere, – vi supplico umilmente d'avere la suprema bontà di non impancarvi ad oratore.

– Senti un po', tu mi metti schifo e fame. Portami delle marmellate vegetali per sgrassarmi i denti.

Il Duca divora le sue marmellate, poi torna ai suoi polli:

– Allora, mastro cuciniere, tu trovi che è ben fatto sottoporre a giudizio un maresciallo di Francia?

– Signor mio, non ci son dubbi, è una vigliaccheria e una mala azione.

– Vogliono piantargli grane, a quel caro amico mio. Mettiamo che abbia violentato una decina di ragazzini e che ne abbia fatto fuori tre o quattro, per cosí poco non c'è di che fustigare un maresciallo di Francia, per di piú camerata della nostra buona Lorenese che fu arsa dal Britanno in quel di Rouen.

– Signor mio, si dice che son stati mille e tre.

– Mille e tre cosa?

– Bambini torturati, sgozzati, ingurgitati da quel vile brigante di maresciallo. Lasciamo perdere, spaventoso è spaventoso.

Il cuoco piangeva come un vitello. Il Duca lo guardava piú stupito che infuriato.

– Non ti metterai mica a leggere i romanzi della Tavola Rotonda, per caso? – gli chiese, con dolcezza.

– Non so guari leggere, signore.

– Allora, s'è forse insinuata nel tuo condotto auricolare una qualche lagrimosa historia inventata da un trovatore di bassa estrazione?

– Esatto, signor mio! Ci siamo: è stato un trovatore a persuadermi occultamente con una canzone di vendetta che domandava giustizia al cristianissimo re di Francia per i poveri genitori cui quel frocio feroce di Maresciallo occidette i fantolini.

– Che tempi, – disse il Duca d'Auge con un sospiro. – Che tempi! Ebbene, io, tal quale tu mi vedi, vado di questo passo, o meglio del passo del mio cavallo, del mio buon Demò, vado, dico, a trovare il nostro saggio Re Carlo, settimo del nome, a chiedergli che dia piena e completa libertà a Gilles, Maresciallo di Rais, scarcerazione immediata e, in piú, castigo per tutti quei legulei, giureconsulti e manigoldi di diritto romano che osano rompere le scatole a un buon soldato come le mosche stercorarie a un nobile corsiero, a un soldato per di piú vittorioso, il che non succede tutti i giorni. Olà! dov'è il mio scudiero Mouscaillot? Che si appresti e che selli il buon Demò!

S'affrettò allora a sellare Sten Mouscaillot, e immantinente ecco il Duca partito per la Città Capitale, accompagnato dal famiglio in sella a Stef. Il Duca si sentiva d'umor ciarliero.

– Orsú, approssimati, o Mouscaillot, affinché io ti dica la ragione di questo nostro viaggio.

Mouscaillot fece trottare il suo cavallo alla stessa altezza di quello del padrone, pur cercando di serbare la distanza che stimava necessaria per evitare una sberla inconsulta.

– Approssimati, orsú, approssimati, – diceva il Duca.

– M'approssimo, signore.

– Orsú, approssimati, minchione, – disse Sten, – non vedi che oracomeora il nostro Duca è bendisposto?

– Proprio ben detto, – disse il Duca. – Orsú!

Mouscaillot dovette mettersi sperone contro sperone.

– Sai tu, amico, – domandò il Duca, – perché mi sto recando alla Città Capitale?

– No.

– Indovina!

– Per fare un bagno?

– Magari approfitterò dell'occasione. Cerca qualcos'altro.

– Per andare a putte e cortigiane?

– Magari approfitterò dell'occasione. Cerca qualcos'altro.

– Per ammirare il bel portico di Saint-Germain l'Auxerrois, in stile gotico flamboyant, terminato or ora da mastro Jehan Gaussel?

– Magari approfitterò. Cerca ancora.

– È inutile, – disse Sten, – non ci arriverà mai e voi finirete per picchiarlo. D'altronde non era una sorpresa che volevate fargli?

– Che cavallino sapiente! Sentimi bene, Mouscaillot: vado a trovare il Re di Francia e chiedergli giustizia per il mio compagno d'armi Gilles de Rais, Maresciallo di Francia.

– Cosa? Per quel frocio bastardo!

Mouscaillot va a gambe all'aria nella polvere.

Stef si ferma.

Sten domanda al Duca:

– Mi fermo anch'io?

– Continua! ci raggiungerà. Mi ha deluso, quel giovane: mi è passata la voglia di far conversazione.

– Posso cantare, allora?

– Se vuoi, mio buon Demò.

Sten si mise a gorgheggiare il suo repertorio a squarciagola. Era arrivato a un rondò che Carlo d'Orléans doveva ancora scrivere: *Hyver, vous n'êtes qu'un vilain*, quando giunsero in vista della porta d'una città fortificata, con borghesi in armi che facevano la guardia. Prudentemente, Sten s'azzittí e la tappa si concluse in silenzio.

Capitolo sesto

Mentre Mouscaillot si faceva curare piaghe e bernoccoli da un cerusico di quartiere, il Duca d'Auge sedeva a cena alla locanda del Mont-à-Lambert divorando un formaggio d'anguille annaffiato a ogni boccone da una sorsata di chiaretto. Il pensiero che ogni istante lo avvicinava all'inizio del pasto vero e proprio lo metteva sempre piú di buon umore. Perciò accolse con benevolenza un personaggio che lo venne a salutare; aveva l'aria di persona di qualità e sciorinava tali complimenti che il Duca l'invitò alla sua tavola. Il giovin signore accetta senza farsi pregare e si presenta: Adolphe, Visconte di Péchiney.

Appena Mouscaillot arriva bendato dal cerusico, si attacca con la cena. Per primo, tre minestre assortite: minestra di lardo, minestra di zampino, minestra di castagne. Poi fu smaltito dell'arrosto in salsa di noce moscata e in salsa di mosca olearia. Si vuotan pinte. Dopo di che, s'attacca il secondo arrosto, ben pepato, si vuotan altre pinte, si conclude con marmellate vegetali e con dolciumi. La carestia regnava ancora nei dintorni, ma era già tempo di finirla.

– Mio giovane amico, – disse allora il Duca al Visconte di Péchiney, – avete per avventura inteso parlare del nobile signore Gilles de Rais, Maresciallo di Francia?

– In fede mia sí, signore.

– È stato mio compagno d'armi! Maresciallo di Francia a venticinque anni: che ve ne pare?

– Mi pare sia una bell'età per un maresciallo.

– Nevvero? E sapete che gli capita?

– Ho inteso dire che l'han messo in prigione.

– E lo vogliono decapitare, addirittura.

– Mi rincresce davvero.

– Ebbene, giovane amico, sapete perché ho lasciato il mio castello per venire a trascorrere alcuni giorni nella Città Capitale?

– L'ignoro.

– Ebbene, giovane amico, vado dal Re a chiedergli grazia per il Maresciallo. Credo che non si possa trattare cosí un liberatore della Francia. Non è il fatto d'aver arrostito qualche marmocchio che deve far dimenticare i servizi resi al paese.

– Non parlate cosí forte, signor mio, l'opinione pubblica è decisamente sfavorevole al Maresciallo.

– Me ne frego. Io vado dal Re.

– E dove?

– Come: dove? A Parigi, si capisce!

– Non c'è.

– Come? Il Re non è nel suo palazzo del Louvre vegliato dalle guardie alle barriere? E dov'è, allora?

– Sulle rive della Loira.

– Valeva la pena liberargli dai Britanni la sua bella Città Capitale, se poi lui non ci mette piede.

– Signor mio, non mi permetterei mai di criticare nostro Re Carlo, settimo del nome.

– Io me lo permetto, invece. Sono Duca e ho diritto a otto pali per le mie forche patibolari. Discendo in linea diretta da Meroveo, cioè a dire che per me i Capeti sono mezzecalzette. Cos'è che si crede, 'sto Capeto: senza di noi, e senza la pastorella, non dimentichiamoci la pastorella, senza di noi, dicevo, a regnare sarebbe ancora l'Inglese. Dunque trovo particolarmente disdicevole che il Re non si trovi nella sua Città Capitale allorquando io gli vado a far visita.

– Signor mio, a pensare cosí non siete il solo.

– Quel che dite mi sorprende. D'abitudine sono il solo a pensare quel che penso.

– Per quello che concerne il Re di Francia, troverete degli amici.

– Spero bene! Ogni nobile signore sarà come me risentito dell'affronto che gli è fatto.

– E ne trarrà vendetta!

– Sí, diamine, ma qui comincia il guaio. Andate un po' a vedervela con tutto quest'esercito regolare, questi franchi arceri, queste compagnie d'ordinanza e questa artiglieria dei fratelli Bureau!

– A proposito dei fratelli Bureau, non trovate che il nostro Re si circonda un po' troppo di gentucola come i sullodati fratelli, e Jacques Cœur, e quell'Etienne Chevalier...

– Parola mia, – disse il Duca d'Auge, – parlate come un libro...

– Come un libro stampato, – disse Cidrolin. – Pare

anche a me d'averlo letto: i monaci mendicanti è una storia che rimonta al Medio Evo.

– E le suore anche, – disse il passante, – continuano sempre a mendicare, Medio Evo o cos'altro sia.

– Eppure dal Medio Evo siamo usciti, – dice Cidrolin. – Almeno... dicono.

– Quel semi-clergyman con la sua bici a motore, – dice il passante, – potrebb'essere un truffatore, dopo tutto.

– A me non mi truffa, – dice Cidrolin, – io non gli do niente.

– Ma lei non pensa agli altri, – dice il passante, – a tutti quelli che potrebbe aver truffato.

– Io non voglio male a nessuno, – fa Cidrolin.

– Lo dice lei.

Cidrolin guarda il passante, la cui faccia non esprime niente, e in quel momento sentono gridare: – Uhú!

– C'est à vous, s'il vous plaît, que ce discours s'adresse, – dice il passante a Cidrolin, citando Molière, *Le Misanthrope*, atto I scena II.

– Buongiorno, signorina, – dice Cidrolin.

– C'est à vous, s'il vous plaît, que ce discours s'adresse, – dice la signorina al passante, citando lo stesso autore, allo stesso atto e stessa scena.

– Se non mi sbaglio, signorina, – dice il passante, – lei fa l'autostop.

– Io siamo campista e canadese e...

Il passante fa un segno, una grossa auto s'accosta al marciapiede, per le auto grosse si trova sempre un posteggio, discende un autista in livrea, apre la portiera, la signorina sale, il passante dice a Cidrolin:

– Ha visto come ha subodorato la grossa cilindrata, la bambina?

Sale anche lui, dilegua il tutto. Cidrolin dice a Cidrolin:

– Quanti sono i passanti che passano? O c'è piú passanti del necessario o è lo stesso passante che rimbalza di giorno in giorno. E il semi-clergyman sulla bici a motore, è ben lo stesso... a quel che posso giudicare; ma le canadesi? una differente dall'altra, ce n'è di irochesi e di babelitane. Ce ne sarà magari di quelle che tendono al lilla o al granata e che parlano lingue sconosciute. Questa sfumava un po' sull'ebano; e invece poi sono magari tutte identiche. Come i passanti. Questo che s'avvicina non pare un vero passante: ha un'uniforme. Desidera, signore?

– Mi saprebbe dire dov'è attraccata la signorina Lamelia Cidrolin?

– Proprio qui, – risponde Cidrolin.

– Avete qualcosa a che vedere con quella giovine? – domanda il nuovo venuto con aria sospettosa.

– Spero bene, – dice Cidrolin. – Sono il padre.

– Allora tutto è in regola, – esclama l'altro con viva soddisfazione. – Venivo appunto a chiedere la sua mano.

– Lei è nato con la camicia: trova la persona giusta al posto giusto.

– Sí o no, allora? Mica che io ci tenga tanto, sa, però a pensarci bene, perché no, dopo tutto? Tanto piú se è vero che ha un pupo nel cassetto, come diceva mio nonno che zoppicava anche lui da quel piede, e cosí è andata che ho per lo meno settantadue cugini illegittimi o comunque nati da rapporti extra-coniugali. Io sono uomo d'onore, tenga conto che nel nostro mestiere niente è piú facile che seminare bambini da un capolinea all'altro, pensi che un mio collega ne ha fatto uno tra la Rue des Petits-Champs e l'Opéra, solo per dirle che di queste storie me ne intendo e se non volessi riparare non ci sarebbe niente da meravigliarsi, e invece ecco com'è, sono disposto a riparare, e la invito ad approfittare dell'occasione. E poi, d'abitare in una chiatta non mi dispiacerebbe mica.

– Non ci conti, – disse Cidrolin.

– Dicevo che posto ce n'è, sulla sua barca.

– Le mie figlie, – dice Cidrolin, – quando si sposano traslocano. Ecco com'è.

– Allora ci condanna alla bicamereservizi?

– Caro mio, – disse Cidrolin, – questi sono affari vostri. Guardi che non c'è solo la bicamereservizi, c'è la tricamere in palazzina semicentrale, la quadricamere senza termoascensore, la roulotte parcheggiata, e via discorrendo.

– In tutti i modi, non è che qui manchi il posto.

– Chi è che vuol sposare? – domanda Cidrolin. – Lamelia o la chiatta?

– La chiatta a dir la verità non l'avevo ancora vista.

– Bisogna riconoscere, – dice Cidrolin, – che per essere una chiatta è una bella chiatta. La vuole visitare?

– Mi farò del cattivo sangue, a pensare che non ci posso abitare.

– Cerchi di farsi una ragione, – dice Cidrolin. – Può sempre venire a bere un bicchiere d'essenza di finocchio. Anzi, favorisca subito.

Cidrolin mostra la strada, scendono per la scarpata,

s'impancano sulla passerella, il dipendente trasporti pubblici manca poco e va a sbattere nella mota fluviale.

– Si vede che non ha mai fatto servizio sugli aliscafi, – gli dice Cidrolin, amabile.

Poi grida: – C'è il tuo ganzo!

Si appare immantinenti.

– Chi è questo signore? – Lamelia chiede a Cidrolin.

– Il tuo futuro, a quel che pare.

– Mai visto né conosciuto, – dice Lamelia, – ma se vuole prendere un bicchiere di essenza di finocchio, possiamo offrirglielo.

– Già offerto. Ti resta solo da servircelo.

Lamelia s'invola alla realizzazione del progetto.

– E cosí, mio caro, – dice Cidrolin al dipendente trasporti pubblici, – come la trova, la mia chiatta?

– È ben buffo, – fa il bigliettaio, distratto. – Si chiama Lamelia, no?

– No, si chiama l'Arca.

– Sua figlia si chiama Larca?

– Mia figlia si chiama Lamelia.

– È sicuro?

– Non la riconosce?

Il dipendente trasporti pubblici si gratta ostentatamente la testa.

– Adesso mi viene il dubbio... Ma si chiama proprio Lamelia, no?

– Questo è poco ma sicuro.

– Sarebbe bella che ci fosse un'altra Lamelia che abitasse su un'altra chiatta nelle vicinanze.

– E perché no?

– Be'... il calcolo delle probabilità...

– Nulla vieta che tutte le ragazze su tutte le chiatte ormeggiate lungo il fiume si chiamino Lamelia.

Il dipendente trasporti pubblici ha l'aria dubbiosa.

– Sulle chiatte che non si muovono, – aggiunge Cidrolin.

Il bigliettaio ha l'aria d'esser quasi convinto. D'esserlo del tutto avrebbe torto, perché Lamelia, servendo l'essenza di finocchio, gli dice: – Ma davvero t'ho fatto paura, cocco mio?

– Sí che è lei! – esclama il cocco suo tutto felice.

– Hai parlato a papà?

– Sí, – fa il cocco suo.

– Ci sta?

– Domanda un po' tu.

– Papà, sei contento che sposi il dipendente trasporti pubblici?

– Sí, – dice Cidrolin, e aggiunge, non senza melanconia: – Cosa fatta capo ha.

Si trinca. Si ciarla. Si parla della futura sistemazione, dato che d'abitare qua non è nemmeno il caso di parlarne, d'altronde il dipendente trasporti pubblici mica ci tiene, l'umido, i reumi, e dei reumi certo che ha paura, il dipendente trasporti pubblici. E poi il pupo, dato che si parla d'avere un pupo, potrebbe cascare nell'infame broda fognereccia che stagna intorno alla chiatta, cosí si cercherà una tricamere in periferia, ma con che soldi ce lo si domanda. Se lo domanda pure Cidrolin.

Il dipendente trasporti pubblici di domandarglielo non osa.

Magari per la palazzina in periferia sarà meglio aspettare. Domandare si può sempre.

– Poi mi dirà quel che le darà quanto sarà, – domanda il bigliettaio.

– Quanto sarà cosa? Le darà chi? – dice Cidrolin. – Io, sa, per le questioni di soldi...

– E be', la dote, no? – dice il dipendente trasporti pubblici, – quella che le dicevano la dote, una volta, sa quando si firma il matrimonio che si dà quella piccola somma?

– È mica chiaro tutto 'sto discorso, – dice Cidrolin.

– Insomma, a Lamelia, per sposarsi, cosa le dà, niente?

– Niente, – dice Cidrolin.

– Proprio niente?

– Proprio niente.

– Però un po' di soldi da parte li avrà pure.

– Si capisce, ma avrò le mie spese.

– Spese di che?

– Spese di avvicendamento. Lei s'immagina che io possa restare qui senza una donna? Vuole che mi lucidi le scarpe da solo, che mi scaldi la marmitta da solo e tutto il resto? Bisogna che me ne trovi un'altra, di donna. E mi può costare caro.

– Ma Lamelia, – dice il dipendente trasporti pubblici, inquieto, – non è mica la sua signora, no? È ben sua figlia?

– Su questo punto non c'è da aver paura, – dichiara autorevolmente Cidrolin, – Lamelia è la terzesima delle triplici partorite dalla mia defunta sposa nel momento di passare a miglior vita.

– Questa poi non la sapevo, – dice il dipendente trasporti pubblici, accasciato.

– Non faccia quella faccia, è abbastanza pittoresco sposare una triplice. I suoi colleghi resteranno a bocca aperta quando lo sapranno.

– Questo è vero.

– E per tornare alle questioni di denaro, cosa vuole, io di qualcuno ho bisogno, per dare un colpo di ramazza sul ponte e issare il gran pavese i giorni di festa comandata. Non vorrà che mi ci metta io, a fare queste cose, vero, cosí mi ci vogliono dei soldi per trovare la perla, e di conseguenza, a voialtri: picche.

– Se le cose stanno cosí, – dice il dipendente trasporti pubblici, – adesso mi viene il dubbio...

– Non ti scordar dei baci che ti ho dato, – gli dice la Lamelia.

– Su, su, – interviene Cidrolin, – non vorrà mica farmi credere d'essere un uomo interessato.

– Certo che no, e poi una triplice è sempre una triplice, magari va a finire che mi mettono la foto sui giornali o mi fanno l'intervista alla tivú, non crede?

– Può giurarci, – dice Cidrolin, grave.

– Allora, – esclama il dipendente trasporti pubblici, – chi si ferma è perduto, grano o non grano, io mi piglio Lamelia!

– Bravo ragazzo, – dice Cidrolin. – E la mia essenza di finocchio, come l'ha trovata?

– Super, – dice il bigliettaio. – Super.

Un silenzio.

– Ebbene, – finisce per dire il dipendente trasporti pubblici, – cosa fatta capo ha. Col vostro permesso, torno a casa per dirlo a mia mamma.

– Senta, tanto perché sia chiaro, – dice Cidrolin, – se è per rimpiazzare Lamelia, lavare il ponte e lucidare il timone, io di sua mamma non ne voglio sapere.

– Ma non avevo mica intenzione di proporglielo.

– Speriamo.

Cidrolin s'alza, il dipendente trasporti pubblici idem. Cidrolin dice a Lamelia: – Lo riaccompagno; sulla passerella ha le vertigini.

Lo tiene per mano per paura che caschi nella melma; poi risalgono il pendio.

– Arrivederci, – dice Cidrolin al dipendente trasporti pubblici.

Guarda lo steccato e il portello, coperti di scritte. Il dipendente trasporti pubblici dice: – Mica la capisco la gente che sente il bisogno di scrivere. Ce l'han con lei?

– Arrivederci, – gli dice Cidrolin.

Mentre il dipendente trasporti pubblici s'allontana lentamente, Cidrolin va a prendere il barattolo di vernice e, con diligenti pennellate, stende un bello strato di verde sulla lettera A; ci si mette d'impegno; insiste fin quasi a far riapparire la sopracitata lettera per eccesso di vernice, poi passa alla lettera S senza che venga meno il suo fervore. Non s'ode piú passare il passo del passante, né le mille e mille auto che trascorrono sul viale. Il Visconte di Péchiney parla a voce bassa al Duca d'Auge. La Trémoille, Dunois, il Duca d'Alençon vogliono far qualcosa per mettere al passo il Capetingio e ricordargli i riguardi che deve avere verso la gente bennata. Qualcuno d'ancora piú importante s'è unito a loro. Il Duca d'Auge domanda chi può essere costui, e soggiunge che non ne ha la minima idea. Dopo essersi fatto pregare un po', il giovin signore confessa che questo qualcuno altri non è che il Delfino.

– Che dite! – esclama il Duca d'Auge. – Il famoso Luigi Undicesimo?

– In persona, – risponde il Visconte di Péchiney, – però fate attenzione che undicesimo non è ancora diventato.

– E cospirerà contro il papà suo?

– Noi non cospiriamo: difendiamo i nostri legittimi diritti.

– Lo so bene; e del mio buon amico Gilles de Rais che ne sarà in tutta questa storia?

– Lo libereremo.

– Vi regalo cento chiodi di garofano, se questo avviene. Nell'attesa, si beva!

E si bevette.

Capitolo settimo

La sentinella avvistò due personaggi che, a dorso di mulo, stavano dirigendosi al castello. Il Duca d'Auge ne fu subito informato. Era l'abate Biroton seguito dal diacono Riphinte.

– Adesso gli facciamo uno scherzo, – disse il Duca d'Auge. – Gli tiriamo addosso un colpo di bombarda e un paio di colubrinate. Poi andrete a recuperare le pallottole.

A quei novellini d'artiglieri la cosa non suonava tanto per il loro verso: era la prima volta che dovevano far funzionare i nuovi acquisti del Duca d'Auge. La bombarda non deluse le aspettative: una palla andò a incassarsi nel suolo a meno di trecento metri da Onesiforo, il quale – in una col diacono Riphinte – non capí che diavolo stesse succedendo.

Quando nelle immediate vicinanze cominciarono ad atterrare pallottole da colubrina, il cappellano si buttò giú dal mulo per implorare la protezione divina, imitato immantinenti dal diacono. Lo scoppio d'un fusto di colubrina pose fine alla sparatoria, dato che il Duca non voleva rischiare di mandare a carte quarantotto, solo per uno scherzo, del materiale che gli era costato caro forte.

Mentre gli artiglieri sopravvissuti andavano a recuperare le munizioni, l'abate Biroton, seguito dal diacono Riphinte, si presentò al Duca.

– Che modo d'accogliere la gente, signor mio, – disse Don Biroton. – So bene che non avevate cattive intenzioni, però l'abbiamo scampata bella.

– Il risultato è stato piú soddisfacente di quanto non pensassi.

– Allora, signor mio, voi pure siete in possesso della diabolica bomba?

– Caro mio, bisogna pur difendersi. Aspetto da un giorno all'altro la real guardia celere, e dato che non ho voglia di lasciarmi calpestare, ho preso le mie precauzioni e ho fatto provvista d'invenzioni moderne e ultime novità.

– Siete sempre in battibecco col Re?

– Non si finisce piú. Stavolta, per via del mio buon amico Gilles de Rais...

– Uh! Quel frociaccio!

– Zitto lí, prete, la carità cristiana dove la metti? Il mio buon amico Gilles de Rais è stato bellamente giustiziato, come fosse un fittavolo, lui, nobile signore e guerriero valoroso, mentre la Guerra dei Cent'Anni dura ancora. Dato che questa storia non mi è andata giú, mi sono unito ad altri nobili signori e guerrieri valorosi per dare una lezione al Re; e sai chi era con noi?

– Non l'indovino punto.

– Il Delfino.

– Cosa? Il celebre Luigi Undicesimo?

– Non ancora undicesimo. Non sto a dirti quel che è successo: in fin dei conti, i nobil signori si son comportati come una massa di vagabondi e il Delfino ci ha mollato, tant'è vero che a tener testa al Re di Francia, in stato di ribellione son rimasto solo io. Per fortuna ci ho i miei cannoncini. To', visto che ci sei, non fare storie, benedicimeli.

Don Biroton, senza discutere, eseguí. A operazione compiuta, il Duca gli diede una cordiale manata sulla spalla, s'interessò della sua salute e domandò:

– Di' un po': e questo concilio?

– Ha deposto Eugenio IV per sostituirlo con Amedeo, e il Re di Francia promulgherà la Prammatica Sanzione che difende le libertà della Chiesa gallicana.

– Se non capisco male, tu stai dalla parte del Re.

– Non dovete prendervela, signor mio, ero là solo in veste d'osservatore.

– Uhm, mi ha l'aria che in te covi il traditore.

– Signore! Traditore io? Un semplice osservatore conciliare, vi ripeto.

– Ripetilo pure, ma io ti terrò d'occhio; mi domando se non è stato il mio angelo custode a consigliarmi di festeggiare il tuo ritorno con un po' di cannonate. Sono guelfo e feudale, io. Se il mio cappellano si lascia invaghire dalle idee moderne, non mi resterà che legarlo alla bocca d'una bombarda e farlo salire in cielo a pezzettini.

Don Biroton s'astenne dal commentare questo proponimento, e nel silenzio che seguí s'udirono le voci di Pigranella e Belusina cantare un rondò che Carlo d'Orléans stava proprio allora per scrivere: *Hyver, vous n'êtes qu'un vilain*. Nelle scuderie, Sten e Stef le accompagnavano coi loro gorgheggi.

– Paiono di buon umore, le vostre figliole, – disse il cappellano per stornare il discorso dalla sua persona.

– Sí, – replicò il Duca. – Gli ho trovato marito.

– A tutt'e tre?

– Sí.

– Anche a Felisa?

– Anche a Felisa. Sai, Onesiforo, da quando sono rimasto vedovo, le poverine non vedevano piú anima viva. Adesso invece, grazie agli intrighi in cui mi sono cacciato, mi son fatto tanti amici ed alleati, tutti gran vagabondi come ti dicevo, e, tra i piú vagabondi tra questi vagabondi, ho messo le mani su tre giovani grulli a cui rifilare il mio terzetto: Pigranella, al Sire di Ciry, Belusina al Conte di Torves e Felisa al Visdomino di Malplaquet. Cosa fatta capo ha. Spero che le nozze potranno celebrarsi prima che arrivino gli arceri del Re.

– Che voi nutrite speranza di sconfiggere?

– Coi miei cannoncini non ho piú paura di nessuno.

Il Duca d'Auge si fregò le mani dando libero corso alla soddisfazione piú viva, poi bruscamente s'oscurò in viso.

– E su questa storia universale al cui proposito t'ho, già da lunga pezza, interrogato, son sempre qui che aspetto una risposta.

– Cos'è esattamente che volete sapere?

– Quello che pensi della storia universale in generale e della storia generale in particolare. Ti ascolto.

– Sono proprio stanco, – disse il cappellano.

– Riposerai dopo. Dimmi un po', questo Concilio di Basilea, è storia universale?

– Ma sí: è storia universale in generale.

– E i miei cannoncini?

– Storia generale in particolare.

– E il matrimonio delle mie figliole?

– A mala pena storia «événementielle». Microstoria, tutt'al piú.

– Storia come? – urla il Duca d'Auge. – Che diavolo di linguaggio è questo? Che giorno è oggi? Pentecoste?

– Vogliate scusarmi, signore. Effetti della stanchezza, vedete. E del nervoso. Quelle pallottole sono proprio tremende: un'invenzione diabolica!

– Ma se le hai benedette, fannullone!

– I cannoni, non le invenzioni.

– Che razza d'ipocrita! Togliti di mezzo o ti stermino.

Onesiforo scompare.

Il Duca fa il giro dei bastioni, scruta l'orizzonte senza traccia d'arceri, distribuisce carezze a colubrine e bombarde, incoraggia i suoi bravi. Anzi, pronuncia pure una breve allocuzione:

– E se il cappellano vi viene a dire che si tratta d'un'invenzione diabolica, voi gli risponderete che se ai tempi delle Crociate s'avesse avuto dell'artiglieria, il Santo Sepolcro sarebbe rimasto in mano cristiana.

Ciò detto si dirige verso le cucine a vedere se c'è qualcosa di buono da piluccare, ma cambia bruscamente d'avviso e fa chiamare le figlie al suo cospetto.

Le tre giovani immantinenti si presentano. Per prima cosa, ringraziano vivamente il padre dello spassoso spettacolo che ha loro offerto bombardando e colubrinando Don Biroton e il diacono Riphinte; poi s'informano rispettosamente sulle intenzioni paterne quanto alla data delle nozze. Il Duca risponde chiedendo loro per prima cosa se a un certo punto decideranno di lasciarlo parlare. Che stiano pur tranquille, continua, tutto è pronto, i signori stanno arrivando di gran trotto; quanto ai reali arceri, ci sono i cannoncini per riceverli, e se mai essi osassero presentarsi alle mura del castello, le botte che si prenderanno costituiranno un altro numero del programma dei divertimenti. Parendogli concluso questo discorso, e cambiando ancora una volta d'umore, il Duca invita le triplici a liberarlo subito della loro presenza, se no son botte. Le figliole – mentre il Duca s'arrampica in cima al suo torrione a vedere se gli arceri del Re fan capolino da qualche parte – si precipitano alla ricerca del cappellano e lo trovano in cucina dove ha ripiegato per scorticare un po' d'aringhe affumicate bagnate nel chiaretto. Intervistato da loro, è costretto a confessare che sulla questione che le interessa non la sa affatto lunga, e le invita alla preghiera per raccomandare a Dio le loro anime.

– Beee, beee, – dice Felisa, in segno d'approvazione. Appena le ragazze se ne sono andate, il capo-cuoco propone al cappellano di rinvigorirsi ulteriormente con una torta che sta cuocendo, di sugna di montone alla cannella.

– Ti rendo grazia, – dice Onesiforo. – Brrr, quelle pallottole che mi volavano attorno alla chierica come tante mosche, dura esperienza per un pacifico prete.

– Però, cappellano, – dice il mastro cuciniere, – voi non avete mica paura di prenderle, ch'io sappia.

– Credi? Vuol dire che sto cambiando...

– A ogni modo, son d'avviso che la colubrinata di cui foste oggetto non è altro che un modesto inizio. Ce le si darà di santa ragione, da queste parti, e di qui a poco. Appena il nostro cristianissimo Re Carlo settimo avrà liquidato i Britanni, e magari anche prima, verrà a togliere al nostro Duca la voglia di far la jacquerie; e non sarà certo l'idea di difendere quest'orco feroce questo frocio di Gilles de Rais a renderlo popolare, il nostro Duca. Non ai miei occhi, comunque; non son mica per il cannibalismo, io, neppure se lo si pratica per scherzo. E nemmeno per le armi da fuoco, sono, questa piaga del nostro tempo. Si è già obbligati ad ammazzare animali, a sventrarli, a cavargli le trippe: pazienza, dobbiamo pur vivere; e poi l'anima non ce l'hanno, dico bene, signor cappellano?

– Un dubbio di tal genere potrebbe sfiorare solo la mente d'un Albigese, e, grazie al cielo, non ne resta neanche uno.

– Allora le servo la mia torta di sugna di montone alla cannella.

Onesiforo gradisce.

– Ecco, – dice, – qualcosa che mi consola d'essermi cacciato di nuovo in questo castello mentre con un po' d'intrighi al concilio avrei potuto farmi su qualche vescovato; solo perché non sono un intrigante, io. Comunque, qua siamo un po' come topi presi in trappola. E a questi matrimoni, a questi matrimoni, tu ci credi?

– Nemmeno un po', – risponde il mastro cuciniere, – non c'è niente di pronto, non sono stati avvertiti i fornitori, con le provviste che ho a disposizione non riuscirei a nutrire trenta persone, figuriamoci a sostenere un assedio.

– E su questa sua artiglieria se ne fa di illusioni, il nostro Duca! Picchiano a dritta e a manca, quelle palle, non si sa dove finiscono: non è mica ancora l'arma integrale; e poi il Re ce l'ha anche lui. Un po' di pallottole che vadano a segno nel ponte levatoio, e gli arceri del Re t'entrano nel castello come vogliono.

– Guarda un po' il pretonzolo che si mette a fare lo stratega, adesso! – esclamò il Duca ch'era entrato di soppiatto. – Stratega disfattista, per soprammercato! Non so chi mi trattiene dall'appiccarlo per le ghiandole esterne.

Nell'attesa, non si trattiene dal tirargli un'orecchia. Indignato, Don Biroton si mette a urlare e, dato che ciò non impedisce all'altro di continuare, prende uno spiedino di sul fuoco e comincia ad abbrustolire la mano traente. Il Duca lancia un grido spaventevole e abbandona la presa agitando l'estremità combusta. Liberato, Onesiforo enuncia a chiara voce le sue rimostranze:

– Far questo a me! Rappresentante di Dio in terra! Osservatore al concilio di Basilea! Membro della Chiesa apostolica romana e gallicana! Gioacchino d'Auge, in ginocchio! Implora perdono se non vuoi che ti faccia scomunicare, e allora tanti saluti ai matrimoni, alle estreme unzioni e a tutto il resto! In ginocchio, Gioacchino d'Auge!

– E si rivolta, pure, – brontola il Duca spalmandosi la scottatura di burro fresco. – È già da un po' che me la vedo venire: il clero vuol comandare dappertutto.

– In ginocchio, Gioacchino d'Auge! – continua a urlare Don Biroton. – Implora perdono per la tua irriverenza verso santa madre Chiesa. In ginocchio, spicciati! comincio a vederti galoppare intorno tanti diavoletti che aspettano solo il momento buono per portarsi la tua anima all'Inferno.

– E come se non bastasse, ha delle visioni.

– E pensaci su bene: niente piú di niente! niente piú unzioni! niente piú matrimoni!

Il Duca dà una scrollata di spalle, sospira, s'inginocchia.

– Perdono, – dice.

– Non ci metti abbastanza calore, – fa il cappellano. – Dài, dài, un po' piú di compunzione... un po' piú di fede...

Il Duca si decide a metterne la dose giusta.

– Imploro il perdono di santa madre Chiesa e quello del mio non meno santo abate, Onesiforo Biroton.

Gli si perdona.

– D'altronde, – egli spiegò piú tardi a Mouscaillot, – per un'orecchia di cappellano non era il caso di rischiare l'Inferno. Guarda però che io a quei diavoletti non ci credo. E lui, ci crede? Mah. Insomma, non posso mica mettermi contro tutto il mondo, nella vita bisogna essere un po' furbi. Beh, per pensare ad altro, me ne vado a caccia, anzi a caccia grossa, voglio vedere se prendo un aurochs o un uro. Sella i cavalli e prepara la muta... mi porterò pure una colubrina... certo, della selvaggina non resterà gran che, se la piglio in pieno...

Quando Cidrolin riapre gli occhi, un sole arancione cala verso le ina-case della zona suburbana. S'alza, beve un bicchiere d'essenza di finocchio, spazzola e indossa il suo completo piú chic. Per prima cosa va ad assicurarsi che steccato e portello siano vergini d'ogni graffito, poi chiude a chiave dietro di sé ed eccolo che si dirige verso gli autobus. Ne sceglie uno che lo porta al centro della Città Capitale, e di là ne prende un altro diretto a un ganglio minore della medesima città. Il crepuscolo indugia, ma caffè e botteghe s'illuminano come già di notte piena; è da dire che in quel ganglio, dall'alba al tramonto è sempre notte.

Cidrolin guarda a destra e a manca in ogni caffè come cercasse qualcuno o semplicemente un posto libero, un tavolino che faccia al caso suo. Va in qua e in là per un po', e finisce per entrare al Bar Biturico, un bar che si dà l'aria di somigliare a tutti gli altri. Si siede. Di clienti, c'è solo due tipi in piedi che parlano del Totip. Dietro il banco il padrone, inoperoso, ascolta i commenti ai pronostici; porta un berretto quadrato di quelli semicircolari di forma ovale, d'una stoffa a pallini bianchi e fondo nero, pallini ellittici, l'asse principale di ciascuno misurando sei millimetri e l'asse minore quattro, la superficie cioè essendo leggermente inferiore a diciannove millimetri quadrati. La visiera è di una stoffa analoga, ma i pallini sono piú piccoli e di forma ovale. La loro superficie non supera i diciotto millimetri quadrati. C'è una macchia sul tredicesimo pallino partendo dalla sinistra, per l'osservatore posto di fronte a chi indossa il berretto, e seguendo l'orlo della visiera. È una macchia d'essenza di finocchio. Una macchia di dimensioni insignificanti, ma che conserva, malgrado l'esigua estensione, il colore caratteristico della sostanza originaria, un colore un po' piscicoloso, intermedio fra l'infrarosso e l'ultravioletto. A un esame accurato del pallino seguente, continuando a contare sempre a partire da sinistra ponendosi di fronte a chi porta il berretto e percorrendo la linea che contorna il bordo della visiera, si distingue un minuscolo punto un po' sporco, originato anch'esso dalla proiezione d'una goccia d'essenza di finocchio, ma di dimensioni cosí esigue che si potrebbe crederlo semplicemente un filo nero proveniente dalla zona circostante del tessuto che si fosse smarrito all'interno del pallino bianco e avesse assunto una colorazione giallastra per effetto della luce al neon che cade bene o male dal tubo tubolare del lume luminescente; difatti nel funzionamento dell'impianto si verificano degli sbalzi e in certi momenti si potrebbe pensare che esso trasmetta dei segnali nell'alfabeto inventato da quel famoso pittore americano nato a Charlestown, Mass. nel 1791 e morto a Poughkeepsie nel 1872. Per una strana coincidenza, proprio sopra la testa di Cidrolin è appesa una riproduzione dell'*Ercole morente* di Samuel Finley Breese Morse, opera che ottenne nel 1813 la medaglia d'oro della Società delle Arti Adelphi.

Dato che questa riproduzione è appesa proprio sopra la sua testa, Cidrolin non può vederla direttamente, ma essa si riflette nel vasto specchio che copre tutto il muro di fronte, e ciononostante non è visibile neppure indirettamente da Cidrolin, in quanto uno dei due avventori del locale è di statura molto alta e nasconde completamente l'immagine dell'*Ercole morente* di Samuel Finley Breese Morse. L'altro avventore, di statura sensibilmente inferiore a quella del suo interlocutore, dato che non misura piú d'un metro e quarantadue centimetri, alza di tanto in tanto lo sguardo sulla stampa di cui ha una visione diretta, poiché sta addossato al banco voltando quasi completamente le spalle al padrone, il quale bruscamente sembra accorgersi della presenza d'un nuovo cliente, e di laggiú, senza spostarsi, senza fare neppure un gesto e tanto meno togliersi il berretto, domanda a Cidrolin cosa vuole consumare.

La domanda non sconcerta affatto Cidrolin che già la

prevedeva da alcuni istanti e s'andava preparando a rispondere; quindi la sua risposta non si fa aspettare. Essa consiste in un susseguirsi di parole che formano una frase grammaticalmente ben costruita e il cui senso non può lasciare dubbi nemmeno in una mente di padrone di bistrò cosí tarda come quella del gerente del Bar Biturico. Il padrone del bistrò ascolta ancora per un istante le considerazioni dei due avventori riguardo al Totip, poi porta a Cidrolin la bevanda richiesta cioè essenza di finocchio leggermente tiepida con una goccia d'acqua naturale. Cidrolin produce un sorriso di chiara evidenza per dimostrare gratitudine indescrivibile immensa e perpetua di fronte a tanta gentilezza e precisione, mentre serbando l'abituale gravità l'uomo dal berretto di stoffa nera costellata di pallini bianchi si ritira maestosamente dietro il banco.

Passano poi alcuni minuti durante i quali i due avventori cercano di risolvere i misteriosi problemi che presenta la schedina della domenica seguente: uno dei due è d'alta statura, l'altro sta voltato di tre quarti, appoggiando la schiena contro il banco di zinco, posizione che gli permette di dare un'occhiata di tanto in tanto alla riproduzione del quadro di Samuel Finley Breese Morse. E di tanto in tanto guarda pure l'uomo seduto là in fondo, che sembra intento a degustare la sua essenza di finocchio. Non pare trovare in lui nulla che lo interessi, dato che il suo sguardo non si ferma mai piú di tre o quattro secondi su questo personaggio privo di segni particolari, e pare preferire nettamente l'*Ercole morente* di Samuel Finley Breese Morse. Quando il suo interlocutore dichiara d'aver esaurito tutte le combinazioni ragionevolmente immaginabili, egli compie una lieve torsione, estrae del denaro dalla tasca e paga i due bicchieri che ancora indugiano prosciugati sul banco. Dà la mano al padrone ed esce, seguito dal compagno, quello d'alta statura. La porta si chiude dietro di loro.

L'uomo col berretto lava i bicchieri. Non rivolge la parola a Cidrolin.

Cidrolin non gli rivolge la parola.

È in questo momento che entra Albert.

Capitolo ottavo

Al vedere Cidrolin, Albert s'astiene da manifestazioni esorbitanti di sorpresa, riconoscenza o gioia, gli dà la mano, ordina una coppa di champagne. Riempita la coppa, l'uomo dal berretto di stoffa a pallini bianchi batte in ritirata dietro il bancone di zinco e riesce a farsi piccolo piccolo.

Albert e Cidrolin parlano a bassa voce.

– Ti va bene? – domanda Albert.

– Insomma.

– Ti riadatti alla vita civile?

– Bah. Ci si abitua.

– Abiti sempre sulla chiatta?

– Sí.

– Starai tranquillo, laggiú.

– Piú o meno. A parte il fatto che, da un po', c'è un cretino che si diverte a scarabocchiare sulla staccionata del boulevard. Passo il tempo a ridipingerla.

– Ti fai del cattivo sangue per niente. Un po' di graffiti, cosa vuoi che sia? Letteratura, nient'altro.

– Sí, sí, ma io preferisco darci sopra una mano di vernice.

– E d'altro, cosa c'è che non va?

– D'altro niente. Adesso marito una figlia, l'ultima.

– Cosí puoi star contento: le hai messe a posto tutte.

– Devo dire: non credevo mica che ci sarebbe riuscita, questa qui.

– Vedi: mai disperare.

– Oh, mica mi disperavo io. Era per lei, soprattutto.

– Sicuro.

– È cosí. Adesso resterò solo sulla mia chiatta.

– Vorrei proprio venirti a trovare, un giorno o l'altro, ma col daffare che ho, sai.

– È proprio di questo che volevo parlarti.

– Sul daffare che ho io, non vedo cosa puoi aver da dire.

– E be', stammi a sentire e capirai.

– Non chiedo di meglio.

– Be', adesso rimarrò solo sulla chiatta. Dovrò farmi da cucina da me, lavarmi la biancheria, rammendarmi i calzini, dare un colpo di ramazza al ponte, tutte occupazioni che mi scocciano e che in fin dei conti sono squisitamente femminili. Capisci cosa intendo?

– Non so dove vuoi arrivare.

– Se tu conoscessi una giovane, ma neanche troppo giovane, che potesse occuparsi di tutto, far da cucina, lavare, rammendare, dare un colpo di ramazza. Guarda che non tengo mica in modo speciale a sbattermela, anzi non ci tengo affatto, macché, si tratta solo di quel che t'ho detto, metter la pignatta al fuoco, stirarmi le camicie, rammendarmi gli slip, e tener la chiatta bella lustra. In marina, lo sai, non s'è mai finito di lustrare.

– E perché non ti rivolgi a un'agenzia di collocamento?

– Sí, con la bella reputazione che ho..

– E chi vuoi che se ne ricordi? T'hanno dimenticato.

– Eh no: quel tipo che fa gli scarabocchi sul cancello...

– È un'idea tua.

– Altro che idea. Quel che è scritto è scritto.

– Per me ti consiglio l'agenzia.

– Avevo pensato che tra le ragazze che conosci tu ce ne sarà chissà quante che preferirebbero il mio barcone a un bordello argentino o a un harem petrolifero.

– E no, qui lasciatelo dire, ti sbagli. Quello che puoi proporre tu non è mica un avvenire. A loro, il lavoro, credimi, gli dà il voltastomaco.

– Però. Però. Non è mica che chieda delle cose tremende: dare una sciacquata al castello di prua e al castello di poppa, sferruzzarmi un pullover, far bollire la lisciva, comprare le patate al supermarket, è mica la fin del mondo. Dovrebbe sembrargli piú gradevole che farsi prender d'infilata da uno sciame di gauchos o da uno sceicco poligamo e ruttifico.

– Come ti sbagli! 'Ste bambine che mi passan per le mani, qualcuna la terrei qui volentieri, basterebbe trovarle una qualche sinecura...

– Te n'ho proposto una.

– ... ma sono loro che mi supplicano di farle partire per paesi lontani. Sono delle colonialiste maledette.

– Sono delle sceme. Sei tu che le imbobini, che glie la conti, alle tue musmé. Per una volta, trovane una a cui contare la verità, cioè che la mia chiatta è una pura e casta dimora che val piú di tutti gli stripetís in una gargotta tropicale scalcagnata.

– Momento. La gargotta pidocchiosa non è mica il mio ramo. Io tratto solo locali di classe.

– Anche la mia chiatta è di classe. L'altro giorno è venuto l'agente delle imposte immobiliari galleggianti e mi ha dato buone speranze di passare a tre ancore categoria A.

– Complimenti, – dice Albert, colpito.

– Sei un amico, o no? – fa Cidrolin.

– Puoi dubitarne? – fa Albert, indignato.

– Allora, trovami quel che sto cercando.

– Sarà difficile.

– Ma no. Ti apposti in Avenue du Maine...

– Non verrai a insegnarmi il mestiere.

– ... vedi una ragazza che vien giú dal treno di Avranches, le dici signorina io so una chiatta non le dico altro, avrà da fare solo un po' di faccende domestiche e cuocere un po' di roba da metter sotto i denti, e potrà farsi la cura del sole standosene a guardare i giovanotti del club dei canottieri. E non le conterai mica delle storie: non è che si ritroverà poi a bordo d'un cargo liberiano a destinazione d'un paesucolo sperduto in capo al mondo.

– È un po' contro i miei principî, quello che mi chiedi.

– E tra i principî e l'amicizia tu non sai scegliere?

– Be', be'. Ma solo perché sei tu. Onesiforo!

L'uomo dal berretto di stoffa nera a pallini bianchi compie lentamente una rotazione di trentasette gradi.

– Portaci un po' una bottiglia di sciampagna, – dice Albert. – Della mia riserva speciale. È la stessa dei Rotschild, – spiega a Cidrolin, – degli Onassis, dei tipi cosí.

Onesiforo apre una botola e sparisce.

– E dimmi un po' – soggiunge Albert, imbarazzato, – ci resta da affrontare una questione.

– Non voglio mica che tu ci rimetta, – dice Cidrolin. – Pagherò alla consegna, la cifra esatta che avresti riscosso per l'esportazione.

– Ti farò uno sconto del venti per cento.

– Sei un amico.

Onesiforo porta la riserva speciale.

Bevono.

Anche Onesiforo ha diritto a una coppa; ma si tiene fuori dai rimasugli della conversazione che sta per estinguersi.

– Vedi un po', – dice Cidrolin, – di trovarne una che non sia troppo racchia, o troppo bischera.

– Farò il possibile, – dice Albert. – Per quel che è il colpo d'occhio, so il fatto mio. Quanto alla bischeraggine, è un elemento imponderabile, alle volte.

– Adesso me ne torno a casa, – dice Cidrolin.

– Ti faccio portare in macchina dal mio autista, – dice Albert.

– Grazie, no, – dice Cidrolin. – Preferisco l'autobus.

– Sempre i brutti ricordi, eh?

Cidrolin non risponde. Dà la mano ad Albert, saluta gentilmente l'uomo dal berretto di stoffa nera a pallini bianchi, prende i due autobus che ci vogliono, e giunto sulla chiatta, apre una latta di paté di fegato e tartinifica il pane. Degusta poi tre bicchieri e mezzo d'essenza di finocchio, e per finire va a letto e si addormenta. Si trova faccia a faccia con un mammuth, uno vero.

Il Duca d'Auge calcola freddamente la stazza dell'animale. Dice a Mouscaillot:

– Avevo pensato a un aurochs o a un uro detto anche bos primigenius, non a questa bestiola. Credevo che non ne esistessero piú, sulle mie terre. Artiglieri! Olà, ai vostri pezzi! Bersaglio: il mammuth! Puntate...

Il mammuth, dopo aver preso fiato, carica al trotto gli aggressori.

– Si salvi chi può! – nitrisce Sten che rosicchiava licheni al piè d'un albero.

– Si mette a dar ordini lui, adesso! – dice con indulgenza il Duca.

– Si salvi chi può! – bela Mouscaillot.

– Tu quoque...

Il Duca d'Auge vuol appioppare una scopola al paggio, ma questi ha tagliato la corda insieme agli artiglieri, alla muta e ai cavalli. Senza lasciarsi impressionare da tante diserzioni, il Duca sguaina la daga e s'appresta a infierire sulla belva. La belva dal canto suo non manifesta che disdegno per il compagno d'arme di Giovanna d'Arco e Gilles de Rais: con un colpo della possente zampa affonda la colubrina nel terreno e prosegue a proboscide spiegata, nella pachidermica speranza di ridurre in poltiglia quel pidocchiume che ha scorto laggiú. Ma già i cani sono a cuccia, i cavalli in scuderia, e gli artiglieri alle loro postazioni accanto al ponte levatoio. Sul posto resta dunque il Duca d'Auge, indenne, ansante, degno del suo rango.

Getta uno sguardo triste sul suo pezzo d'artiglieria trasformato in radice sotterranea, cosí fanno già due mandati alla malora in una sola giornata, queste invenzioni moderne finiscono per costargli care. Rinfodera la daga e s'accinge a considerare un momentino la situazione storica.

Era una situazione forestale e sottosviluppata. Gli alberi venivano su in silenzio; l'attività del regno animale era scarsa, oscura e muta. Il Duca d'Auge, che non era solito consacrare molta parte del suo tempo libero alla contemplazione della natura, decise di raggiungere contrade piú abitate; a questo scopo giudicò che la mossa piú intelligente sarebbe stata quella di rifare il cammino seguito per venire fin lí, il quale cammino, di regola, doveva ricondurlo al castello.

Senza indugio, identifica il sentiero adeguato e vi marcia di buon passo per un'oretta circa. Ed ecco che s'accorge d'aver preso un sentiero heideggeriano. Su tutte le furie, fa dietro-front e marcia di buon passo per un'altra oretta, sicuro di ritrovarsi nella radura dove la sua colubrina giace, onusto il cuore d'humus e di foglie putrefatte. In una radura finisce per sboccare, ma del suo cannoncino non c'è traccia. Esaminati attentamente tutti i dati del problema, conclude che: delle due l'una, o non è la stessa radura di prima oppure il suo pezzo d'artiglieria gli è stato rosicchiato da uno sciurus communis o polverizzato dalla tineola biselliella. Come Buridano aveva insegnato qualche lustro prima, un tal dilemma non poteva condurre che alla fame, e il Duca d'Auge per principio era contrario ai pasti troppo frugali, figuriamoci ai pasti saltati. Applicando una metodologia probabilistica, s'inoltrò in una direzione aleatoria quanto arbitraria, continuando a errare cosí fino al crepuscolo.

– Certo che avrei potuto seminare il cammino di sassolini bianchi, – disse il Duca ad alta voce per farsi compagnia, – ma da una parte non ne avevo sottomano e dall'altra non so a cosa mi servirebbe adesso che viene notte e per di piú notte nera.

Effettivamente, venne notte e per di piú notte nera. Il

Duca s'ostinava a camminare ma cascava nei roveti e dava musate nelle querce secolari, uscendo in urla di rabbia e imprecazioni delle piú sconvenienti, senza rispetto per la bellezza notturna di quei luoghi. Cominciava ad averne basta, ma basta davvero, quando scorse, trapunta sulla oscura seta delle tenebre, una luce.

– Andiamo a vedere cos'è, – disse ad alta voce per farsi compagnia. – Magari sarà soltanto una lucciola di grandi dimensioni: ma ho tanta fame che me la mangerei per antipasto.

Non era una lucciola, bensí una capanna.

– Devo star calpestando ancora le mie terre, – mormora il Duca, rassicurato, – e chi alberga in questa capanna non può che essere un mio servo. Un taglialegna, senza dubbio. Se ci fosse qui Sten, potrebbe dirmi come si chiama, lui conosce tutti, ma quel bastardo è scappato e io sono qui sperduto come Pollicino, ecco cosa vuol dire andare a caccia col cannone senza portarsi dietro la merenda, il portolano e l'elenco di coloro a cui posso imporre una corvée.

Vuol spingere la porta (è sulle sue terre, sí o no?) ma la porta è inchiavardata e resiste. Con l'elsa della spada, picchia, picchia, e nello stesso tempo si presenta:

– Apri, villano, apri al tuo Duca!

Aspetta, ma nessun mutamento si produce nella situazione ambiente. Ripete:

– Apri al tuo Duca, villano, apri!

E cosí di seguito, piú volte. Risultato: zero.

Dopo aver riflettuto, il Duca esprime a se stesso il proprio pensiero: – Povero diavolo, ha paura. Deve avermi preso per qualche spirito nottambulo e silvano. È di troppo bassa estrazione per avere il coraggio che ho io, ma forse non sarà insensibile alla pietà. Proviamo con l'astuzia...

E, lacrimando, lancia un grido disperato:

– Ho fame!

Subito la porta s'apre, come per incanto e una apparizione radiosa fa la sua apparizione.

Consiste, la suddetta apparizione, in una pulzella insigne per sporcizia ma esteticamente impareggiabile. Il Duca resta senza fiato.

– Mio povero signore, – dice la giovine con voce melodiosa da restarci secchi, – venite a sedervi accanto al fuoco e a dividere con me un modesto pastone di castagne e ghiande.

– È tutto lí, quel che avete da metter sotto i denti?

– Ahimè sí, mio signore. Il mio babbo è andato in città a comprare qualche oncia di merluzzo affumicato, ma non ha ancora fatto ritorno e certamente ormai non sarà qui prima dell'alba.

A questo discorso il Duca comincia a mettersi in testa delle idee: la notte è lunga, e un modesto pastone è presto mangiato, soprattutto se si tratta di dividerlo con la tenera fanciulla che lo sta guardando con la timidezza d'un'anima semplice. La scruta.

– Siete bella paffutella, – dice il Duca.

A tanta galanteria, ella fa il nesci.

– Sedetevi, mio signore, sedetevi. Volete che metta un po' di pepe nella pentola? Ne possiedo un prezioso sacchetto regalatomi lo scorso Natale dalla mia madrina. È pepe che viene dal Malabar, di quello autentico, non falsificato.

– In fede mia, non dirò certo di no, – fa il Duca, ed arrossisce. – Qualche chicco...

– Tutto il sacchetto! Giú tutto il sacchetto! Ne trarrete conforto, signor mio.

– Ho l'aria tanto male in gamba?

– Vossignoria fa la sua figura, ma deve aver avuto qualche emozione.

– Diamine... perdere un cannone... cosí su due piedi...

– Un cannone? Vossignoria ha un cannone?

– Piú d'uno, – dice il Duca, fieramente.

La ragazza saltella di gioia e batte le mani.

– Oh! avete cannoni? Io li adoro, i cannoni! Almeno è qualcosa di moderno!

E si mise a correre entro l'esiguo perimetro della stanza cantando: – Dansons la Carmagnole, vive le son, vive le son... Dansons la Carmagnole, vive le son du canon...

– Una ragazza deliziosa, – mormorò il Duca D'Auge, – però questo ritornello non mi dice niente di buono.

E le chiese:

– Chi t'ha insegnato questa canzone, cocca mia?

– Il mio babbo.

– E che mestiere fa, tuo babbo?

– Il taglialegna, diamine.

– E a chi è soggetto?

– All'alto e potente signore Gioacchino Duca d'Auge.

– Cioè a dire a me. Benissimo: lo farò impiccare.

– E perché mai fareste impiccare il mio babbo, signor Duca?

– T'insegna delle cose che non vanno.

– Come! Vossignoria non ama il suono del cannone? E io che cantavo solo per farle piacere.

– È la carmagnola che non mi va.

– Non siete gentile. Vi accolgo in casa nostra e voi volete impiccare il mio babbo. E le leggi dell'ospitalità dove vanno a finire?

– Io qui sono in casa mia, piccola. Qui tutto è mio: foresta, legno, taglialegna, capanna, figlia del taglialegna.

– Non correte troppo, signor Duca. Volete impiccare il mio babbo? E io rovescio la pignatta nel fuoco.

– Sangue di Dio, non farai una cosa simile!

– Allora promettetemi che non farete nulla di male al mio babbo.

– Promesso! Promesso!

– Non mi fido. Avete una cattiva reputazione. Siete capace di papparvi le mie ghiande, le mie castagne, e il mio sacchetto di pepe, e poi dopo di fare come avete voglia.

– Ma no, ma no. Promesso ho promesso, servimi questo buon piatto pepato e non ne parliamo piú: mi stai facendo illanguidire!

– Promettete perché avete fame. E poi...

– Piú che promettere, cosa vuoi che faccia?

– C'è pure la promessa per scritto, ma firmata da voi non varrebbe molto di piú.

– Una promessa per scritto! Ah! ah! ah! E avresti qui un calamaro e una pergamena? Questa è buona davvero!

– Deridete crudelmente il nostro analfabetismo, signor Duca.

– Ma non le tue doti di cuoca. Su, svelta, servimi questa pietanza cosí profumata e ben condita. Da' qua, da' qua.

Il Duca s'alza quatto quatto, pronto a saltare sulla pignatta, a rischio di bruciarsi le dita, ma la fanciulla sorveglia attentamente il suo signore, e quando egli finalmente si slancia, vlan!, ecco che castange, ghiande e chicchi di pepe precipitano nel fuoco e si trasformano in brace.

– Anche questa l'ho in quel posto, – mormora il Duca che non ha piú neanche il coraggio di picchiare di santa ragione la piccola boscaiola.

Torna a sedersi sul suo sgabello, a testa china, e si lamenta:

– Che fame, ohi ohi, che fame, ohi che fame che ho.

Sgrida la ragazza:

– Bella stupidaggine hai fatto. Innanzitutto, buttar via del cibo è una cosa che non va mai fatta: poi, adesso io non sono piú legato a nessuna promessa; terzo, vienimi ancora a parlare di leggi dell'ospitalità. bella ospitalità la tua!

Si guarda intorno:

– Non c'è proprio altro da metter sotto i denti, qui?

Il suo sguardo si fissa:

– Certo, c'è questa giovine. Il mio amico e compagno d'armi Gilles de Rais non ci avrebbe pensato su neanche un minuto; io però di grane ne ho già troppe. Potrebbero prendere male la cosa, nel paese Magari i miei futuri generi non sarebbero contenti. E poi... senza pepe...

Sprofonda in una cupa meditazione che confina con la sonnolenza. Si sente mancare la terraferma sotto i piedi, ha l'impressione di vacillare, la capanna prende a galleggiare incerta, adesso lui potrà starsene sul ponte disteso sulla sedia a sdraio, ma lo risveglia una ragazza:

– Signor Duca, signor Duca!

– Checchecché...

– Se attendendo l'alba e il ritorno del babbo giocassimo un po' a un gioco?

– A che gioco?

– Un gioco.

– E che posta ci si gioca?

– La vita del babbo.

– Buona idea! – esclama il Duca, rinvigorito.

E stanno lí a giocare fino all'alba.

Capitolo nono

Dopo i diciotto mesi passati in prigione, Cidrolin non era mai tornato nei ristoranti gastronomici che frequentava una volta. Temeva d'essere riconosciuto. Alle volte comprava «La Settimana dell'Obeso», un periodico che dava l'elenco dei migliori locali, ce n'erano di quelli che Cidrolin non conosceva, avrebbe voluto provare qui o là, ma non si decideva mai.

L'interim tra Lamelia, ora signora Cuveton, e la protetta di Albert ancora da venire, anzi ancora da trovare, era retto soltanto da lui, e dato che i risultati si rivelavano, come era previsto, monotoni e mediocri, sarebbe stata cosa saggia approfittarne per sperimentare un categoria-extra-lusso particolarmente raccomandato e a lui finora ignoto, al fine di concedersi una volta tanto un pasto come si deve.

Era appena penetrato nell'antro quando si sentí interrogare sulle sue intenzioni, pur facili da indovinare. Avendo obiettivamente e sobriamente risposto che era venuto per mangiare, gli fu chiesto se aveva riservato un tavolo. Non avendo egli ottemperato a questa formalità, gli venne notificato che tutto era completo. Non gli restava che ritirarsi in buon ordine; cosa che egli fece esaminando di passata le attraenti varietà di antipasto e di dessert messe in mostra.

– Anche questa l'ho in quel posto, – mormorò ritrovandosi sul marciapiedi.

Si domandava se ritentare altrove, quando scorse le sue figlie e i suoi generi che scendevano da due macchine. Il gruppo era al completo: c'era pure il dipendente trasporti pubblici, a nome Cuveton. Mentre Jolando e Lucillo andavano a parcheggiare chissà dove, il resto della compagnia, di passo sicuro, fece ingresso nell'extra lusso.

– Se la spassano, – disse Cidrolin a mezza voce, – ma a me non me lo dicono mica. E lo sanno che quando si tratta di mangiar bene, per me è un invito a nozze.

– Diceva, scusi? – domandò il passante.

Cidrolin lo guardò: era un altro. Oppure lo stesso e lui non lo riconosceva.

– Niente, – rispose. – Parlavo tra me e me. Un'abitudine che si prende a star soli tanto tempo.

– Dovrebbe cercare di prenderla, – disse il passante. – Uno crede che lei voglia chiedere un'informazione, e si mette nella disposizione d'animo piú favorevole per esserle utile. Invece, niente; ci si resta male.

– La prego di scusarmi. Sono veramente desolato.

– E cos'era che stava dicendo, tra sé e sé?

– Cosa stavo dicendo? Già: cosa dicevo?

Fece la faccia di chi cerca nella memoria, aggrottò le sopracciglia con aria grave, come si fa in questi casi. Poi riprese la parola in questi termini:

– Ho detto: per me è un invito a nozze.

– Cosa intende dire con queste parole?

– Riconosco che l'espressione è ambigua: in effetti io

l'utilizzavo nel duplice senso di: a, fare volentieri una cosa, e bi, essere ospite in occasione di un matrimonio; ma è inutile che la annoi con le mie storie.

– Perché no? – chiese l'altro, con aria invitante.

– Perché non mi va, – rispose Cidrolin.

– In questo caso, – disse con tutta calma l'altro, – non vorrei abusare del suo tempo...

– Ma la prego...

Rimasto solo, Cidrolin fu scorto dai due generi reduci dal parcheggiamento. Far finta di niente non potevano: lo salutarono con bonomia protettiva.

– E allora? – fece Jolando. – È cosí che si abbandona la nave?

– Vista la bella giornata, vero? – disse Lucillo, – anche lui va un po' a spasso.

– E voialtri, – dice Cidrolin, – anche voi un po' a spasso?

– Essí, si va un po' a spasso. Passavamo di qui.

– E passate, passate. Uno di questi giorni ci vediamo!

Cidrolin resta lí. Gli altri due vanno avanti un po', poi si voltano e salutano ancora con un cenno della mano.

Cidrolin risponde, ma non s'è mosso.

– Cosa si fa? – chiede Lucillo. – Entriamo o no?

– Se ha visto entrare gli altri, – dice Jolando, – ci facciamo una bella figura.

– Non per questo lasceremo perdere una sbafata del genere.

– È sempre lí?

– Non si muove.

– Li ha certo visti entrare. Adesso resta lí solo per romperci le scatole.

– Abbiamo l'aria di due idioti. Bisogna far qualcosa.
– E invitiamolo.
– E se la prende male?
– Bisogna pur andare a mangiare, no?
– Puoi dirlo! Soprattutto che si deve mangiare mica male, lí. Hai dato un'occhiata a com'è dentro? Avrà per lo meno cinque stelle. Quel che andiamo a sbafarci...
– Allora torniamo indietro?
– Sí. Spiegagli tu com'è la cosa.
– Sempre a me, le grane.
Cidrolin li guarda tornare verso di lui con aria anodina. È Jolando che gli parla.
– Che fortuna averla incontrato. Dato che per il matrimonio di Lamelia non avevamo fatto un po' di festa, s'era pensato di farci su un bel pranzetto. E vorremmo che fosse anche lei della partita, dato che è anche lei da queste parti.
– E chi è che paga?
– Ognuno paga il suo.
– Però: ci avete la prospèriti. Non scegliete mica dei posti pidocchiosi. E il dipendente trasporti pubblici se li può permettere pure lui, questi lussi?
– Bah, noi l'abbiamo avvertito. Del resto, non ci si sposa mica tutti i giorni.
– Ma non s'è sposato mica quest'oggi. Saranno già otto giorni, no?
– Non è mai troppo tardi per far bene.
– Che idea però, 'sto pranzo. Cosa siete andati a pensare.
– Allora, viene? – disse Lucillo con impazienza. – Ci aspettano.

– A me, no, – disse Cidrolin. – A me non m'aspettava nessuno.

– Su, su, non la prenda su questo tono...

– E poi non ho riservato il tavolo.

– L'abbiamo riservato noi.

– Non è vero, – disse Cidrolin, – sono andato adesso a chiedere, e per me non c'era posto.

– Era là che voleva pranzare?

– E perché no? – disse Cidrolin.

I due generi tacquero.

– Avevo voglia di farmi un bel pranzetto, – disse Cidrolin. – Sarà per un'altra volta.

Prende l'autobus; alla panetteria all'angolo del Quai compra del pane; ma gli altri negozi del quartiere sono chiusi. Sulla chiatta ha ancora un po' di scatolame. La staccionata è stata di nuovo insozzata da scritte infamanti.

Cidrolin posa il pane e cerca il barattolo di vernice. Si mette a ricoprire le scritte d'una accurata mano di pittura. Ha fame, ma si ostina nel suo lavoro. Sul Quai, nomadi oziosi si fermano a guardarlo lavorare. Stanno zitti e guardano. A Cidrolin non fanno né caldo né freddo. Ci ha fatto l'abitudine, sia a ridar la pittura, sia a esser guardato dai nomadi. Non attacca discorso. Né, contrariamente a un'usanza molto diffusa, canta o fischia. Finisce di dar la pittura. I nomadi escono di scena.

Rimette al suo posto il barattolo di vernice. Si versa un bicchiere di essenza di finocchio.

– Mormora: – Bevo troppo. E non c'è piú Lamelia per dirmelo.

Va a vedere nella cambusa cos'è rimasto di scatolette. Ce n'è ancora per una quindicina di giorni, a non esagerare nelle dosi. Cidrolin non sa se, di qui a quindici giorni, Albert gli avrà trovato una persona. Se Albert non l'ha trovata, Cidrolin dovrà rinnovare la sua riserva; vede pendere sul suo capo la minaccia dello scorbuto. Per il momento, sceglie una scatoletta di filetti di tonno sott'olio raffinato di arachide. Per aprire la scatoletta c'è un dispositivo intelligente, e Cidrolin non è obbligato a ricorrere come al solito al martello e allo scalpello. Fende il bastone di pane per il lungo, versa il contenuto della scatoletta tra le due metà, che richiude con cura in modo da ricostruire la forma primitiva con la sola differenza che torno torno alla fenditura cola l'olio. Consumato il tutto, mormora:

– Non era poi cattivo. Ad abusarne, però, viene lo scorbuto.

S'asciuga mani e bocca in uno straccio polivalente. Torna su a vedere cosa ne è della staccionata. Non c'è stata piú scritta nessuna scritta, ma è successo che un cretino ci si è appoggiato e s'è riempito di vernice la giacca. Cidrolin viene cosí interpellato:

– Ehi lei! lei là! Che è sua 'sta chiatta? Che è suo questo steccato? Almeno metterci un cartello pitturafresca, poteva, è il meno che si può fare, adesso vede la mia giacca, buona per la tintoria, e il conto, me lo paga lei, il conto?

– Si capisce, – risponde Cidrolin. – Quanto fa?

– E fa lo spiritoso per giunta! Ma bisogna vedere!

– Tenga presente, – dice Cidrolin, – che lei ha deteriorato lo strato di pittura che ho appena dato. Bisognerà che ricominci il lavoro da capo, e ho altro da fare.

– E cosa?

– La siesta.

Il futuro cliente d'una delle numerose tintorie attualmente in esercizio guarda pensosamente Cidrolin. S'allontana.

Cidrolin va a cercare il barattolo di vernice. Ripara i guasti. Confeziona un piccolo cartello pitturafresca che applica coscienziosamente in posizione ben visibile.

Si sitema nella sdraio. Mormora:

– Non ho pensato a dire a Albert che una minorenne non la voglio.

Chiude gli occhi.

– Chissà che faccia avrà, – soggiunge.

– Lo sapremo tra poco, – dice il Sire di Ciry ai suoi due cognati, conte di Torves e Visdòmino di Malplaquet.

– Che importanza ha? – dice il Conte di Torves, – che si riposi, va bene; ma vediamo un po' quale risarcimento ci propone.

– Se vuol proporcelo, – dice il Sire di Ciry.

– Vorrei vedere anche questa, – dice Malplaquet lisciandosi i baffi.

Mouscaillot li introduce in sala da pranzo per uno spuntino. Il Sire di Ciry esamina il mobilio con occhio d'intenditore.

– Eh, eh, – mormora, – puro stile Luigi Tredici.

– Il signor Duca ci tiene a essere aggiornato, – dice il paggio, che ormai ha diritto di fregiarsi del titolo di Visconte d'Empoigne.

Vengono serviti pasticcio di cinghiale e altri manicaretti mattutini, e versata essenza di finocchio in cristalli di Venezia.

– Qui il denaro scorre a fiotti, – mormora il Sire di

Ciry, e rivolgendosi al Visdòmino che si serve digitalmente, soggiunge: – Ma perché non usate la forchetta?

Le forchette c'erano, non solo, ma erano anche d'argento.

– Non mi ci abituerò mai, – dice Malplaquet. – E innanzitutto a me questi utensili non mi dànno mica l'impressione di una cosa pulita. Non si sa mai dove li possono aver ficcati, prima; invece le sue proprie dita uno sa sempre dove le ha messe.

– Bisogna pure camminare coi tempi, – dice Torves manovrando maldestramente uno di quegli arnesi.

– Signori, – dice Ciry, – se andate a Corte...

– Ma noi non ci andiamo, – dice Malplaquet.

– Non si sa mai, – dice Ciry.

Aspettando il Duca, continuano a sgranocchiare pasticcio di cinghiale e altri manicaretti mattutini, tracannando dimolti càntari di vino chiaretto.

– Ditemi, Empoigne, – fa a un tratto Malplaquet, con voce acuta, – ma Auge, a noi altri, ci ha pensato?

– Non so, – dice Empoigne, prudente, – ma credo che ci siano buone notizie.

– Ebòllo d'impazienza, – dice Torves.

– Odo un passo, – dice Ciry.

L'ha udito nonostante il rumore di masticazione e digestione incipienti o culminanti. E in effetti appare il Duca, seguito da Don Biroton, dal maggiordomo e da alcuni valletti.

– Affedibacco, – esclama il Duca, – come trovate la mia barba? Ho fatto venire un barbiere dalla città per arrangiarmela.

I generi esultano: sublime!

Il Duca indica Onesiforo.

– Guardatelo bene, – dice. – È vescovo!

I generi esultano e vogliono baciargli l'anello; ma il vescovo in partibus di Sarcellopolis ne è ancora sprovvisto.

– E adesso guardate me, – soggiunge il Duca. – Avete davanti a voi un uomo che ha ricevuto da Sua Maestà trecentomila lire per sposarsi.

I generi esultano, gridano: viva la Regina! viva il Maresciallo d'Ancre! Il Duca ride compiaciuto, si frega le mani, coglie al varco un pasticcio di cinghiale e, senza far uso di forchetta, lo divora.

– E noi? – il Duca di Torves domanda allora.

– Sí, e noi? – fa eco il Visdòmino di Malplaquet.

– E io? – dice il Sire di Ciry.

Il Duca seguita a ridere divorando pasticcio. Ridere mangiando è sempre pericoloso, difatti manca poco che si soffochi. Gli versano càntari su càntari.

– Si decide o non si decide? – chiede a bassa voce Ciry a Malplaquet.

– E se per noi non avesse ottenuto niente? – mormora Malplaquet, il volto stravolto.

– Ebollo, ebollo, ebollo, – sospira Torves.

La fame e la sete del Duca sono finalmente bonificate; l'essenza di finocchio sopisce gli ultimi spasimi. Ha preso un'aria grave: ora certamente comincerà a parlare, a enunciare le buone notizie preannunciate dal Visconte d'Empoigne; quand'ecco diviene manifesto, con gran disperazione dei generi, che gli passa per il capo un'altra idea.

– E le mie figlie? – domanda.

Sono, naturalmente, nell'appartamento delle dame.

– Che vengano! – ordina. – Non voglio ripetere il mio discorso un'altra volta.

I generi scalpitano d'impazienza, se la fanno addosso dalla rabbia, ma non c'è niente da fare. Il Duca fa portare altre squisitezze, bigné di cinghialetto, sufflé di fegato di merluzzo, zampini di maiale alla sugna. Chiede che si versi vino ippocratico e idromele, per non esagerare con l'essenza di finocchio. S'informa compitamente dai generi su come sono andati i loro rispettivi viaggi; gli rispondono digrignando i denti. Del resto il tema non è che a lui interessi; si volta verso Monsignor Biroton e gli ricorda che vuol essere lui a mettergli l'ametista al dito, per quanto il beneficio del vescovado sia abbastanza pingue perché Onesiforo possa pagarsela lui. Poi s'informa di dove diavolo è situata Sarcellopolis. Questa curiosità peregrina mostra con tutta evidenza ai generi che non sta pensando a loro, cosa che non promette niente di buono. Monsignor Biroton che ignora completamente dove sia la sua sede vescovile e che non ha nessun bisogno di saperlo dal momento che non avrà mai da andarci, s'accolla una pia menzogna rispondendo che Sarcellopolis si trova in Asia Minore.

– Nelle mani degli Ottomani, dunque?

– L'avete detto.

La cosa rende il Duca pensoso:

– E se organizzassi una piccola crociata per recuperarti il vescovado?

I generi sono pieni di spavento: già vedono lo stretto dei Dardanelli che s'inghiotte il gruzzolo del babbo sano sano.

Onesiforo s'affretta a calmare il Duca:

– Lodevole moto di pietà, signor mio, lodevole ma Dio ha voluto che il mio vescovado sia in partibus: che la sua volontà sia fatta.

– Davvero non ci tieni? È un'occasione che non credo si ripeterà un'altra volta.

– Vi rendo grazie, signor mio, e m'inchino.

I generi hanno sudato freddo. Ora respirano di sollievo. Al Sire di Ciry viene pure da fare il bello spirito:

– Siete un vero donchisciotte! – dice al Duca con un sorrisino.

– Cosa? cos'è? cos'è che sono?

– Don Chisciotte? Il miglior libro straniero pubblicato nel 1614. L'ho letto nella traduzione di César Oudin.

Il Duca guarda Ciry con commiserazione.

– Che prezioso ridicolo, – mormora.

L'altro non sente: s'avvicina un pigolio di donne. All'entrare nella sala da pranzo le figlie si tacciono e vengono rispettosamente a inchinarsi davanti al loro babbo. Ora che tutti sono al loro posto, il Duca d'Auge può enumerare i governatorati, i benefici e i privilegi che secondo il trattato di Sainte-Menehould ha ottenuto per i propri generi e quindi per le proprie figlie.

– Beee, beee, – dice Felisa, dando espressione alla soddisfazione generale.

I generi non ebbero dunque nulla da ridire sul fatto che il suocero sposasse in seconde nozze Russula Péquet, contadina, figlia d'un boscaiolo.

Cidrolin si risvegliò di soprassalto; gli sembrava che avessero suonato alla porta che dava sul Quai. S'alzò per andare a vedere: nessuno. Annottava. Guardò se avevano scarabocchiato ancora ma non vide nulla. Ridiscese a vestirsi il piú correttamente che poté e seppe, chiuse tutto a chiave sulla chiatta e si diresse al bistrò all'angolo.

Qualche coppia ancora s'attardava a sbaciucchiarsi. Alcuni dipendenti trasporti pubblici mangiavano i loro panini e bevevano le loro mezze birre commentando i minuti incidenti del servizio. Cidrolin espletò un'ordinazione d'essenza di finocchio con acqua naturale, un acquisto di gettone e una consultazione d'elenco telefonico. Dopo aver atteso per ventisette minuti che una coppia chiusa nella cabina a far ventosa lasciasse il posto libero, si mise in contatto con l'extra-lusso che quello stesso giorno a mezzogiorno l'aveva sbattuto fuori.

– Vorrei prenotare un tavolo. Per stasera.

– Quante persone?

– Una. Una sola.

Sentí che il ricevitore gli si raffreddava in mano: all'altro capo del filo non dovevano essere contenti. Era una cosa che non avrebbe dovuto dire.

– Però mangio per quattro, – soggiunse.

Un certo tepore riguadagnò il ricevitore. Gli chiesero il nome.

– Dicornil. Signor Dicornil. Di come Duca, I come Joachim, C come Capetingio, O come Onesiforo, R come Riphinte, N come N e il resto come logico.

– Dupont. È cosí? Per il signor Dupont?

– Esatto.

Quando si introdusse nell'extra-lusso, s'accorse subito che era del tutto inutile aver telefonato: il ristorante era vuoto. Era un posto in cui si praticava correntemente la colazione d'affari, ma la clientela cenante vi era rara. Ciononostante un maître, con alterigia, domandò se era stato prenotato un tavolo. Cidrolin rispose sí. A che nome?

– Dupont. Signor Dupont.

– S'accomodi da questa parte, signor Dicornil.

Cidrolin s'aspettava che gli proponessero un tavolo in mezzo a una corrente d'aria o vicino all'office. Niente affatto. Era una bellissima e ampia tavola tutta carica di stoviglie e di posate. Cidrolin ne ebbe un'impressione favorevole. Porgendogli un menú di circa centosessanta centimetri quadrati di superficie, il maître gli chiese se desiderava un aperitivo. Cidrolin optò per l'essenza di finocchio.

– Il signore ha una sua marca preferita?

– Il Cavallo Bianco, – egli rispose al cameriere.

Poi guardò con cipiglio il nome dei diversi piatti. Il maître indicava con la punta della matita le specialità e i piatti del giorno. Non appena Cidrolin ebbe deciso di cominciare col caviale fresco di grana grossa, la conversazione entrò in un clima amichevole. E diventò francamente cordiale quando Cidrolin si ripromise d'affrontare poi una kulibiaka di salmone cui seguirebbe un fagiano arrosto accompagnato da tartufi del Périgord. Ripensandoci, Cidrolin, che era ghiotto di vol-au-vent alla finanziera, stimò possibile inserirne uno tra la kulibiaka e il fagiano. Dopo il formaggio, avrebbe gradito un soufflé ai dodici liquori.

Il cantiniere portò l'essenza di finocchio in una bottiglia sulla quale faceva spicco l'etichetta del Cavallo Bianco. Ripartí con la missione di fornire una caraffa di vodka russa, una bottiglia di Chablis 1925 e una di Château d'Arcins 1955.

Il maître s'era tirato in disparte per lasciare operare il suo collega, ma allorché questi fu ridisceso nella sua cantina, si chinò verso Cidrolin e, molto gentilmente, gli chiese se aveva il certificato.

– Il certificato? Che certificato?

– Il certificato dell'Istituto Nazionale Assicurazioni Malattie.

– E perché?

– Il signore vuole scherzare. Il signore sa bene che senza un certificato dell'Istituto Nazionale Assicurazioni Malattie non si possono servire pasti di piú di tremila calorie, e quel che ha ordinato lei sarà sulle seimila.

Cidrolin aveva pur visto delle cifre sul menú vicino ad ogni piatto, ma credeva fosse il prezzo.

– Il signore non ignora che le indigestioni e le enteriti costituiscono una grossa parte del deficit dell'Assicurazione Malattie. Hanno dovuto prendere delle misure; ma il signore forse non paga quote all'Inam? Allora, il signore sarà qualcosa come presidente d'un consiglio d'amministrazione.

E sorrise, adulatore.

Cidrolin le sue quote le pagava, come ex detenuto, ma questa nuova legge non la conosceva. Non c'era via d'uscita. Mormorò:

– Anche questa l'ho in quel posto.

– Ma no, signore, ma no! – esclamò il maître, compassionevole. – Non si deve buttar via il manico prima dell'accetta.

– Dopo, – disse Cidrolin.

– Dopo? Come: dopo?

Il maître sembrava perplesso.

– Buttar via il manico dopo l'accetta, – disse Cidrolin.

– Ne è sicuro?

– Certo.

– Ma cosa vuol dire, poi? Da cosa deriva, quest'espressione?

– È un modo di dire francese del buon tempo antico, – disse Cidrolin.

– Io non lo capisco. Si dice cosí, buttar via il manico dopo l'accetta, e poi, se si cerca di capire esattamente cosa vuol dire, non si capisce piú. Ah, signore, quando si comincia a riflettere è tremendo.

– Non ci stia piú a pensare.

– Presto detto! Voglio capire, io. Perché: dopo? Se si butta via l'accetta si butta insieme anche il manico. Mica dopo. Decisamente non capisco.

– Ora le spiego. C'era una volta un taglialegna...

Pronunciata questa parola Cidrolin tacque e sembrò pensare ad altro.

Capitolo decimo

Sten mordeva il freno. Era stato il Duca a raccomandargli di star zitto, dato che viaggiava accompagnato da numeroso seguito e non voleva chiacchiere al riguardo, ma il padrone non era meno rincresciuto del cavallo, di cui gradiva il gaio blaterío. Stef trottava pure lui nel mutismo piú assoluto, il che rientrava d'altronde nel suo riserbato contegno abituale.

Impossibilitato a farlo con Sten, il Duca chiacchierava col Visconte d'Empoigne. Questa prospettiva degli Stati Generali lo riempiva di gioia: un'occasione eccellente per fare un salto alla capitale. La giovane Russula sua sposa novella avrebbe ben voluto venirci anche lei, ad assaporare i piaceri capitali, e aveva anche insistito in questo senso: il Duca s'era visto obbligato a somministrarle una giusta dose di legnate.

– Siete di mano dura, signor mio, – disse il Visconte.

– Di che t'impicci, cicisbeo? Non ti sarai mica invaghito della Duchessa?

– Dio me ne guardi!

– Non sei niente galante. Io lo spero bene, dico che tu lo sia, dico della Duchessa, innamorato.

– Per nulla affatto, signor mio.

– Non sarai mica ipocrita, per caso?

– V'assicuro, signor mio...

– Bene, bene. Ma credimi, se ho avuto la mano un po' dura, è che non potevo permettermi d'averla piú leggera di suo padre. Ne andava della mia dignità. Ho giudicato saggio che non trovasse le mie batoste piú dolci di quelle d'un taglialegna...

– Signore, signore, – disse piano il maître, – sto aspettando il seguito.

– ... che aveva lasciato cascare il ferro della sua accetta in fondo a un abisso.

– A un abisso?

– È cosí che raccontano la storia, – disse Cidrolin. – Non potendo andare a riprenderla...

– Sfido, – disse il maître. – In un abisso...

– ... scoraggiato, il forese...

– Scusi?

– Sí, il taglialegna...

– Un'altra espressione antica? Ma perché signore, tante parole cadono in disuso? Io che le parlo, durante la mia vita, ne ho viste sparirmene sotto gli occhi delle belle: cinematografia, velivolo, capofabbricato, eccetera.

– Vuol sapere come va a finire?

– Ho indovinato, – rispose il maître con aria furba. – Scoraggiato, il taglialegna, il forese come dice lei, si butta anche lui giú nell'abisso. È per questo che si dice anche: il difetto sta nel manico.

– Questa sarà una variante, – disse Cidrolin, calmo. – In realtà, il taglialegna si è limitato a buttar via il manico. Dopo aver buttato via l'accetta. Cosí è rimasto senza piú niente. Mentre se avesse conservato il manico, gli sarebbe potuto servire ancora.

– È una stupidaggine, – disse il maître. – Che cavolo poteva fare con un manico? Un bel niente. Quel che era difficile da trovare era il ferro. È ben scema, la sua storiella. Preferisco la mia versione.

– Che sia scema può darsi, – disse calmo Cidrolin, – ma in ogni caso avete imparato qualcosa.

– La ringrazio. Oh, ecco per lei il caviale a grana grossa extra-super arrivato proprio questo pomeriggio per aereo supersonico; con una vodka ben ghiacciata, lei può proprio scialare.

Cidrolin, in effetti, scialò.

Dato che il ristorante era semideserto, il maître di tanto in tanto tornava a vedere se tutto andava bene. La kulibiaka venne apprezzata, e il vol-au-vent alla finanziera divorato. Aspettando il seguito, Cidrolin fece un po' di conversazione.

– Conosco delle persone che sono venute a far colazione qui proprio oggi.

– A mezzogiorno abbiamo sempre molta gente, – fece l'altro, con aria d'importanza.

– Sei persone. Tre coppie.

– Tavoli da sei ne abbiamo avuti diversi.

– C'erano tre donne giovani, tre sorelle. Non che si somiglino molto, ma a farci bene attenzione, si può scoprire che sono tre gemelle.

– Trigemine? Non saprei. E dire che sono fisionomista.

– Gli uomini invece non avevano nessun segno particolare.

– Oh, allora sí, ricordo. Gente piuttosto volgare.

– Trova?

– Oh, questo glie lo posso garantire. Non era gente che mangia come mangia lei. Si spanciavano. E neanche loro avevano il certificato gastronomico. Non sapevano nemmeno cosa fosse: non erano abituati a frequentare ristoranti da piú di tremila calorie. Sono davvero gente che conosce?

– Cosí cosí. E cos'ha fatto vedendo che non le mostravano il certificato?

– Cosa vuole che faccia, signore? Ho fatto come con lei: li ho serviti.

Il maître sorrise con finezza e, mentre il servidorame minuto starnazzava intorno recando tartufi e fagiani, seguitò in questi termini:

– Devo confessarle, signore, che quel famoso certificato rilasciato dall'Inam me lo sono inventato io. Non esiste. È un frutto della mia immaginazione, un tratto di spirito con cui mi diverto a divagare i signori clienti. Qualcuno cade nella pania e allora sí che c'è da ridere. Col signore ho visto che non attaccava, ma quelle persone, quelle che lei conosce cosí cosí, si sono infuriate, volevano spaccare tutto. Era d'un comico!

– Lei dice che ha finito per servirli.

– Dopo averli calmati... dopo aver loro insinuato che per un favore tutto speciale... proprio perché erano loro... Insomma, veda un po' cosa non si riesce a far bere ai clienti un po' babbei.

– Vedo, – disse Cidrolin.

– Hanno lasciato una mancia da spilorci, però. Gente che val poco. Mica gente della sua categoria, sa, signore. E le signore: quasi quasi tre di quelle. Davvero che erano trigemine? Curioso. Non l'avevo mica indovinato. E dire che sono fisionomista.

L'arrivo di una coppia di clienti inattesi liberò Cidrolin della presenza del burlone. Poté finire in pace la sua selvaggina con ascomiceti, farsi con calma le sue fette di formaggi assortiti, degustare in tutta sicurezza il soufflé ai dodici liquori e con tutta tranquillità versarsi dietro alla cravatta un bicchierino di chartreuse verde. Domandò il conto, pagò, lasciò alcuni franchi supplementari per non deludere il maître che lo salutò con grandi inchini. Appena fu in strada, prese a meravigliarsi.

– Non ci credo, – disse a mezza voce, – è andato tutto che non poteva andar meglio.

– Prego? – domandò il passante.

Siccome era buio, Cidrolin non riuscí a riconoscerlo.

– Niente, – rispose. – Parlavo fra me e me. Un'abitudine che...

– Lo so, lo so, – disse il passante, un po' seccato. – Le ho già consigliato di cercare di perderla, questa abitudine.

– È mica festa tutti i giorni.

– E oggi sarebbe festa, secondo lei? In onore di chi?

– Ho cenato bene.

– E con ciò?

– Non mi era successo da un bel pezzo. O era robaccia, o c'era sempre qualcosa che andava per storto. Stavolta no: perfetto. Man mano che la cena andava avanti mi prendeva l'angoscia. Mi dicevo: non è possibile, non può durare, qualche fregatura me la devo pur prendere. Macché. Il fagiano, succulento; i tartufi, interi e spazzolati bene; i formaggi, di primo burro. Allora ho pensato:

toccherà al soufflé – un soufflé, signore, ai dodici liquori – toccherà al soufflé di non essere all'altezza. Macché: gonfio come una mongolfiera, vellutato, saporito. Niente da dire. Anche la chartreuse era di marca.

– Puah, – disse il passante, – non c'è di che rallegrarsi tanto. Ha pagato un occhio, a quel modo lí tutti son buoni. Ma vorrei vedere in un ristorantino economico.

– C'è dei ristoranti cari dove dànno roba da maiali. No, veramente, sono sbalordito. C'è qualcosa che non quadra... ma non voglio stufarla con tutte le mie storie.

– E perché no?

– Perché non mi va.

– In questo caso, – disse il passante senza perdere la calma, – non vorrei abusare del suo tempo... si fa tardi...

– Ma la prego...

Cidrolin porta a spasso il suo stupore nella notte. Una che gli è andata per il suo verso; non riesce a capacitarsene.

Senza rendersi conto di quanto ha camminato, si ritrova di fronte all'Arca. Prende la lampadina che ha l'abitudine di depositare nella cassetta delle lettere e alla sua tenue luce esamina la staccionata: non vi trova alcuna scritta.

Sta per aprir bocca e dire che trova tutto ciò piuttosto strano, ma non vuol correre il rischio di veder riapparire il passante. Sulla chiatta, tutto calmo, non s'è mosso nulla.

Beve ancora un bicchierino d'essenza di finocchio per far andare giú la cena che gli è rimasta nonostante tutto un po' pesante. Si chiede se andare a dormire oppure scendere, a titolo digestivo, nel canotto, e remare un poco. Non tarda a rinunciare a questi estremismi igienistici; decide d'addormentarsi; ha qualche difficoltà al riguardo ma alla fine ci riesce. Un cavallo gli rivolge la parola.

– Posso dirla una cosa? – domanda Sten. – Siamo tra noi.

Il Duca difatti non aveva altri al suo fianco che Empoigne in sella a Stef. La guida scavallava cento tese piú avanti e il resto della comitiva seguiva a distanza.

– Parla, mio buon Demò, – disse affettuosamente il Duca.

– Vi faranno una statua, un giorno o l'altro?

– In fede mia non mi son mai posto il problema, – disse il Duca.

– E perché no?

– Già: perché no? – disse il Duca, colpito.

– Una statua equestre, naturalmente, come quella del buon Re Enrico che abbiamo visto ieri.

– Una statua equestre! Corri troppo: non sono mica il Re di Francia.

– Io la vedo cosí, – disse Sten. – Equestre o niente.

– Ah, ho capito! Sei tu che vuoi farti fare la statua!

– E non me la merito? Un cavallo come me non lo si è mai visto dai tempi di Xanto. E ancora Xanto parlava soltanto con la voce di Giunone, mentre io non ho bisogno di nessuno per sapere cosa voglio dire.

– E chi è 'sto Xanto? – chiese Mouscaillot.

Sten cosparse l'aria d'incenso per mostrare quanta poca stima aveva per la cultura dell'Empoigne.

Si degnò comunque di rispondere:

– Uno dei cavalli d'Achille. L'altro si chiamava Balios.

– Sten ha finito ora di rileggere tutto Omero in tre giorni, – disse il Duca.

– Il mio buon Balios, – disse Empoigne dando una manata sull'incollatura di Stef.

– E a me, me la faranno pure a me, la statua? – domandò Stef.

– La meriterebbe, – disse Sten, da quel buon camerata che era. – Nell'Iliade Balios non parla, parla solo Xanto. Invece Stef parla, quindi ha diritto a una statua anche lui.

– Non si può mica farmi una statua equestre in sella a due cavalli, – fece osservare il Duca.

– Un bravo scultore magari saprebbe trovare la soluzione, – disse Sten che era ottimista per temperamento. – In tutti i casi, cominciamo con la nostra. Stef aspetterà, vero, Stef?

Stef non rispose e Sten non continuò il discorso, perché la guida s'era fermata. Si scorgevano dei lavori in corso.

– È una idea che non mi dispiace affatto, – disse il Duca a Empoigne. – Sentivo che mi mancava qualcosa; ecco: si tratta proprio della statua equestre. Appena saremo a Parigi, ci metteremo a cercare uno scultore.

Raggiunsero la guida. Anche il seguito arrivò a galoppo serrato.

– Miei nobili signori, – sbraitò il cicerone, – avete davanti a voi la curiosità parigina che al momento attuale attrae il maggior numero di visitatori, dopo beninteso la statua del nostro buon Re Enrico Quarto. I lavori sono stati intrapresi per ordine di Sua Maestà la Regina Madre.

– Viva la Regina! – gridò il Duca.

– Viva la Regina! – gridarono anche gli altri.

– Quando sarà terminato, l'acquedotto avrà una lunghezza di milleduecentotrenta piedi e un'altezza di novantaquattro. La costruzione è condotta sotto la direzione del Signor Salomon de Brosse...

– Fabbrica pure statue? – chiese il Duca.

– Non che io sappia... E del *maestro ingegnere fiorentino* Tomaso de Francini.

– E lui? – chiese il Duca.

– Pardon? Non capisco.

– Domando se fa delle statue, o se non ne fa nemmeno lui.

– Non che io sappia.

– Quando saremo a Parigi, mi condurrete dai piú illustri scultori della capitale.

– Ai vostri ordini, signore.

– A meno di farne venire uno dall'Italia...

La guida, tornando a bomba, propone ai nobili signori di smontare di sella e andare a vedere i lavori da vicino.

– Andate pure, – fa il Duca. – Io ne ho visto quanto basta.

Mentre gli altri s'allontanano, egli si mette in cerca d'un posto accogliente e discreto. D'ogni lato s'estendono praticelli ed orti. Il Duca si sente attratto da un'aiola di porri che gli pare abbisognino di concime. S'è appena accomodato quand'ecco il cielo oscurarsi, levarsi il vento, scoppiare la tempesta, e la pioggia cadere con fracasso. Il Duca che ha avuto giusto il tempo di portare a termine il suo disegno, cerca intorno un rifugio. In vicinanza non ne vede; scorge soltanto, al fondo del sentiero, una casa; si lancia alla carica. Il fango sorge a coprire la terra; il Duca slitta, cade a mollo, corre con i suoi piedi piatti che pare una pollastra di Bresse. Comunque ci arriva, alla fine, al riparo, alla casetta, la quale perché costituisca riparo deve avere una porta che si apra. Invece resta chiusa. Ha un bel bussare, il Duca: non succede niente, e continua a piovergli nel collo.

L'acquazzone raddoppia di forza. Il Duca comincia a esser lavato come non gli succedeva da tempo. Del resto, anche se si rendesse conto della propria pulizia, la cosa non gli procurerebbe alcun piacere. Prende l'uscio a calci, a spallate: alla fine paletto e gangheri cedono, la porta descrive una traiettoria di novanta gradi e si dispone orizzontalmente, seguita dal Duca inzuppato e furibondo.

Si rialza imprecando tra i denti. Sbuffa. Si trova in una specie di stalla o scuderia, a meno che non sia una cantina, o un granaio. La penombra è rischiarata appena dal vuoto della porta. Nubi nere coprono ancora il cielo. Il Duca è riuscito a capire dov'è: in una legnaia, una legnaia particolarmente ben fornita. C'è pure del carbone. Si propone il seguente programma:

– Accenderò un focherello per farmi asciugare brache, farsetto e copricapo.

Cerca un camino. Non c'è. Vede in fondo alla legnaia una porta. L'apre piano piano. Vede un personaggio chinato su di un fornello. Il Duca non ha il tempo di capire cosa diavolo stia facendo, quando questi si rialza, si gira verso di lui, grida:

– Indietro, sconsigliato! o la tua umida presenza manderà alla malora l'operazione decisiva!

– Ehi! – fa il Duca senza lasciarsi impressionare, – non ho l'abitudine che mi si parli su questo tono. Sono qui per asciugare i miei vestiti e me stesso.

– Indietro, ti dico! L'albero di rubino s'è trasformato in canarino verde e con il becco già pilucca l'oro nutriziale.

– L'oro! – esclamò il Duca. – C'è dell'oro lí sotto?

Senza degnarsi di rispondergli, l'altro si china e lancia un grido di disperazione.

– Maledizione! Il canarino verde s'è trasformato in gallina di piombo. Tutto da rifare!

– Be', – dice il Duca con leggerezza, – ricomincerete da capo e io non mi sarò preso un raffreddore.

– Ricominciare! Signor mio, sono ventisette anni di fatiche andati in fumo! Ventisette anni! E l'oro era lí lí per apparire nel crogiolo quando voi avete fatto la vostra sconveniente irruzione profanatrice.

– Molto interessante. Ma dovete aver pazienza. Io intanto m'asciugo.

Prende brache e farsetto e li stende davanti al fornello; anche lui s'espone alla fiamma, badando a non scottarsi. Una nube di vapore si sprigiona.

L'altro continua a lamentarsi.

– E quest'umidità che si deposita dappertutto!

Si precipita a tappare damigiane, a sigillare fiale. Geme:

– Dovrò far essiccare nuovamente le mie sostanze essenziali! Anni perduti! Che dico? buttati ai cani! E tutto per un signorotto che non sa dove ripararsi!

– Ehi! – fa il Duca, sorridendo. – Signorotto? Ma lo sai con chi parli, soffiatore?

– E tu sai con chi parli, signorotto?

– E dàgli col signorotto. Sono il Duca d'Auge, e rappresento la nobiltà della mia provincia agli Stati Generali.

– Puah. Io sono Timoleo Timolei, il solo alchimista del mondo cristiano a conoscere la vera ricetta dell'oro potabile o impotabile, per non parlare d'altre mille meraviglie.

– E quali?

– Camminare sul soffitto come le mosche e sull'acqua come Nostro Signore Gesú Cristo, trovarsi nello stesso tempo qui e in Nuova Spagna, viaggiare nella pancia d'una balena come il profeta Giona, cavalcare i delfini come Arione e correre piú svelto di Atalanta; viaggiare in una carrozza senza cavalli, fendere il cielo come l'aquila e la rondine...

– Mi sembra che hai un debole per i mezzi di trasporto.

– Sto facendo un'esposizione metodica. Volete sentirne un'altra serie? Capire il linguaggio delle api, parlare la lingua Topinambú senza averla imparata, conversare con una persona lontana mille leghe, udire l'armonia delle sfere celesti, leggere senza difficoltà tutte le scritture segrete, sapere a memoria il contenuto di mille e tre opere, discorrere d'ogni argomento con competenza senza aver studiato.

– Robetta, in confronto dell'oro! – disse il Duca cominciando a rivestirsi.

– Con la polvere di proiezione che stava per nascere

l'avrei potuto produrre non a once ma a libbre, che dico? a tonnellate, e l'intrusione di vossignoria ha mandato tutto a monte! M'aspettano altri ventisette anni di distillazione; o magari un po' meno, tenendo conto dell'esperienza acquisita.

– Quanti anni pensi di metterci, stavolta?

– Ehm, – fece Timoleo Timolei. – Tre... quattro anni...

– Entro tre quattro anni, te la senti di trovare la pietra filosofale?

– Me la sento.

– E l'elisir di lunga vita?

– Idem.

– Non c'è male, – disse il Duca che oramai era pronto.

Aveva finito di piovere. Il Duca si fece sulla soglia e scorse, a un centinaio di tese di distanza, il suo seguito che lo stava cercando. Si volse verso l'alchimista:

– Timoleo Timolei, che diresti di venirti ad installare nel mio castello con tutti i tuoi soffietti? Ti pagherei le spese, ti proteggerei contro le indiscrezioni ecclesiastiche, ti nutrirei principescamente; e tu mi faresti profittare del tuo oro e del tuo elisir. Che ne dici?

– Abbandonare Arcueil sarebbe duro per me; devo rifletterci.

– Già riflettuto tutto. Appena finiscono gli Stati Generali farò sgomberare questa stamberga con l'annessa legnaia e porterò tutto da noi.

Sten, che aveva scorto il Duca, arrivava al trotto. Frenò di colpo di fronte al padrone e lo rimproverò dolcemente:

– Mio signore, dove v'eravate nascosto? A che gioco giochiamo?

– Oooh, – l'alchimista diventò pallido e prese a tartagliare: – un cacavà... un vavallo... un cavallo checché... che paparla...

– Vedi? – gli disse il Duca, – non sarai in cattiva compagnia.

Inforca Sten e via al galoppo.

Timoleo Timolei, siderato, arretrò di qualche passo, inciampò in un ciocco, svenne su un mucchio di carbone.

Capitolo undicesimo

Cidrolin si sveglia nel mezzo della notte: ha mal di ventre e mal di stomaco. Sale sul ponte, si china verso l'acqua: vomita? Certo gli viene in mente quant'è costata la cena, e che peccato sarebbe sprecarla in questo modo. Torna dentro, va al cesso, dà sollievo alle sue pene. S'ode un: floc! Qualcosa ancora che andrà alla deriva fino al prossimo condotto di raccolta del concime o magari fino al mare.

Si ricorica, ma il ventre continua a fargli male, lo stomaco malissimo. Non vale: per una volta che tutto era perfetto. Pazienza. Non pazienta piú. Torna ad alzarsi, si riveste, prende una coperta, scende nel canotto, lo slega. Rema via.

Sul Boulevard, lungo il fiume, di tanto in tanto passa ancora qualche camion; sul ponte pure. Nelle chiatte vicine tutto dorme. Cidrolin segue il corso del fiume, ha smesso di remare, se non con qualche colpo, di tanto in tanto, per tenere la direzione. Avanza silenzioso: alle volte, quando il va e vieni dei veicoli ha una pausa, si sente lo scoppio d'una bolla d'aria in superficie, che segna l'affiorare d'un pesce o il travaglio che sale dalle oscure fermentazioni del fondo finché la sua modesta carica esplosiva deflagra tra due increspature seminate dal vento.

Di tanto in tanto Cidrolin china il capo, lo prende una ventata di sonno. Obliqua, amarra il canotto a un paletto piantato da qualche pescatore. S'arrotola nella coperta e guarda il cielo che comincia a ingrigire. Il mal di ventre e il mal di stomaco gli son passati, ma da riaddormentarsi non gli viene. Resta lí, a occhi aperti. Poco importa, dopo tutto, farà una siesta piú lunga dopopranzo.

Sul ponte e nel Boulevard il traffico aumenta. Compaiono i primi pescatori alla lenza. Vogano gli adepti mattinieri d'un club sportivo. Passa una vera chiatta e lungo le rive vanno a smorzarsi le onde che solleva. Cidrolin vede il su e giú delle cime degli alberi.

Ha slegato il canotto, adesso rema per risalire la corrente. Fa un po' di fatica, e ci mette piú tempo che all'andata. Alfine, accosta: il giretto è terminato. Rimette a posto la coperta, misura il ponte a lunghi passi, in su e in giú, fregandosi le mani, non si sa bene se infreddolito o soddisfatto. Dopo una dozzina di questi su e giú, sale sul Quai, con in mano il barattolo di vernice. Guarda se gli hanno scarabocchiato un'altra volta la staccionata con le solite ingiurie: non c'è scritto niente. Cidrolin, un po' sconcertato, dà qualche distratto e ingiustificato colpo di pennello qua e là.

Passa uno, e gli dice:

– Mica è lavoro, quello.

– Difatti, – risponde Cidrolin. – È, per essere precisi, passatempo. Gratuito.

– Vi divertite con poco.

– Con niente addirittura. Basta quello, per esempio.

E mostrò lo stabile che costruivano dall'altra parte del viale.

– Quello è lavoro, – fa il passante.

– Appunto.

Qualcuno in bicicletta a motore frena di colpo e li interpella tendendo la mano:

– Per la maggior gloria di Dio.

– Che intende dire? – chiede il passante, astioso.

– Ben, ben, – fa l'altro. – Non voglio mica mettermi a discutere.

E riparte. Era vestito con una specie di clergyman, molto corretto.

– Quello invece lavoro non è, – dice il passante. – Se ci mette cosí poco impegno, non raccoglierà gran che.

– Tanto da comprarsi benzina per il motociclo.

– Perché lei crede che il danaro che raccoglie non lo consacri alla gloria di Dio?

– Non credo niente, – dice Cidrolin. – Forse fa la questua per i poveri.

– Poveri? Ce n'è anche da queste parti? Questo è un comune ricco, popolato da gente abbiente. Lei è proprietario di questa chiatta?

– Sí.

– Allora non può lamentarsi. Non è certo per lei che faceva la questua quello là.

– Non si può mai dire. Poteva essere un bidone. Supponiamo che lei gli avesse dato qualcosa: lei se n'andava, lui tornava e dividevamo.

– Avevo ragione di non fidarmi, – dice il passante. – Arrivederla.

Cidrolin lo guarda allontanarsi, poi voltandosi nella direzione opposta scorge una silhouette femminile all'orizzonte. La silhouette femminile è corredata d'una valigia, quindi non si distacca dall'orizzonte con troppa rapidità.

– Ecco, è per me, – dice Cidrolin a mezza voce.

Ridiscende nella chiatta per mettere a posto il barattolo di pittura e si stende sulla sdraio in attesa degli eventi. Gli eventi si svolgono in questo modo: giunta all'altezza del cancelletto che dà sul Boulevard, la silhouette femminile prosegue per la sua strada.

– Che oca, – fa Cidrolin. – Scommetto che è quella che mi manda Albert.

Lascia la sdraio, risale sul Boulevard a vedere un po' cosa succede. Effettivamente, la silhouette femminile corredata di valigia è dieci chiatte piú in là che chiede schiarimenti. Si volta. Si sta dirigendo verso di lui. S'avvicina. S'avvicina. Eccola. Posa la valigia a terra prima di pronunciare le seguenti parole:

– È lei quel tale di cui mi ha parlato il signor Albert?

– Cosa le ha detto di me il signor Albert perché io possa identificarmi con quel tale?

– Non capisco. E poi non si risponde a una domanda con un'altra domanda. È una cosa che non si fa.

– Da chi l'ha mandata il signor Albert?

– Un'altra domanda. Non può rispondere alla mia? Alla mia domanda.

– Qual era piú?

– E dàlle! È chiaro che lei non fa altro che domande.

– Invece, francamente, non rientra nel mio carattere.

– Bah. Lei non conosce se stesso.

– Neanche lei mi conosce, per quello. Chissà chi è che mi conosce.

– Il signor Albert.

– Giusto.

– Allora è proprio lei quel tizio che cerca una ragazza per la manutenzione della chiatta.

– Già.

– E la chiatta è questa qui?

– Sí.

– È un amore!

– Non esageriamo.

– A ferragosto ci si va a Saint-Trop?

– No, sta sempre ferma.

– Che peccato. Oh, però c'è pure una barchetta. È sua anche quella?

– Sí.

– E giri in barca se ne fanno?

– Quando capita.

– Io so remare, sa? Non ci stia a pensare: per portarlo a spasso son qui io.

– Non chiedo tanto.

– Quando una ha buona volontà non la scoraggi.

Cidrolin si grattò la testa.

– È maggiorenne?

– Vuol vedere la carta d'identità?

– Vediamo.

Era maggiorenne. Cidrolin osservò bene se la data non era falsificata. Pareva di no. Le rese la carta d'identità. Le prese la valigia.

– Venga, vedrà come sistemarsi.

– Colazione l'ha già fatta?

Lui fece segno di no.

– Attenta, – disse, – a non spaccarsi il muso.

Il pendio era ripido.

– E a non sbattersi a bagno.

Sotto la passerella nereggiava il pantano. La maggiorenne disse:

– Vista da lontano è un amore ma da vicino fa un po' schifo.

– L'acqua sembra sporca, ma non è stagnante. Non è che si vedano sempre le stesse immondizie. Alle volte le spingo via con un bastone, e se ne vanno, a fior d'acqua. Da quella parte, però, tende a impaludarsi.

Poi: – Attenta alle testate. Ecco, questa sarà la sua cabina, era quella di mia figlia. Non è grande, ma sulle navi, si sa, il posto è sempre limitato. Non parlo dei transatlantici, magari là c'è piú posto, da quel che si vede al cinema.

– A proposito, e la tivú?

– Non c'è.

– E allora, io, il teleromanzo?

– Cosa vuole che le dica.

– Questo rimette tutto in questione.

– Capisco. Albert non l'aveva avvertita?

– Non mi venga a dire che lei non ha i mezzi per pagarsi la tivú.

– Non è obbligata a restare. Le riporto su la valigia?

– Lasci stare. Peggio per il teleromanzo. In fondo era un po' una menata. Ma sa cos'è. L'abitudine. Sono sessantasei settimane che continua. Pazienza.

– Io risalgo. La toilette sta là e il camerino è accanto.

– Non si stia a preoccupare. In cinque minuti vengo su e le preparo colazione.

Cidrolin tornò sul ponte e si stese sulla sdraio in attesa degli eventi; ma non tardò a chiudere gli occhi.

– Nobile sposo, – disse Russula, baciandogli rispettosamente la mano, – ho da annunciarvi una notizia importante e gioiosa: state per avere un erede!

– Bravissima, mia cara. Chissà che faccia faranno ora i miei generi. Ma... ditemi un po', gentile Russula, come fate a saperlo, che sarà un erede?

– Me l'ha detto un astrologo.

– Che astrologo?

– Un astrologo che ho consultato. E perché possa sorvegliare le stelle all'ora del partorimento, l'ho sistemato nel castello. Naturalmente con la riserva d'esserne amabilmente autorizzata dal mio nobile sposo.

– Accidenti, – bofonchiò il Duca, – e io che ho portato a casa un alchimista! Comincia ad esserci un po' d'affollamento.

– La mia decisione non garberebbe al mio sposo? – domandò Russula, a occhi bassi.

– Ma no, ma no! Crepi chi dirà: crepi l'astrologo! Buona questa, eh, Empoigne? Non ho portato qui con me il succo piú distillato della spiritosità della Corte? Son qui che sprizzo spirito da ogni parte. Il Sire di Ciry non faccia troppo il furbo: gli abbasserò la spocchia bombardandolo di spiritosaggini. E il vescovo? Che sia introdotto il mio vescovo! Bisogna che gli presenti il mio alchimista. Dov'è l'alchimista? Che sia introdotto il mio alchimista! E il mio erede! già, il mio erede. Dov'è il mio erede?

Fa finta di cercare attorno a sé. Tamburella il ventre di Russula:

– È qua, il mio erede. Sta qua nascosto. Mica male come nascondiglio. Ah, Russula, che gran piacere mi dài! Anch'io voglio darti un gran piacere.

– Vi ascolto, nobile sposo.

– Mi farò fare una statua. Una statua equestre, giuraddio. Sarà eretta davanti all'olmo, in faccia al ponte levatoio. Messer Francavilla m'ha fatto il ritratto. È un famoso scultore, questo Messer Francavilla, che ha qualcosa a che vedere con la statua del buon Re Enrico Quarto al Ponte Nuovo...

– Mi dispiace di non averla vista, – sospirò Russula.

– Non aver paura, non scappa. Ti porterò a vederla per i prossimi Stati Generali. E non ci sarà molto da aspettare, perché la Regina Madre ha gran bisogno di quattrini e chiederà nuove tasse.

– Vi rendo grazia, mio nobile sposo, – disse Russula, con una riverenza.

– Stavo dicendo della statua. Io figurerò a cavallo, in sella a Sten, naturalmente, del quale pure Messer Francavilla ha fatto un ritratto assai fedele. Sten ne era soddisfatto; quando glie lo si mostrava, lui nitriva. A ritratto donato caval non guarda in bocca.

– Ah ah ah! – fece Empoigne.

– Avrà la sua statua anche lui, – disse a Russula il Duca indicando Mouscaillot. – Piú piccola. Visto che c'ero. Mica per lui, – e l'indicò di nuovo, – ma perché il bravo Stef non sia geloso.

– E a me, – disse Russula abbassando gli occhi, – non me la fate fare la statua?

– Ebbene sí, moglie. Ci ho pensato. Nella nostra cappella, avrete una tomba magnifica, ancor piú bella che la mia Elodia buonanima. Vi si vedrà scolpita in pietra. Per me, io scelgo il bronzo.

Poiché Russula accennava a inchinarsi, il Duca disse:

– Inutile ringraziarmi. Quel che è giusto è giusto. Ah, ecco l'astrologo, mi pare. Accosta. Come ti chiami?

– Per servirla, signoria, Dupont.

– E leggi nelle stelle?

– Per servirla, signoria.

– E ci hai visto che avrò un erede?

– Per servirla, signoria.

Il Duca si rivolse a Russula:

– È un po' un minchione, il vostro astrologo.

Riprese il dialogo con Dupont, in questi termini:

– Le hai guardate, le stelle, stanotte?

– Per servirla, signoria.

– E cosa t'hanno raccontato?

– Gloriam Dei, signoria, gloriam Dei.

– Tutto lí?

– Come, signoria? – esclamò l'astrologo con un bel movimento oratorio, – sua signoria non troverà mica che sia poco, la gloria di Dio?

– Per la gloriam Dei io ci ho già un vescovo che come competente della questione basta e avanza. Parlami piuttosto della tua specialità.

– Ho sentito la musica delle sfere.

– E che rumore facevano?

– Divino, signoria. Divino.

Il Duca, scoraggiato, si voltò verso Russula:

– È completamente idiota.

Tornò a posare la mano sul ventre della nobildonna e riprese la conversazione con l'astrologo.

– E di qua cosa deve uscire? Una vitellina o un erede?

– Un erede, signoria.

– Ne sei sicuro e certo?

– Gli astri non mentono.

– Però tu mica sei un astro. E gli uomini mentono sí, È diffusa, la menzogna, tanto diffusa che c'è scritta pure nei peccati del catechismo. Se Monsignor Biroton, vescovo in partibus di Sarcellopolis, fosse qui, te lo direbbe subito. E tu hai interesse a mentire. Hai trovato qui vitto e alloggio e te la godi a mie spese. Credevi d'esser cascato su un signorotto credulone come una donnicciola, – accennò a Russula, – e invece ti trovi di fronte un nobiluomo che passa sei mesi all'anno a Corte e alla Città Capitale, che prende la parola negli Stati Generali, e una volta che l'ha presa è difficile toglierglela, be', insomma, Dupont, fuori dai piedi!

Russula si buttò in ginocchio supplicandolo:

– Nobile sposo, e io che ero cosí fiera d'avere un astrologo tal quale come la Regina Caterina. Pensavo al vostro prestigio... Al vostro status...

– Ma cara mia, – rispose il Duca perdendo un po' la pazienza, – il fatto è che mi son portato dietro un alchimista dalla Città Capitale, anzi, esattamente da Arcueil. Non ho intenzione di mantenere un reggimento di negromanti. Tra i due, preferisco l'alchimista. Quando m'avrà trovato la pietra filosofale...

– Fumisterie! – esclamò Dupont.

– Tu, – disse il Duca, – non sei per niente un buon compagno. Sparlare dei colleghi è una cosa che non si fa. Non mi piaci mica.

Comparve Monsignor Biroton, seguito dall'abate Riphinte. Il Duca ricevette entrambi con grandi abbracci e spiegò subito la situazione al Vescovo, chiedendogli consiglio.

– Cacciateli tutt'e due, – disse Onesiforo.

– Subito esagerato! – esclamò il Duca. – Uno dei due lo voglio tenere.

– E io anche, – disse Russula.

Il prete era nei pasticci, si grattò la testa.

– Allora, – domandò il Duca, – tu cosa ne dici? L'astrologo? L'alchimista?

– Tutta roba che puzza d'eresia, – disse Biroton.

L'astrologo si rivolse a lui.

– Io sono un buon cristiano, – disse. – Non m'avete confessato voi?

– Questo è vero, – disse il Vescovo.

Il Duca era sempre piú disgustato:

– Quanto può esser leccaculo, costui! Non mi piace per niente, è deciso.

– Che manchi di pietà non si può dire, – fece Onesiforo, – e dopo tutto, guardar le stelle non è che sia peccato.

– Io anzi lo trovo cosí poetico, – sussurrò Russula.

– E Ser Dupont si guarda bene dal professare la dottrina eretica, – aggiunse l'abate Riphinte, – del polacco Copernico. Questo è già un bel merito.

– Il diavolo fa le pentole ma non i Copernichi, – disse il Duca, distratto.

– Ah ah ah! – fece Empoigne.

– Il sole gira intorno alla terra, – declamò l'astrologo, – pretendere il contrario è malizia e follia.

– Quanto ne sa! – risussurrò Russula. – Avrò un erede, non c'è dubbio.

– Cercano tutti di mettermi in mezzo, – mugugnò il Duca.

– L'alchimia è una ricerca oscura, – riprese Onesiforo che vedeva la partita vinta dalla Duchessa e dal suo indovino. – I fuochi dei crogiuoli evocano quelli dell'Inferno e il desiderio dell'oro merita la piú severa condanna. Quanto all'elisir di lunga vita, mi ricorda che il demonio disse ai nostri progenitori: eritis sicut dei, consigliando loro di mangiare quella mela, di lunga vita anche quella, diceva...

– Hm... – disse l'abate Riphinte.

– ... e quel che è successo in seguito lo sapete.

– Amen, – disse Dupont.

– Amen, – echeggiarono Russula, Empoigne e l'abate Riphinte.

Il Duca sta zitto, guarda storto l'astronomo, sta per perder la pazienza, ma non se ne fa ancora accorgere. Dupont, che crede l'affare fatto, si mette a perorare:

– O potenze celesti che reggete le fortune di questo mondo, io vi vedo apportare i vostri doni e le vostre benedizioni al sublime erede che sta per esser procreato dal colendissimo e illustrissimo Duca d'Auge...

– Come? – esclama il colendissimo e illustrissimo, – come hai detto?... sta per essere... Allora, donna, voi non siete punto incinta?

– Non lo son punto ancora, nobile mio sposo, ma voi provvederete alla bisogna.

E Russula abbassa gli occhi e arrossisce di modestia.

Il colendissimo e illustrissimo Duca d'Auge salta alla gola di Dupont. Comincia a strangolarlo con le proprie possenti mani. L'astrologo sembra voglia espellere gli occhi dalle orbite e tira fuori la lingua palliduccia mentre

Joachim gli notifica le sue rimostranze e lo informa del suo disprezzo per gli impostori.

Lo stringe con tutte le forze. Lo scuote sempre di piú. Russula si getta ai suoi piedi. Implora pietà. Onesiforo domanda all'abate Riphinte di portargli gli utensili per amministrare l'estrema unzione alla vittima.

Il Visconte d'Empoigne si mantiene con fermezza in una attitudine di prudenza estrema.

– Ah furfante! Ah furfante! – continua a ripetere il Duca mentre l'altro sta virando verso il viola.

– Grazia, nobile sposo! – reclama la Duchessa, – gli sia fatta grazia!

– Su, vediamo un po', signor mio, – dice Onesiforo in tono di dolce rimprovero, – un po' di moderazione; non avrò neanche il tempo di dargli i sacramenti.

Dupont è destinato a sopravvivere. Il Duca finisce per lasciarlo in vita. Lui cola per terra come formaggio fuso. Ci si affretta a spazzarlo via, mentre l'alchimista, entrato proprio allora, riverisce il padron di casa.

Il Duca manifesta la sua piena soddisfazione.

Capitolo dodicesimo

Cidrolin aperse gli occhi; gli stavano mormorando qualcosa all'orecchio. Era Lalice: gli annunciava che il pranzo era in tavola.

– Però, – aggiunse, – questo sí che si chiama ronfare! La prima colazione già l'ha saltata; non potevo mica lasciarla dormire tutto il giorno: col bel pranzetto che le ho preparato!

Cidrolin la guardava distratto: era un ricordo troppo recente per permettergli di riconoscerla.

– I sogni che ho fatto, – mormorò tra sé.

– Non bisogna raccontarli.

– E perché no? – domandò Cidrolin, interessato.

– Sono cose che non si fanno.

– Ma perché?

Lalice, per tutta risposta, disse:

– A tavola.

Faceva ancora bel tempo, la tavola era sul ponte, apparecchiata per uno.

– E lei ha già mangiato? – chiese Cidrolin.

– Sissignore.

– La prossima volta m'aspetterà e apparecchierà per due.

– Molgentile, tangrazie.

Cidrolin s'avviò verso la cambusa. Lalice si precipitò.

– Desidera?

– L'essenza di finocchio.

– A digiuno, vuol mandar giú dell'essenza di finocchio?

– Ci ho l'abitudine.

– È nocivo.

Cidrolin ride dolcemente.

– È vero, – insiste Lalice. – È quel che c'è di piú nocivo.

– Se vuol andare a rifare la valigia, non la trattengo. Le pagherò pure il salario d'un mese se si toglie subito di mezzo.

– Non voglio che lei perda i suoi soldi, – fa Lalice.

Cidrolin va a prendere la bottiglia, si versa un quarto di bicchiere e lo colma con l'acqua naturale. Bevendo, fissa con occhio vago un armo di vogatori che s'allenano.

Quando il bicchiere è vuoto, Lalice gli chiede:

– Posso portare in tavola?

– Sotto.

Lalice serve burro e una scatoletta di tonno all'olio puro d'arachide. Sta a guardare Cidrolin che mangia.

– Se mi sta a guardare cosí, mi dà sui nervi, – dice Cidrolin. – Si sieda e mi racconti qualche cosa.

– Mica mi ha preso per Shéhérazade? – fa Lalice.

– Oh! – fa Cidrolin. – Abbiamo una cultura.

– Un po' non guasta. Non trova?

– D'accordo.

– Neh? – soggiunge Lalice, con soddisfazione.

– Lei ha la sua cultura, i suoi principî: non bere essenza di finocchio a digiuno, non raccontare i sogni. Ma perché non raccontarli, i sogni, poi?

– Non è buona educazione.

– È la prima parola che sento, – dice Cidrolin.

– La gente, – continua Lalice, – si credono d'essere chissà che cosa, tutto quel che fanno è meraviglioso, tutto quel che li riguarda... Si dànno tanta di quell'importanza... ci manca pure di sorbirsi la storia di cos'è che si son sognati...

– I miei sogni rivestono un particolare interesse, – asserí Cidrolin.

– Questo lo credono tutti. Difficile da provare, perché non si possono fare paragoni.

– I miei sogni, – disse Cidrolin, – li scrivessi, farebbero un romanzo.

– E non le pare che di romanzi ce n'è già fin sopra i capelli?

– Non abbia paura, – disse Cidrolin. – Non sono un lavoratore della scrivania.

– Oh, io non ho paura di niente.

– Vede, – spiegò Cidrolin, – quando m'ha detto che non bisognava raccontare i sogni, ho pensato che era per via della psicanalisi e dei psicanalisti.

– Della che?

– Psicanalisi. Non sa cos'è?

– Io no.

– Credevo che avesse una cultura.

– Non si può mica saper tutto, – disse Lalice.

– Vero anche questo.

Avendo cosí egli terminato i filetti di tonno, s'informò

di quel che sarebbe venuto in seguito, formulando questa domanda:

– E dopo, cosa c'è?

– Una scatoletta di paté di fegato. Le va?

– Non vorrei che se l'avesse a male, – disse Cidrolin, – ma fin lí ci arrivavo anch'io.

– Il signor Albert mi aveva detto che lei era un tipo che si contentava facilmente, invece è sempre dietro a frignare.

– Be', – fa Cidrolin. – Era solo una critica marginale.

– Non ne parliamo piú.

Lalice serve la scatoletta di paté.

– Posso rimettermi a sedere?

– Certo.

Melanconicamente, in silenzio, Cidrolin spalma il paté.

– Allora, – fa Lalice, – quella roba che mi diceva prima. Sui sogni.

– La psicanalisi?

– Eh.

– E i psicanalisti?

– Eh.

– Be', – fa Cidrolin, masticando laboriosamente il suo sandwich, – sono gente che interpretano i sogni. E non finisce mica lí. Scoprono tutto quel che c'è sotto. Insomma, fan quello. E allora c'è delle persone appunto che non ci stanno, a lasciarsi scoprire cosa c'è sotto, e non vogliono raccontare piú i loro sogni a nessuno.

– Tanto di guadagnato per tutti, – fa Lalice.

– Ah, ma ce l'ha proprio su.

– Su con chi?

– Con chi racconta i sogni.

– Gliel'ho detto: per me non è buona educazione, anzi, è un po' una sudiceria.

– Che vuol che le dica? Cercherò di trattenermi.

Finisce il paté di fegato guardando distrattamente un pescatore sull'altra riva, che ormeggia la barca a un piolo e prepara i suoi arnesi; ha con sé un cane; anche il cane lo guarda.

– Lei pesca? – chiede Lalice a Cidrolin.

A ben vedere avrebbe potuto rivolgere la stessa domanda a quel tizio laggiú, ma avrebbe avuto bisogno d'un megafono.

– No, – è la risposta di Cidrolin, e naturalmente non quella del pescatore laggiú il quale non avrebbe potuto sentire e avrebbe invece dovuto rispondere: sí. – Non mi piace. E una crudeltà.

– È un'idiozia, soprattutto: starsene lí senza far niente.

– E adesso cos'è che c'è di buono per terminare quest'eccellente pranzetto?

– Un pezzo di formaggio e quel che resta d'un vasettò di marmellata.

– Straordinario, – dice Cidrolin.

Il pescatore ha gettato la lenza; accende una sigaretta, fuma, con aria assente. Il cane s'è acciambellato; dorme.

– Tra poco viene l'ora della siesta, – osserva Cidrolin, per conto suo.

Lalice ha servito l'ultima portata dell'eccellente pranzetto e si è seduta, stavolta di propria iniziativa.

– Allora, Shéhérazade, – dice Cidrolin, masticando il formaggio rancido e prevedendo che la marmellata sarà ammuffita, – non mi racconta nessuna storia?

– Storie vere o inventate?

– Stia attenta con le inventate. Rivelano cosa c'è sotto. Tal quale come i sogni.

– E le vere, anche quelle rivelano cosa c'è sotto. Non le pare?

– Potrebbe raccontarmi la storia di qualcun altro...

– Se la raccontassi vorrebbe dire che m'interessa. E se una storia m'interessa, è come se fosse la mia storia.

– Allora non mi vuol raccontare proprio niente?

– Ma io cosa so. Ci ha delle belle pretese, lei. Non è mica come m'aveva detto il signor Albert: una specie di buon papà, di quelli che non rompono mai le scatole.

– Ecco, proprio lui il signor Albert, mi racconti un po' com'è andata che l'ha conosciuto. Però prima devo avvertirla che, a conferma delle mie previsioni, la marmellata era ammuffita.

– Vede che non fa altro che frignare.

– Anche questa l'ho in quel posto, come al solito.

– Non si metterà mica a piangere per un po' di marmellata.

– E cosí? il signor Albert?

– Non vuole una tazza di caffè?

– No! No! – saltò su Cidrolin. – Niente caffè!

– Ha paura che le faccia un caffè schifoso?

– E la siesta? Il caffè non mi lascia dormire.

– Si mette di nuovo a far la siesta? Ma se ha ronfato tutta la mattina.

– Io mi sdraio lí sulla sdraio e lei si metta a raccontarmi come ha conosciuto il signor Albert.

– Vuole la ninna nanna?

– Se m'assopisco, si fermi e ricominci da capo.

– Bella prospettiva.

– Alé, Shéhérazade: la storia di Albert.

– Eccoci qua. Sono la figlia unica d'un padre taglialegna.

– Questo non mi riesce nuovo... figlia di taglialegna...

– Non si metterà a interrompermi ogni momento. Se è cosí, meglio che s'addormenti.

Cidrolin non si fa scrupolo di darle immediata soddisfazione.

Il Duca cavalcava per la foresta, silentario e solizioso. Sten stava zitto anche lui, ma poiché la passeggiata si prolungava e la taciturnità ducale non pareva volersi dissipare, finí per schiudere le labbra e domandare la parola.

– Parla, mio buon Demò, parla, – disse il Duca battendo manate affettuose sull'incollatura.

– Baciolemani, – ringraziò Sten, soddisfatto.

Fece sembiante di riflettere prima di porre la domanda che lo rodeva dentro già da un po'.

– Hm, hm, – fece, – e della nostra statua, che ne è?

– Affé mia, – rispose il Duca, – non ne so piú nulla.

– Non è stata ancora fusa?

– È già da tempo che non ho notizie.

Sten non nascose la sua delusione. Scacazzò dal dispetto.

– E non vi pare, – riprese, – che sarebbe il caso di preoccuparsene?

– Manco ci penso, ora come ora.

– E della gloria, non ve ne curate? Non ci pensate piú, a tutte quelle generazioni future che verranno lí apposta a contemplarvi bronzificato per l'eternità di fronte all'olmo feudale? Non è piú per voi ragione di orgoglio il sapere che la vostra condizione di statuato garantirà al vostro nome l'inserzione in tutte le storie dell'arte? Le quali ai nostri tempi non sono molte ma nei secoli a venire saranno certo piú numerose. Affediddío, questo sí che si chiama profetizzare!

Ciò constatato, Sten spiccò un trotto arzillo.

– Pianino, – disse il Duca, – pianino.

Sten riprese l'andatura da passeggio e nello stesso tempo la parola:

– Non trovate persuasivi i miei argomenti?

– Ma sí, ma sí, mio buon Demò. Manderò Empoigne a vedere che ne è della mia effigie.

– Ottima idea! Nello stesso tempo potrà informarsi di quella di Stef e sua.

– Una partenza che rattristerà la Duchessa, – disse il Duca con melanconia.

– E perché non potrebbe andare anche lei? Ha tanta voglia di visitare la Città Capitale.

– Ci faremmo tagliare i panni addosso.

– Aggregate alla spedizione l'abate Riphinte, e mettete tutto sotto il baldacchino di Monsignor Biroton. Cosí per un mese o due ve li togliete di torno.

– E già. Star a sentire tutti i giorni le loro ammonizioni. Va ancora bene che non mi denuncino come ateo o come stregone.

– Sbraitano tanto per salvar la faccia, perché è il loro mestiere, ma se poi il vostro alchimista riuscisse a fabbricar l'elisir di lunga vita, un bicchierino non lo rifiuterebbero certo.

– Con l'elisir di lunga vita non ci siamo ancora. Per il momento ci accontentiamo della polvere proiettiva.

– E la va?

– Non so piú dove andremo a parare.

Sten rimase zitto per alcuni secondi prima di riprendere il suo dire in questi termini:

– Comincio a domandarmi, o Gioacchino, se agiste saggiamente conducendo Ser Timoleo Timolei al vostro castello. Da quando egli vi soggiorna e vi riscalda i suoi fornelli, voi siete, o Gioacchino, divenuto tetro e taciturno, e i buoni scudi che avevate ottenuto per il trattato di Sainte-Menehould ve li siete ormai spesi quasi tutti. È vero o non è vero?

– In effetti, i miei forzieri sono vuoti, e tra poco sarò ridotto a rompere il salvadanaio del mio erede eventuale, cosa che m'induce a pensare che se avessi tenuto l'astrologo avrei fatto meglio. Mi sarebbe costato di meno, e avrei fatto contenta la Duchessa.

– Bah, – fece Sten, – l'uno vale l'altro.

– Saresti tu uno scettico, o mio buon Demò?

– Se volete che vi palesi il mio pensiero fin in fondo, io agli oroscopi non ci ho mai creduto.

– E io nemmeno.

– E neppure alla pietra filosofale.

– Ah! Se una cosa cosí me la dicesse chiunque altro, – fece il Duca, – gli manrovescerei la ganascia.

– Io non credo, – disse Sten, – ma non impedisco agli altri di credere.

– Spero bene. Ah, se tu ci vedessi, a me e a Timoleo, quando siamo in mezzo agli atanor e alle aludelle, ai pellicani e ai matracci, alle storte e agli alambicchi, e manipoliamo sali e metalli, alcuni violetti e altri indaco, alcuni azzurri e altri verdi, alcuni gialli e altri arancione oppure rossi, per non dire dei bianchi e dei neri, e li osserviamo passare da un colore all'altro, da solidi farsi liquidi e da liquidi solidi, da palpabili farsi impalpabili e d'impalpabili palpabili, e ti sto dicendo solo dell'aspetto piú superficiale delle nostre operazioni, se ci vedessi allora, o mio buon Demò, ti verrebbe detto che non è certo invano che il tuo padrone e il suo alchimista si dànno tanto da fare. Verrà il giorno in cui gli angeli compenseranno le nostre fatiche e non sarà piú in bronzo bensí in oro massiccio che farò fondere la mia statua.

– La nostra statua.

Il Duca non udí la rettifica e ripiombò nella sua melanconia, donde Sten non osò piú sollevarlo. La passeggiata proseguí in silenzio per una lega; quindi Sten si decise a far ritorno, ma per un altro cammino; il Duca non lo contraddisse, sempre muto, il sopracciglio aggrottato, l'occhio vago. E allorquando, un po' piú tardi, s'udí interpellare, sussultò; attraversavano una radura dove i taglialegna abbattevano alberi per alimentare i fornelli di Timoleo Timolei. L'interpellanza veniva appunto da uno di quei boscaioli e consisteva nelle seguenti parole:

– Mio nobile signore, la Duchessa mia figlia, la sta bene?

Cidrolin sussultò.

– E i suoi fratelli e le sue sorelle? – domandò.

– Le ho detto che ero figlia unica! Ha dormito bene?

– Ehm... suo padre dunque era taglialegna...

– Ho finito proprio adesso di raccontarle com'è andata che ho conosciuto il signor Albert e che lui mi ha mandata qui.

Cidrolin sbadigliò.

– Se volesse raccontarmelo da capo... – fece.

– Nient'affatto, – disse Lalice. – Poteva stare a sentire prima.

– Be', pazienza, – disse Cidrolin. – Sarà per un'altra volta.

– Non ci sarà un'altra volta. Basta una.

– Vuol dire che ne farò a meno, – disse Cidrolin.

Si stirò e s'alzò in piedi. Sull'altra riva, il pescatore era sempre lí, e il cane acciambellato nella barca continuava a dormire.

– Non sono poi cosí crudeli, – disse Cidrolin, – pesci non ne prendono mai.

Lalice guardò il pescatore ma non fece commenti. Si alzò anche lei, da seduta che era rimasta fin allora.

– Non ho voluto rovinarle l'appetito né il sonno, – disse, – ma sulla staccionata le hanno scritto un mucchio di roba. Roba brutta. Peggio che brutta.

In silenzio, Cidrolin andò a prendere il barattolo di vernice e i pennelli.

– Ingiurie, – disse Lalice, – insulti.

Cidrolin si diresse verso la passerella.

– È con lei che ce l'hanno? – domandò Lalice.

– E già, – rispose Cidrolin.

– Ma cos'è che ha fatto?

– Glie lo racconterò quando dorme.

Cidrolin s'arrampica per il pendio. Non guarda neanche le scritte. Si mette a spennellare. Lalice va a fare il bucato. Una banda di nomadi, reduci dal campo, si fermano a chiedere qualcosa a Cidrolin. Sanno dire metrò in francese. È del metrò che gli domandano. Lui risponde a gesti.

– È l'autunno. Cominciano a migrare, – dice Cidrolin

guardandoli allontanarsi. – Mon automne éternel, ô ma saison mentale.

– Prego? – chiese un passante.

– Citavo, – disse Cidrolin.

– Chi?

– Un poeta, naturalmente. Non riconosce il metro?

– Non ci ho fatto attenzione. Credevo volesse chiedermi un'informazione. Magari che ora è.

– Non volevo niente, – disse Cidrolin.

Si rimise a dipingere; l'altro stava a guardarlo in silenzio.

S'avvicinò un nuovo gruppo di nomadi; sapevano dire metrò in francese e lo dissero, al passante. Il passante mimò la sua ignoranza.

– C'è un metrò da queste parti? – chiese a Cidrolin.

Cidrolin indicò la strada ai nomadi che ringraziarono calorosamente e s'allontanarono.

Lui si rimise a dipingere. Disse, a mezza voce:

– Proprio cosí. È l'autunno. Cominciano a migrare.

Continuò a lavorare in silenzio.

– E il resto? – chiese il passante.

– Il resto di che?

– Il resto della citazione.

– Com'è impaziente. La citazione ha ancora da cominciare.

– Erano parole sue: «È l'autunno. Cominciano a migrare»?

– Dalla prima all'ultima.

– E le parole che state coprendo di pittura, di chi erano?

– D'un passante, suppongo.

– Lei m'accusa?

– C'è solo lei, di passante?

Cidrolin, non sentendo risposta, gettò un'occhiata alle proprie spalle. L'altro, di schiena, aveva l'aria di guardare il casamento che stavano finendo di costruire. Cidrolin dà ancora qualche colpo di pennello: ecco fatto. Lascia il pennello nel barattolo, prende il barattolo per il manico, un sottile manico metallico che taglia un po' le dita.

Il passante è scomparso.

Capitolo tredicesimo

Al campanile del villaggio le cinque erano suonate da un pezzo, quando il Duca d'Auge uscí dal castello scortato da Pouscaillou, fratello minore del Visconte d'Empoigne, da poco tempo al suo servizio. Erano a cavallo entrambi, uno su Sten, l'altro su Stef. Il Duca non profferiva verbo, Sten filava diritto, Stef e Pouscaillou non erano da meno. Attraversando la piazza del borgo, incrociarono un gruppo di notabili che si sprofondarono in inchini.

– E cosí, signori, – disse il Duca distrattamente, – godiamo di buona salute?

– Eccellente, – rispose il Balivo. – Eccellente.

– E a parte questo, c'è alcunché degno di nota?

– Stiamo andando, – rispose il Balivo, – a eleggere i nostri delegati agli Stati Generali.

– Già, gli Stati Generali, è vero...

Il commento del Duca finí lí.

– Abbiamo cominciato, – soggiunse il Balivo, – a stendere il nostro quaderno di doglianze. Monsignor Biroton e l'abate Riphinte s'uniranno a noi, e se vossignoria si degnasse d'accordarci il suo nobile appoggio, potremmo inviare a Parigi un unico quaderno per i tre ordini del nostro bailaggio, dimostrando cosí a Sua Maestà l'unione di tutti i francesi sotto la sacra persona del Re.

– Viva il Re! – gridarono i notabili.

– Viva il Re! – credette bene d'urlare Pouscaillou.

Un manrovescio del Duca mandò lo scudiero a mordere la polvere. Si tirò su, rimontò intontito in sella. I notabili s'astennero dal commentare l'incidente.

– Ebbene, – disse il Duca, un po' piú su di tono, – signori, buon lavoro!

E partí al galoppo in direzione del cimitero. Scese di sella, e affidò le redini di Sten a Pouscaillou che aveva fatto del suo meglio per tenergli dietro.

– Macaco, – gli disse il Duca, – chi t'ha dato il permesso di gridare: «Viva il Re»?

– Ho fatto come facevano gli altri, – piagnucolò Pouscaillou.

– Ebbene, per tua norma e regola... Ma prima smonta da cavallo.

Il paggio esegue, il Duca lo prende per un'orecchia e torcendogliela forte, prosegue il suo dire in questi termini:

– Per tua norma e regola, caro paggio macaco e pappagallo, tu non devi fare come fanno gli altri, ma come me. Capito? Fare come faccio io. Capito?

– No. Non ci capisco niente.

Il Duca cambiò d'orecchio e continuò:

– Io cos'è che facevo? Gridavo «Viva il Re» o non lo gridavo? No che non lo gridavo. Capito ora?

– Sí, d'accordo, ma non è una buona cosa, gridare in ogni occasione: «Viva il Re»?

– Mah, – rispose il Duca abbandonando l'orecchia ormai paonazza. Parve tutto a un tratto pensieroso. – Mah, – soggiunse dopo qualche istante di silenzio.

E s'inoltrò nel cimitero.

Appena Pouscaillou considerò che egli s'era allontanato abbastanza, si strofinò le orecchie imprecando.

– M'ha mal ridotto, 'sto sciagurato. E solo per aver gridato: «Viva il Re». Come se nell'anno millesettecentottantanove di Nostro Signore non si avesse piú il diritto di gridare: «Viva il Re». Io invece «Viva il Re» continuerò a gridarlo quanto voglio!

Lo fece, in effetti, ma a voce piuttosto bassa.

– Voi non potete comprendere, bravo giovane, – disse Sten. – È che il Duca non vuole far politica.

– Gesú! – esclamò il paggio. – Un cavallo che parla!

– Tanto vale che siate al corrente: ciò faciliterà i nostri rapporti. D'altronde non sono il solo: anche Stef parla. Vero, Stef?

– Sí, – rispose compendiosamente Stef.

– Su, su, non tremate cosí, – disse Sten a Pouscaillou. – Non avrete mica paura? È sconsigliabile, alla vigilia di una rivoluzione.

– Rivoluzione? – domandò Pouscaillou battendo i denti. – Cheche rivovoluziozione?

– Quella che si prepara, – rispose Sten.

– E profetizza pure! – esclamò Pouscaillou con una voce straziante quanto straziata. – Come l'asina di Balaam!

– Questo non è uno scudiero, – disse Sten con disprezzo, – è un seminarista. E come se non bastasse, mi prende per un'asina. Non m'ha guardato sotto la pancia.

La facezia mise di buon umore il grave Stef e i due cavalli scoppiarono in una risata che per mutua suggestione divenne una risata a crepapelle, demoralizzando sempre di piú il paggio che si rotolava al suolo piangendo. Quando ebbe sfogato la sua crisi e vuotata una pinta di liquido lacrimale, si rialzò ancor tremante e vide davanti a sé Sten e Stef che, tranquilli e silenziosi, stavano scegliendo ghiottonerie vegetali tra le erbe parietarie. Quest'attività pur ippicamente ortodossa fu l'ultima goccia per il vaso del suo terrore: e giudicò prudente cercare rifugio presso il suo datore di lavoro. Penetrò allora nel cimitero: al fondo del viale scorse il Duca fermo in meditazione davanti a una tomba, e, proprio di fronte a lui, due becchini intenti ad esumare ossame e a disporlo in mucchietti ordinati. Per il coraggio del giovane, questo spettacolo era troppo: fece dietro-front, e spiccò la corsa. Fiato ne aveva: si ritrovò immantinenti sulla terrazza del castello, tra persone che bevevano caffè e liquori, in particolare essenza di finocchio, e chiacchieravano del piú e del meno.

– Che ti succede, Pouscaillou! – esclamò suo fratello. – Hai tu abbandonato il nostro alto e potente signore Joachim Duca d'Auge?

Tutti ridono, tranne Pouscaillou che, con voce lacrimosa, enuncia il suo desiderio piú sincero:

– Io voglio ritornare dalla mamma!

– Che dunque, Pouscaillou? – dice il fratello. – L'alto e potente signore t'ha forse messo mano alla brachetta?

Tutti ridono, tranne Pouscaillou che continua a lamentarsi:

– Non è stato il Duca! Non è stato il Duca! Sono stati i cavalli!

– Ma va', Pouscaillou, non vorrai farmi credere che quei destrieri hanno un debole per i giovinetti.

Tutti ridono, tranne Pouscaillou che pesta i piedi.

– Parlano! Parlano!

– Che sciocco, questo bambino, – dice la Duchessa, deliziata.

– Imbecille, – gli dice il fratello infuriato, – non ti metterai a prestar fede a questa vecchia leggenda gotica!

– Cose che si leggono nei romanzi cavallereschi, – dice Monsignor Biroton con un risolino di scherno. – Durante l'ultima Crociata, o la penultima, non ricordo...

– La settima, – dice l'abate Riphinte.

– Che erudito! – esclama la Duchessa, agitando l'occhialino.

– Durante la settima Crociata, – riprende Onesiforo sempre su un tono ironico, – il cavallo del Duca d'Auge spaventò i Saracini gridando insulti al loro indirizzo.

– Belle stupidaggini, – dice il Visconte d'Empoigne. – S'è mai visto un quadrupede che parla?

– Sí, certo, – dice l'abate Riphinte. – Uno ce n'è stato: l'asina di Balaam.

– Sten profetizza come lei, – dice il sempre spaventato Pouscaillou.

– Il catechismo non è il tuo forte, – gli dice severamente l'abate Riphinte. – L'asina di Balaam non profetizzava: aperse bocca solo per protestare contro le botte che le dava il padrone, perché aveva visto l'angelo di Dio. Era un miracolo.

– E io, – concluse Pouscaillou, – voglio ritornare dalla mamma.

– Resterai qui, – disse suo fratello. – È un ordine.

– Se la mamma sapesse che qui c'è dei cavalli che parlano, mi direbbe di tornare subito a casa.

– Ma se t'abbiamo detto che di cavalli che parlano non ne esistono, – disse l'abate Riphinte. – A meno d'un miracolo.

– E i miracoli si fanno rari, coi tempi che corrono, – sospirò Monsignor Biroton.

– Allora, Pouscaillou, – disse il Duca che nessuno aveva visto arrivare, – è cosí che fai la guardia ai cavalli? Puoi tornartene da tua madre.

Senza nemmeno dir grazie, Pouscaillou disparve.

– È idiota, tuo fratello, – disse il Duca a Empoigne, versandosi un bicchiere d'essenza di finocchio.

Contemplò per qualche istante il liquido in silenzio, poi soggiunse:

– Una ricetta di Timoleo Timolei. Ahimè, povero Timoleo. Sono andato anche oggi a sostare in raccoglimento sulla sua tomba.

– Dimenticatelo, quel medicone, quel ciarlatano, – disse Onesiforo. – Chi può ancora, ai nostri giorni, credere all'elisir di lunga vita e alla pietra filosofale?

– E voi, che credete che il mondo sia stato creato esattamente l'anno quattromilaquattro avanti Cristo?

– Signor Duca, – replicò l'abate Riphinte, – abbiamo delle buone ragioni per crederlo.

– E quali? – domandò il Duca.

– Come siete noioso, Gioacchino, – disse la Duchessa. – Vi mettete a fare il teologo, adesso?

– Col vostro permesso, bella mia, – rispose il Duca tornando a riempirsi il bicchiere. – E allora, Abate, quali ragioni?

– Ma le Sacre Scritture, signor Duca! – disse l'abate Riphinte.

– Buona risposta, Riphinte, – osservò Monsignor Biroton.

– Sono contraddittorie, le vostre Sacre Scritture, – disse il Duca. – Basta metterci dentro il naso per accorgersene. E con la ragione, come la mettete? Nell'anno quattromilaquattro avanti Cristo il mondo esisteva già da migliaia e migliaia d'anni.

– Assurdo, – esclamò Onesiforo.

– Gioacchino non è mai stato forte in astrologia, – osservò la Duchessa. – Cioè, in astronomia, volevo dire.

– In cronologia, – soggiunse l'abate Riphinte a titolo di rettifica. – E di uomini ne esistevano già, – chiese ironicamente al Duca, – migliaia e migliaia d'anni prima della creazione d'Adamo?

– Naturalmente.

– E che prova potete darne, signor Duca?

– Ah, ah, ecco il nostro Preadamita spalle al muro, – fece Monsignor Biroton.

– Già, che prova, Gioacchino? – disse a sua volta la Duchessa.

– Lo volete proprio mettere in imbarazzo, – interloquí il Visconte d'Empoigne che fino a quel momento non aveva osato mescolarsi alla discussione.

– Non sono imbarazzato affatto, – replicò il Duca, calmo. – Le prove dovranno pur esistere da qualche parte, basta trovarle.

– Bella risposta, – disse l'abate Riphinte con un risolino. – Il signor Duca ci permetterà di non considerarla altrimenti che una scappatoia.

– Riphinte, – disse Monsignor Biroton, – gli avete dato scacco matto!

– Gioacchino, – disse la Duchessa, – t'ostini a discutere di teologia con l'Abate! Lo sai che non sei all'altezza!

– Io non m'azzarderei, – soggiunse il Visconte con un'aria che voleva essere fina.

– Giuraddío! – esclamò il Duca proiettando la tavola a gambe all'aria con un'energica pedata. – Credete di potermi prendere per scemo?

Del servizio da caffè cinese epoca Ming non restavano piú che le briciole. Delle bottiglie e dei bicchieri, altre briciole. Il Duca, ritto in piedi, interpellava con veemenza gli astanti:

– Smidollati! Borghesi che non siete altro! Credete di potermi mettere in mezzo in questo modo? Adesso i preti credono che tutto sia loro permesso! Non so chi mi trattiene dal dare un fracco di legnate a queste creaturine del Signore.

– Gioacchino! – esclamò la Duchessa, – non sei altro che un gaglioffo feudale!

– Tu meriti una buona sculacciata, bella mia.

E l'afferrò per un polso. Russula non era d'accordo. Il Duca le afferrò l'altro polso. Russula pesta i piedi. Il Duca tira. La trascina verso la cella degli staffili. Un lacchè raccoglie porcellane e vetrerie. Monsignor Biroton e l'abate Riphinte s'allontanano con aria sussiegosa. Il Duca continua a trainare la sua cara sposa che frena a tutto spiano e sprizza scintille dai calcagni sull'ammattonato.

Il Visconte d'Empoigne tenta d'interporsi.

– Signor Duca, – dice, con una voce piú bianca d'un lenzuolo, – con tutto il rispetto che vi devo...

– Di che t'immischi, rompiballe? – urlò il Duca esasperato.

Lasciò andare la Duchessa che cascò sul posteriore, e schiaffeggiò vigorosamente il Visconte facendolo traballare. Piú per atavismo che per coraggio, il Visconte sguainò la spada. Il Duca l'imitò ed ecco qua Empoigne steso al suolo, completamente morto e traversato da parte a parte. La Duchessa si getta sul cadavere levando dei clamori. Il Duca asciuga la spada nelle sottane di Russula e la ripone nel fodero. Esamina la situazione.

Anche qualcun altro, avvicinatosi timidamente, esamina la situazione con lui.

– L'avete ammazzato, – mormorò Pouscaillou.

Aveva in mano il fagotto della sua roba, perché stava tornando dalla mamma.

– È morto sul serio? – soggiunse.

– Se non lo fosse ancora, – rispose il Duca, – non tarderebbe a finire soffocato sotto le effusioni di questa dama.

La Duchessa non smetteva di squittire. Alla fine proclamò:

– È morto! È morto!

– Ecco qua! – disse il Duca a Pouscaillou, – hai avuto l'informazione che chiedevi.

– Vuol dire, – domandò Pouscaillou, – che adesso il Visconte d'Empoigne sono io?

– Certo! – rispose il Duca, ammirato.

– Oh bella!

Le grida della Duchessa facevano riapparire preti e servidorame.

– E cosí, – fece Monsignor Biroton, – ce n'è sempre una nuova.

– È stato un duello, se intendo bene, – disse l'abate Riphinte.

– Non c'è dubbio, – disse Onesiforo, – Empoigne ha ancora la spada in mano.

– Uccidere un uomo in duello non è peccato da poco, – disse l'abate Riphinte, – ma è sempre meno grave che non credere nel calendario.

– Signor Duca, – disse il Vescovo in partibus di Sarcellopolis, – dovrete far penitenza per quest'incidente e onorevole ammenda per le vostre convinzioni preadamitiche.

– Come vedete, – disse l'abate Riphinte, – la giustizia di Dio è piú severa della giustizia degli uomini da cui sarete assolto.

– Io comunque non mi fido, – disse il Duca d'Auge, – e, visto e considerato, preferisco andare a fare un giretto, magari all'estero. Non starò ad aspettare i gendarmi del Re, né la di lui misericordia. Il mio buon amico Donatien, per una quisquiglia, l'hanno sbattuto alla Bastiglia. To', fa anche rima.

– Una rima tirata coi denti, – osservò l'abate Riphinte.

Il Duca sguainò la spada, deciso a trucidare l'Abate seduta stante, ma questi descrisse una prudente traiettoria per situarsi dietro le spalle d'Onesiforo. Il Duca riprese il controllo di se stesso; ringuainò.

– Voi due consolerete Russula, – disse ai preti. – Io sono rimasto con nel palmo della mano una sculacciata rientrata. Signori, addio.

– E gli Stati Generali? – disse Monsignor Biroton. – Non vi assisterete?

– Bischerate! Per il momento, è la mia libertà che m'interessa.

Si voltò verso Pouscaillou:

– Va' a sellare Sten e Stef, Visconte. Ti porterò con me, vedrai un po' di mondo.

– Vi rendo grazie, signor Duca, ma quei cavalli parlanti...

Il Duca gli fece fare una giravolta e, d'un calcio, lo mandò dritto a destinazione. Descritto un agile arco di parabola, Pouscaillou atterrò, col suo fagotto in mano, davanti alle scuderie ducali.

Quando pochi minuti dopo il Duca tornò col suo bagaglio, tutto era già pronto e si partí.

La terrazza adesso era deserta. La Duchessa era sparita con la buonanima d'Empoigne. Monsignor Biroton e l'abate Riphinte stavano al pié dello scalone ad aspettare al varco il Duca. Lo salutarono con tutta cortesia.

– Avete riflettuto bene? – chiese Monsignor Biroton. – Vi mettete dalla parte del torto.

– E non potrete assistere agli Stati Generali, – soggiunse l'abate Riphinte.

– Amici miei, – disse il Duca, con un'aria d'estrema soddisfazione, – voi non avete capito perché parto.

– Perché? – domandarono i due preti, in coro.

– Vado a cercare le prove.

– Che prove?

– Le prove della vostra ignoranza. Viva i Preadamiti!

– Viva i Preadamiti! – ripresero in coro i due cavalli, ai quali s'uní con un po' di ritardo il prudente Pouscaillou.

E partirono a gran galoppo, tutt'e quattro.

In quella giornata fecero una lunga tappa, e fu a cavalli stremati che arrivarono alla Locanda dell'Uomo Selvatico del grosso borgo di Saint-Genouillat-les-Trous nel Vésinois, non lontano da Chamburne-en-Basses-Bouilles.

– Perdío, – disse il Duca assidendosi alla mensa, – ci meritiamo una buona cenetta. Olà, vino e salsiccia!

– Eh, eh, ragazza mia, – soggiunse all'indirizzo della servetta, dandole manate sul sedere, – ci ho nel cavo della mano una sculacciata rientrata.

– Grazie tante! Ne faccio a meno volentieri.

– Eh, eh! Dalla mano d'un Duca...

– Mano di sporcaccione, – lei replicò, schivandosi.

– Hai visto? – disse gaiamente il Duca a Pouscaillou, – tira già vento di Repubblica. Mah, vedremo.

E si mise a divorar salsiccia.

– E ora che ne dici, – riprese, a bocca piena, – di Sten? Non è di buona compagnia?

– Essí, – disse Pouscaillou, – non capisco come ho fatto ad aver tanta paura la prima volta. Oramai mi sembra tutto naturale.

– Di naturale non c'è niente piú naturale che quel che è naturale. Questo è il motto del mio ottimo amico Donatien.

– Ditemi, signor Duca, e i Preadamiti cosa sono?

– Una storia per punzecchiare il buon Onesiforo. Non esistono. Però se esistessero, il buon Onesiforo se ne farebbe, della rabbia!

– Ma chi sono?

– Uomini che sarebbero esistiti prima d'Adamo.

– Che stupidaggine!

– Adesso parli come l'abate Riphinte. Non farmi pentire d'averti preso con me.

– È mica facile discorrere con voi, signor Duca. Dite che non esistono e nello stesso tempo non volete che dica che è una stupidaggine.

– Imbecille, una cosa che non esiste non è mica detto che sia una stupidaggine. Ma cos'è che arriva? Capra e cavoli! Ah, ah, ne vado matto!

– Giú le zampe, vecchio porco, – disse la servetta al Duca che voleva mescolare anatomia e gastronomia. – La prossima volta vi verso il piatto in testa. E sarà il salmí.

– Non è di buona indole, costei.

– Come mai vi lasciate trattare cosí, signor Duca?

– Ricordati che viaggio in incognito. Liquidiamo capra e cavoli.

Davan di ganascia in silenzio, quando un postiglione in costume da postiglione accorse ostentando un abietto spavento. Sbraitava:

– Incredibile ma vero! C'è un cavallo che parla in scuderia!

Tutti risero di cuore, il Duca per primo; solo Pouscaillou, inquieto, restò cupo in volto.

– Sei ancora ubriaco! – disse il locandiere. – Non ti vergogni di venire a seminare confusione?

– Lo lasci dire, – fece un viaggiatore al locandiere.

E al postiglione:

– E cos'è che t'ha detto, il cavallo?

– M'ha visto entrare nella scuderia e ha gridato: «Viva i Preadamiti!»

– Matto da legare! – esclamò qualcuno.

Tutti risero di cuore, il Duca per primo; solo Pouscaillou, sempre piú inquieto, restava cupo in volto.

Capitolo quattordicesimo

E per la terza volta tutti risero di cuore, al sentire il postiglione enunciare in questi termini il seguito delle proprie emozioni:

– E il cavallo soggiunse: «Non credi alle tue orecchie, eh?»

Solo Pouscaillou, al colmo dell'inquietudine, resta cupo in volto.

– Naturale che non potevo credere alle mie orecchie, – proseguí il postiglione, – e com'è come non è mi son messo a salvamento, e in quella scuderia infernale non mi vedrete piú neanche morto. Olà, locandiere, portami una pinta di chiaretto per rimettermi in ispirito!

– Ben me ne guardo! – rispose il locandiere. – La tua parte l'hai già avuta.

– Ubriaco io? Poffare, va' un po' tu a darci un'occhiata!

– Ben me ne guardo! E di quale cavallo si tratta, innanzi tutto?

– Del mio, – disse il Duca.

Tutti si voltarono verso di lui.

– È un cavallo che parla, è vero, – egli continuò. – Sa anche leggere. Adesso per esempio sta leggendo il *Viag-*

gio del giovane Anacarsi in Grecia, e gli piace. Locandiere, portate pure una pinta di chiaretto al signor postiglione: non è affatto ubriaco.

Un mormorio d'approvazione accolse le appropriate proposizioni del Duca; «che uomo di spirito!» era la frase che correva di bocca in bocca.

– Non ci stare a pensare, – disse il Duca a Pouscaillou. – Vedi che basta poco a rimetter tutto a posto. Qualcuno un giorno o l'altro finirà per dirla, questa verità: in Francia il ridicolo uccide. Il postiglione, ormai, è screditato; ciò non toglie che Sten è stato davvero imprudente: non sa tener la lingua a posto.

– E se gli sbirri facessero un'inchiesta?

– Bah. Il parroco qui di fronte, magari. Chi altri vuoi che ci pensi?

La servetta portò in tavola una pollastra. I due viaggiatori la condussero a buon fine di buon grado, e altrettanto fecero con i susseguenti dolciumi, chicche e caci. Tracannarono ancora qualche pinta prima d'andare a letto e d'addormentarsi ben stracchi e ben satolli.

Lalice e Cidrolin strabuzzarono gli occhi al riaccendersi delle luci e uscirono dal cinema un po' stralunati.

– Beviamo un bicchiere e poi si torna a casa, – propose Cidrolin. Lalice era d'accordo.

– Io ho un debole per i film di cappa e spada, – disse Cidrolin.

– Le pare?

– Mi pare un corno: è cosí.

– Non volevo dir quello. Volevo dire: le pare che sia un film di cappa e spada, quello?

– Sí. A meno che non me lo sia sognato.

– A me, mi pare che era un western. Ma mi pare d'aver dormito, anche.

– Torniamo a vedere cosa davano?

Tornarono a vedere. I manifesti e le foto si riferivano a Spartaco e Frankenstein contro Maciste e Dracula.

– Forse era il prossimamente, – suggerí Lalice.

– Non si saprà mai la verità, – disse Cidrolin. – A ogni modo è come se m'avesse raccontato un sogno, lei che è contro.

– Che rabbia.

– Andiamo a berci sopra.

Il bar all'angolo era vuoto; stavano mettendo a posto i tavoli. Gli avventori dovevano accontentarsi di stare in piedi al banco.

– Non mi va, – disse Cidrolin. – Proseguiamo fino all'Arca.

– Perché si chiama l'Arca? – domandò Lalice.

– Perché non ci abita nessuna bestia, questo è certo, – rispose Cidrolin.

– Non capisco.

– Difatti non è gran che spiritoso. Diciamo che si chiamava cosí quando l'ho comprata.

– Cara?

– Mezzo e mezzo.

– A me piace, il suo barcone. In fondo sono contenta d'aver piantato il varietà per diventare governante. Il signor Albert aveva ragione.

– Come ha fatto a convincerla?

– A calci. Lei ha un vero amico, può dirlo, un amico a tutta prova.

– Spero che non le abbia fatto male.

– Eh, non andava mica a piede morto. Ma io ho capito presto la cosa.

– Cosí, non lo rimpiange troppo, il varietà?

– Le ho detto: il barcone mi piace.

– E nel varietà cosa avrebbe fatto?

– Volevo fare la gherl. Ballare non ballo mica male, e come colpo d'occhio posso andare. Mi sarebbe piaciuto anche cantare, ma il signor Albert diceva che non c'è bisogno.

– E aveva dei contratti in vista?

– Sí, ero indecisa tra la Zanzebia e la Repubblica del Capricorno. Roba di paesi lontani, però, devo riconoscerlo. Mi piace di piú restare sui quarantanove gradi di latitudine. Nord, naturalmente.

– Di geografia se ne intende.

– Per prepararmi a tutti quei viaggi... È vero che la sua chiatta sta sempre ferma?

– Come vuole che si muova? Bisognerebbe rimorchiarla.

– Un piccolo rimorchiatore non deve costar troppo.

– Sempre al di sopra delle mie possibilità.

– Come non detto.

Camminavano da un po' in silenzio quando furono sorpassati da un gruppo di boy-scouts adulti. Uno di loro si fermò per domandare:

– Campinghe?

Cidrolin fece il segno va' diritto che vai bene.

L'altro fece il segno di molto gentile mille grazie.

I boy-scouts adulti proseguirono a passo accelerato.

– Ce n'è ancora, – disse Cidrolin, – nonostante sia già

autunno. Finiranno per venirne anche di pieno inverno, i piú coriacei, a scavarsi tane al calduccio sotto la neve.

– E quando c'è la neve, cosa si fa, sulla chiatta?

– La si spazza. La neve casca in acqua e fa: floc. Alle volte anche in piena estate sull'acqua c'è come della neve. Ma non è neve, sembra schiuma di sapone, oppure ovatta. Viene dall'officina delle auto, a monte, dove lavano le macchine prima d'appiopparle ai clienti, credo. Eccoci arrivati.

Cidrolin prese la lampadina nella cassetta delle lettere e ispezionò la staccionata.

– Non hanno scritto niente, – disse Lalice. – È quello che sta guardando?

– Sí.

– Perché? Non era la prima volta?

– No. Succede quasi tutti i giorni.

– E chi è?

– Non so. Attenta a non spaccarsi il muso. Si scivola.

– Una notte, dovrebbe nascondersi in un angolo, fare la posta, e quando quel tale arriva, scaricargli addosso una grandinata di marroni. Cosí intanto saprà chi è.

– Attenta a non sbattersi a bagno. Ecco, ci siamo.

– E dove va, adesso?

– A prendere l'essenza di finocchio, una caraffa d'acqua e due bicchieri.

– E io? Non sono io che lo devo fare? Si sieda.

– Boh, – disse Cidrolin. – La luce è a destra.

– Lo so.

Cidrolin si sedette. Le lampade sul ponte s'accesero.

– Comincia a fare fresco, – disse, quando Lalice tornò

con l'essenza di finocchio, la caraffa d'acqua e un bicchiere. – Non mi vedo, a restar fuori tutta la notte.

– Si copra. Si metta un golf in piú.

– Non beve?

– La detesto, l'essenza di finocchio.

– È un po' fuori moda, d'accordo. Prenda qualcos'altro.

– No. Grazie. Va bene cosí.

Lo guardò servirsi, e continuò.

– Davvero non ha il coraggio di passar la notte fuori per dare una lezione a quel bischero?

– Non è questione di coraggio. È che preferisco dormire.

– E sognare.

– Già: e sognare.

– Se è cosí, bene, vuol dire che lo farò io.

– E per picchiarlo? Magari sono in tanti.

– Non ce l'ha un revolver? una carabina?

– No! no! Niente armi a bordo!

Dall'emozione, Cidrolin si versò un altro bicchiere d'essenza di finocchio.

– Lei beve troppo, – osservò Lalice.

– Me lo dicono tutti.

Lalice continuò:

– Io mi nascondo; quando quel tale o quei tali saranno dietro a scarabocchiare le loro storie, io mi metto a gridare uh uh per fargli paura. Mi potrei mettere un lenzuolo in testa. Sarà l'ultima volta che vengono. O che viene. Per me è un uomo solo. Chi è che può avercela tanto con lei?

– Non so, – disse Cidrolin con voce lontana. – Non ne ho la minima idea.

– Ci sarà pure una qualche ragione, – disse Lalice.

– Spero che non crederà a quello che c'era scritto. Io non ho assassinato nessuno. Nemmeno ferito. Niente. Ero innocente. Ho fatto due anni di preventiva. Hanno finito per riconoscermi innocente. Credevo fosse chiusa la questione. No. C'è questo bischero, come lo chiama lei, coi suoi graffiti, come li chiamo io. Ma lavorare da imbianchino mica mi dispiace; mi serve a passare il tempo, dato che non ho molto da fare. E poi, con questa storia, la mia staccionata è la meglio tenuta di tutto il Quai. Le dico tutte queste cose ma in fondo non ci penso mai. Che me ne importa? Crede m'importi tanto?

– Ma la curiosità di sapere chi può essere?

– Crede m'importi tanto?

– Sia come sia, dovrebbe andare al fondo della cosa.

Cidrolin parve riflettere profondamente; poi, dopo qualche istante di silenzio, finí col dire:

– Preferisce che io passi la notte fuori?

– Quando si fa l'amore in una cuccetta, – osservò Lalice, – l'uomo picchia delle gran testate.

– Dopo tutto, non è una cattiva idea, la sua.

S'alzò per andare a prendere una coperta. Prese pure una bottiglia di rum, una torcia elettrica e un manico di scopa, la sola arma di cui disponeva oltre al pericoloso coltello da cucina.

Cosí equipaggiato, si nascose, in conformità ai suggerimenti di Lalice.

Le gridò:

– Spenga sul ponte!

Lei eseguí.

Sapeva un posto che faceva al caso e vi s'installò, avvoltolandosi nella coperta. Bevve una sorsata di rum e dopo poco era già addormentato.

Pouscaillou sussultò al sentire Sten che gli diceva all'orecchio:

– Ecco il padrone.

Il neo-Visconte d'Empoigne riposava all'ombra d'un ben fronzuto albero. I due cavalli, autosufficienti nel far la guardia a se stessi, erano intenti alla ricerca di ghiottonerie vegetali nei dintorni. Da piú ore il Duca s'era immerso nella natura: quando riapparve teneva per le briglie la mula che gli avevano prestato alla locanda, con tutti i suoi arnesi caricati sul basto.

– Cosa fatta capo ha! – gridò di lontano.

– Avete finito? – chiese gentilmente Pouscaillou quando il Duca si fu avvicinato.

– Affare fatto. Domani andremo a Montignac. Un monello m'ha segnalato qualcosa d'interessante da quelle parti. Ora, ritorniamo a Plazac!

Egli montò in sella a Sten e Pouscaillou in sella a Stef, tenendo per le briglie la mula prestata, sul cui basto il Duca aveva caricato i suoi arnesi.

Il convoglio procedeva svelto. Sten non era in vena di loquacità. Il Duca finí per trovarlo strano.

– E allora, mio buon Demò, – gli disse, – non siamo ciarlieri, quest'oggi.

– Per dirvela francamente, – fece Sten, – lontano dal castello m'annoio non poco. Spesso mi chiedo quando rivedrò la mia scuderia natale, qui m'est une province et beaucoup davantage, Du Bellay, *Regrets*, XXI.

– Ahimè, – disse il Duca, – t'è d'uopo far di necessità virtú. Non ho voglia di buttarmi nelle grinfie della gendarmeria e non ho ancora terminato i lavori che ho da fare in questi posti.

– Quel che dicevo io, – sospirò Sten, – il ritorno non è cosa di domani.

– Tu soffri esattamente di nostalgia, – disse Stef, spinto alla loquacità dall'umore taciturno del collega.

– Nostalgia? – disse Sten. – Una parola che non avevo mai sentito.

– È voce di recente formazione, – disse Stef, dottoralmente. – Deriva da nostos e da algos. Algos vuol dire sofferenza, in greco, e nostos, sempre in greco, significa ritorno. S'applica dunque perfettamente al tuo caso.

– E tu sai da cosa sei affetto? – disse Sten. – Da logorrea.

– Logorrea? – disse Stef. – Una parola che non avevo mai sentito.

– Credo bene, – disse Sten, – l'ho inventata io in questo momento. Viene da logos e da...

– Già, già, – disse Stef. – Ho capito.

– Sei sicuro d'aver capito bene? – domandò Sten.

E i due cavalli attaccarono a bisticciare e non smisero prima delle porte di Plazac. Alla Locanda del Sole d'Oro dove il Duca alloggiava sotto il nome di signor Hégault, un ecclesiastico stava vuotando un boccale dopo l'altro e parlando di politica col locandiere. Erano entrambi d'accordo sulla necessità delle riforme, ma la trasformazione degli Stati Generali in Assemblea Costituente e il licenziamento di Necker ispiravano loro qualche inquietudine.

– Locandiere! – gridò il signor Hégault entrando nella sala dove si trattenevano i due cittadini, – faresti meglio a preparar da cena, invece che discettare di storia contemporanea. Signore, – aggiunse, all'indirizzo dell'ecclesiastico, – non ho il bene di conoscervi.

E al locandiere:

– Ho sete. Voglio vino fresco.

Allorché il locandiere fu scomparso in cantina, il Duca esclamò:

– È un caso, Abate, o vossignoria va in giro a far la spia?

– Signor Duca...

– Signor Hégault.

– Davvero? Bisogna...

– Chiamatemi signor Hégault, vi dico.

– Signor Hégault, vi reco buone nuove.

– Ne dubito. Ma questo prova che avete scoperto il mio nascondiglio. Come diavolo avete fatto?

– Potrei rispondervi con una pia menzogna...

– Dispensatevene.

– ... ma è piú semplice che vi spieghi la verità: il giovane Visconte d'Empoigne scriveva alla mamma.

– Ah, il briccone! Ah, il traditore! Ora sentirà che tirata d'orecchie!

– Non potete rimproverarlo per il suo amor filiale. Vi domando indulgenza per lui giacché noi abbiamo domandato per voi quella di Sua Maestà.

– Chi sono questi noi?

– Monsignor Biroton, attualmente membro dell'Assemblea Costituente.

– E che roba è, quest'Assemblea Costituente?

– È il nome che si son dati adesso gli Stati Generali. La vostra presenza è reclamata a Parigi. Nei ranghi della

Nobiltà manca il delegato del Bailaggio d'Auge. Dopo tutto, non avete fatto altro che vendicare il vostro onore, e Sua Maestà v'assolverà, se...

– C'è un se.

– Niente di terribile: se andrete ad occupare il vostro posto all'Assemblea Costituente.

– Non contate su di me. Per il momento ho altre gatte da pelare.

– Si può sapere quali?

Il locandiere tornava con alcune pinte di vin fresco.

– Lasciaci, locandiere, – gli disse il signor Hégault, – non vedi che mi sto confessando? Torna ai tuoi fornelli e prepara una cena diabolica: sono io che invito il reverendo.

Il locandiere s'eclissò, ma fece il suo ingresso Pouscaillou. Aveva terminato di governare i cavalli e di mettere a posto il materiale. Esclamò:

– Reverendo!

Aveva l'aria assai sorpresa.

– Vieni qui, briccone! traditore! – gli disse il signor Hégault. – È cosí che posso aver fiducia in te? Ti concerò per le feste.

S'alzò per eseguire.

– Ma io non ho fatto niente di male, – disse Pouscaillou rinculando.

– Avresti potuto mettermi in mano agli sbirri.

– Non capisco. Non ho fatto niente di male.

– Scrivevi alla Contessa d'Empoigne!

– Come, signor Duca? Che c'è di male a scrivere alla mamma?

– E mi chiama signor Duca!

Le orecchie puschellutiane stavano per cadere in mano ducale allorché l'abate Riphinte esclamò:

– Grazia, signor Hégault. Grazia per questo giovane levita! La Contessa, va detto, fu d'una discrezione esemplare.

– Non cosí suo figlio.

– Non parliamone piú...

– Io ne parlo quando voglio, – replicò il Duca.

– Non parliamone piú, – ripeté con autorità l'abate Riphinte, – e torniamo ai nostri polli ovverossia alle nostre gatte.

– Dài, siediti, – disse il signor Hégault a Pouscaillou, – e rinfrescati con questo chiaretto, ma ricordati che io odio i sotterfugi.

– Se scrivere alla mamma è un sotterfugio, – strillò Pouscaillou con bella mossa, – non lo farò piú!

– Torneremo sulla questione, – disse il signor Hégault e, rivolto all'abate Riphinte: – Che gatte? – domandò.

– Le gatte che avete da pelare, signor Hégault.

– Ah! Quanto a ciò, vi riservo una bella sorpresa! Ma ditemi dunque di Donna Russula.

Le notizie della Duchessa che l'abate Riphinte diede al Duca erano piuttosto cattive, dato che la poveretta era morta di consunzione, un mese dopo l'uccisione d'Empoigne. Evocato questo triste ricordo, l'abate s'alzò per dire una breve preghiera.

– Amen, – conclusero il Duca e Pouscaillou.

Indi cenarono copiosamente, ed essendo tutti e tre dimolto stanchi, salirono a dormire, e buonanotte.

Capitolo quindicesimo

Cidrolin aperse un occhio: non era ancora l'alba. Aperse entrambi gli occhi: era sempre notte. Gli venne un brivido e l'idea di bere una sorsata di rum. Alzò lo sguardo verso il Quai: deserto in quanto a circolazione pedonale. Di tanto in tanto, rapida, passava un'auto. Dopo un po' Cidrolin si rese conto che se ci fosse stata gente sul marciapiede lui non l'avrebbe vista per il buio. Rabbrividí di nuovo, bevve un altro sorso di rum.

S'alzò lentamente, avanzò verso la staccionata, in silenzio; tutt'a un tratto accese la torcia elettrica e si mise a dar sciabolate di luce nelle tenebre. Nel raggio della torcia non si trovava nessuno. Andò a vedere se il vile anonimo aveva scarabocchiato i suoi insulti, ma il vile anonimo non era ancora passato o quella notte faceva vacanza.

– Peccato, – borbottò Cidrolin, – avrei potuto andare a letto.

Si girò, gli parve di scorgere qualcuno che veniva per il marciapiede, sotto al casamento in costruzione. Diresse la torcia in quella direzione ma era troppo debole per illuminare la figura intravista. Meglio servirono i fari d'un'auto, e Cidrolin poté vedere che non era persona che potesse interessargli.

Spense la torcia, fece qualche passo.

– To', – disse a mezza voce, – se andassi un po' a vedere com'è di notte il campo di campinghe per campisti... prima dell'alba...

Attese un po': non si faceva vivo alcun passante. Scrutò l'orizzonte: non c'era proprio nessun passante in vista. Si mise in cammino, giunse a destinazione. Calmo e silente, quel piccolo mondo dormiva: chi nel suo rimorchio, chi sotto la sua tenda, e chi magari nel suo sacco a pelo, alla bella stella, o per meglio dire, raccomandandosi ognuno alla sua stella, dato che il cielo era coperto.

Le stelle, ancorché invisibili, erano avverse: presto la pioggia cominciò a cadere, autunnale, fredda, fitta fitta.

– Merda, – disse Cidrolin, – qui mi ci infradicio.

– Ehi, lei, s'accomodi al coperto!

Era il guardiano del campo di campinghe che aveva avanzato questa proposta generosa.

Cidrolin sussultò.

Il guardiano continuò:

– Anch'io stavo facendo la mia passeggiatina notturna ma con questa pioggia torno a casa. Qui ci s'infradicia, per usare l'espressione che l'ho sentita bofonchiare.

– Lei è molto gentile, – disse Cidrolin, seguendo il guardiano nella sua baracca.

Il guardiano accese un lume, fece segno a Cidrolin di sedersi, e si mise a caricar la pipa, profferendo distrattamente frasi del tipo: viene l'autunno, cominciano a sfollare, tra poco resteranno solo i maniaci della roulotte e i fanatici del dormire-come-i-cani. Poi, essendo riuscito a trasformare in brace una parte del tabacco, affermò bruscamente:

– Io la conosco, sa? Una settimana su due io faccio il giorno. La vedo sempre, lei viene a guardare i nostri ospiti, li guarda come se fosse lo zoo. Mi domando cosa ci trova di cosí curioso. Creda a me, non c'è niente d'interessante. E io, anch'io guardo, guardo lei, e penso, perché io, sa? sono uno che pensa, penso: to', ecco uno che non sa che cavolo fare nella vita. Ogni volta che passo per venire qui, la vedo, sulla sua chiatta, sdraiato sulla sdraio, sempre dietro a ronfare, e penso, e adesso lei dirà che io voglio dare da intendere che non smetto mai di pensare ed effettivamente è cosí, io sono uno che pensa certamente piú della media, penso, dicevo, to', ecco uno che combinare non combina proprio gran che. Oppure, la vedo che se ne sta seduto a un tavolino, sul ponte, a tracannare essenza di finocchio; allora io penso, lei crederà che esagero, ma devo pur ammetterlo, è inutile che continui a fare il modesto, è la pura verità che io non smetto mai di pensare, e cosí penso: ecco uno che esagera nel bere.

– Me lo sento dire spesso, – fece Cidrolin.

– Da sua figlia, certo. Quella che ha sposato un dipendente trasporti pubblici. È contenta?

– Non lo so, non l'ho piú vista. Solo di lontano.

– Non trova strano che io conosca cosí bene la sua famigliuola?

– Ho altre due figlie.

– Non le si vede spesso.

– Di tanto in tanto.

L'assimilazione di questo dato parve rendere pensoso il guardiano.

Cidrolin aggiunse:

– E la mia nuova governante, come la trova?

– L'ho appena intravista. Di lontano. E ho pensato...
Il guardiano s'interruppe.
Cidrolin insistette:
– Non abbia paura. Dica pure tutto quel che pensa.
Il guardiano scosse il capo con aria esausta.
– Ho pensato...
– Cosa?
– Ah, caro signore, sapesse com'è faticoso pensare. Da come la vedo vivere, mi sa che lei questo tormento non lo conosca. Ma io, caro signore, le ripeto, non smetto un minuto di far funzionare la mia materia grigia. Neanche quando vado al gabinetto. Lei non può immaginare. Roba da non credere.
– E sogna? – chiese Cidrolin.
– Mai. Non potrei. Bisogna pur che mi riposi.
– Io invece sogno molto, – disse Cidrolin. – Sognare è molto interessante.
– Non so. Non ho opinioni sull'argomento.
– Il sogno continuato, per esempio. Ci si ricorda il sogno che s'è fatto e la notte dopo si cerca di continuarlo. In modo da fare una storia tutta di seguito.
– Caro signore, lei parla a chi non ha orecchi per intendere.
– In questo modo, ho vissuto ai tempi di san Luigi...
– Ah. Il figlio di Bianca di Castiglia...
– ... di Luigi XI...
– ... quello della gabbia...
– ... di Luigi XIII...
– ... i tre moschettieri...
– ... di Luigi XVI...
– ... zac!

– ... no, no, sono ancora ai primi giorni dell'Assemblea Costituente. Se non fossi uscito per questa passeggiatina notturna, magari avrei assistito al Quattordici luglio.

– Caro signore, non capisco un accidente di quel che lei vuol dire.

– Vuole che le racconti il mio ultimo sogno?

– Mi perdonerà se mi scuso, ma non sarà che sia indecente, raccontare i sogni?

– Cosí pensa la mia governante. Anche lei è una che pensa.

– Oh, per me possono pensare anche gli altri, se ci riescono.

– Diceva dunque... della mia governante...?

– Visto che insiste, caro signore, io ho pensato, e il mio pensiero era una domanda, in quanto, non so se lei ne è al corrente, caro signore, il pensiero può anche essere interrogativo, ho pensato: ma dove se l'è andata a pescare, quella lí?

– Sul marciapiede che porta dalla Bretagna in Zanzebia o nella Repubblica del Capricorno.

– Paesi molto lontani. Se ho bene inteso...

– Ha inteso benissimo.

– Dunque, è una buona azione, quella che lei ha compiuto?

– E dura già da ventiquattr'ore

– Chi vivrà vedrà.

Il guardiano scosse la cenere della pipa sul pavimento. Aggiunse:

– Non che sia un'espressione mia originale, ma esprime bene quel che vuol dire.

Cidrolin guardò dalla finestra.

– Non piove piú, – disse. Io rincaso. Grazie dell'ospitalità.

– Non c'è di che, – rispose il guardiano ricaricando la pipa. – Perdoni se mi scuso, ma forse non val la pena che la riaccompagni.

– Non val la pena, – disse Cidrolin, già in piedi.

Dalla soglia, girò lo sguardo sul pantano. Disse al guardiano:

– I suoi ospiti, quelli sí che si devon essere inzuppati!

– A loro piace, – disse il guardiano facendo prender fuoco al tabacco di cui aveva riempito la pipa in radica d'erica di Saint-Claude nel Giura, alla confluenza del Tacon e della Bienne, affluente dell'Ain.

– Crede? – disse distrattamente Cidrolin.

– Ho pensato spesso, e voglio sperare, caro signore, che lei riconosca come io non adopero il verbo pensare a diritto e a traverso; ho pensato spesso, dicevo, che se non amassero le intemperie, in un senso o nell'altro, bufere o canicole, nubifragi o sciroccate, geli o afe, se insomma, dico, non amassero tutto questo, andrebbero a praticare il loro campinghe nelle grotte che la natura sembra aver approntato espressamente per tale attività, giacché l'asilo ch'essi vi ritroverebbero si manterrebbe, d'inverno come d'estate, per non parlare delle stagioni intermedie: primavera e autunno, si manterrebbe, concludo, a una temperatura sensibilmente uniforme, fatto di cui avevano saggiamente approfittato i nostri preistorici progenitori i quali, come ognuno sa e come non sarò certo io a insegnare a lei, caro signore, i quali dunque, mi lasci aggiungere a mo' di conclusione definitiva, avevano fatto delle caverne il loro alloggio preferito.

– Su questo punto non tutti son d'accordo, – disse quietamente Cidrolin. – Gli specialisti ora sostengono che gli uomini preistorici non furono specificamente trogloditi.

– Lei è molto istruito.

– Oh, l'ho letto sul giornale.

– L'istruzione! Vede cos'è l'istruzione, signore? S'impara quel tanto a scuola, si fatica, e non poco, per imparare quel tanto a scuola, e poi, vent'anni dopo, o magari prima, non è piú cosí, le cose son cambiate, non se ne sa piú niente. Allora non valeva la pena. È per questo che mi piace piú pensare che imparare.

– Devo proprio tornare a casa, – disse Cidrolin.

E, richiudendo la porta, aggiunse:

– E grazie ancora!

Fuori, sbadigliò, poi rabbrividí.

– Mi son preso un malanno, – disse a mezza voce.

La porta della baracca si riaperse. Il guardiano gridò:

– Ha detto, scusi?

– Vado a farmi un ponce, – gridò Cidrolin.

– Lei beve troppo! – gridò il guardiano.

– Alli mortacci! – gridarono in varie lingue i trogloditi mancati, chi dal rimorchio, chi dalla tenda, chi dal sacco-a-pelo, questi ultimi galleggiando dolcemente sulla laguna che s'era andata formando.

Cidrolin attraversò difficoltosamente il merdaio che separava la baracca del guardiano dall'uscita. Raggiunto il marciapiede, si mise a camminare svelto, ma non abbastanza da evitare un nuovo rovescio di pioggia. Arrivato all'altezza dell'Arca, dimenticò di guardare se avevano scarabocchiato la staccionata. Scivolando piú volte nel fango, recuperò la coperta e la bottiglia di rum, abbandonate nel cespuglio dietro al quale s'era appostato. Il manico di scopa lo lasciò lí.

Era scosso da brividi sempre piú fitti. Dopo aver vittoriosamente attraversato la passerella, mandò giú un certo numero di compresse di vari colori, intercalandole con sorsi di rum. Si mise a letto. Fuori s'annunciava un'alba di livello scadente.

Tornando da dir messa, l'abate Riphinte trovò il Duca ad attenderlo.

– Si fa colazione e poi si parte, – disse il Duca, autoritario.

L'Abate guardò il sole, un sole di luglio già alto sull'orizzonte.

– Avete paura del caldo? – chiese il Duca. – Non temete: nel posto dove vi porto farà fresco. A tavola!

– Qual è oggi il programma dei festeggiamenti? – domandò Sten a Pouscaillou intercettandolo mentre filava via verso la colazione.

– Si porta a spasso l'Abate, – rispose Pouscaillou e s'infilò nella locanda.

– Spero che non l'appiopperanno a me, – disse Stef. – Di conversare con lui non ho nessuna voglia. È uno che rompe il capello in quattro: cerca sempre di metterti dalla parte del torto.

– Puoi sempre farlo cascare in un fossato, – disse Sten.

Stef restò silenzioso, e cosí Sten.

Uno sguattero nonché palafreniere in seconda venne a legare al loro fianco la mula della locanda, sellata. Partito ch'egli fu, Sten disse a Stef:

– Vedi, è inutile farsi del cattivo sangue prima del tempo!

– E chi ti dice che la mula non sia per Pouscaillou e che io debba spupazzarmi il prete.

– Quando la pianterai di fendermi gli zoccoli! Prendi un po' la vita come viene. Per mugugnare ci avrai sempre tempo.

– Ciò non toglie che all'idea d'essere montato da un ecclesiastico, io morda il freno. Ognuno ha i suoi principî. Cosa vuoi farci, tu mi conosci, io non mi ci posso adattare.

La mula li stava a sentire piena d'ammirazione; dal canto suo lei non sapeva che poche parole in limusino e non voleva rendersi ridicola al cospetto di cosí galanti manipolatori della lingua d'oil. La colazione essendo stata piuttosto frugale, fu appena dopo un'attesa di due ore che Duca, paggio e Abate inforcarono le loro cavalcature e via.

A meno di due leghe di cammino, misero piede a terra in aperta campagna. Cavalli e mula furono affidati a Empoigne che andò a stendersi all'ombra d'un albero.

– Ora bisogna fare un pezzo a piedi, – disse il Duca.

– Cos'è quell'affare che portate? – chiese l'Abate.

– Una lanterna.

– In pieno giorno?

– Eh sí, questo è il segreto.

L'Abate, contrariato, s'astenne dall'estendere la sua inchiesta alla corda che il Duca portava pure con sé.

Attraversarono campi, prati, boschi, gerbidi, brughiere. L'Abate bofonchiava, poco propenso a gustare lo spettacolo della natura, imprecando contro Giangiacomo

Rousseau, contro le ortiche, contro i rovi, rattrappendo i piedi sui sassi il cui numero cresceva ad ogni tesa. Alla fine bisognava scalare un'erta molto ripida: l'Abate, sfiatato, raggiunse il Duca davanti a una fessura nella roccia.

– E ora, reverendo, – disse il Duca trattenendo a stento le risa, – vedrete cosa vi farò vedere.

– Ah, signor Duca, – disse Riphinte in tono agrodolce, – non posso dire che questa passeggiata sia proprio di mio gusto.

– Entriamo, – disse il Duca.

L'Abate si guardò intorno.

– Là, – dice il Duca indicando la fessura.

Il Duca comincia a infilarsi nella roccia.

L'Abate fa dietro-front, direzione mula per la Locanda del Sole, Plazac.

– Olà, – gli grida il Duca, – tornate un po' qui!

L'Abate si ferma. Sente il Duca che ride, ride a tutto spiano.

– Non avreste paura, per caso? – grida il Duca.

L'Abate si volta e vede il Duca per metà sparito nella roccia. Trova lo spettacolo piú ridicolo che terrificante. Grida a sua volta:

– Signor Duca, fareste meglio a occupare il vostro posto agli Stati Generali, piuttosto che fare il matto al Périgord.

Il Duca ride di nuovo. L'Abate rettifica un punto del suo discorso:

– All'Assemblea Costituente, volevo dire.

Fa di nuovo dietro-front, direzione mula per Locanda del Sole, Plazac. Il Duca appena se n'accorge riemerge dalla roccia, posa la lanterna e lo rincorre. Goffo com'è, l'Abate non è pur facile da riacchiappare. Afferratolo per il collare e per il fondo delle brache, il Duca lo riporta al punto di partenza. Eccoli tornati davanti alla fessura della roccia.

– Trattare cosí un ecclesiastico! – dice l'Abate, rimasto senza fiato. – Questa non ve la perdonerò tanto facilmente, signor Duca!

– Ma se nessuno ci ha visto, – replicò il Duca, calmo, – e io non lo dirò a nessuno! Sotto, entrate!

– Non volete mica ammazzarmi? – grida Riphinte.

Il Duca scoppia a ridere.

– E io che non ci avevo pensato! – farfuglia l'Abate. – È cosí! Mi vuole ammazzare! Mi vuole ammazzare!

Bonario, il Duca gli domanda:

– E perché diavolo dovrei ucciderti?

– Perché non riveli il vostro nascondiglio.

– Su, su, calmatevi, Riphinte. Non si tratta assolutamente di questo. Lasciamo per il momento da parte tutte queste storie contemporanee. Non pensiamoci piú. Riphinte, noi ora risaliremo nel passato, e parleremo perfino di teologia. Seguitemi!

E il Duca ricominciò a infilarsi nella fessura.

– Sarebbe l'entrata nell'Inferno? – disse l'Abate, poco rinfrancato. – Ma la teologia moderna afferma che l'Inferno non è intraterrestre come credevano gli antichi. La fisica niutoniana ci ha permesso di respingere queste superstizioni un po' materialiste. Il che però non vuol dire che l'Inferno non esista, sia lodato Dio!

– Ponete fine al vostro sermone: siete del tutto fuori strada.

All'esterno della roccia sporgeva ora solo un braccio

ducale; questo braccio afferrò Riphinte e l'obbligò a seguirlo. Riphinte scomparve.

– Tenetevi a questa fune, – disse la voce del Duca, – andate avanti senza paura.

– Le pensate tutte...

L'Abate afferra la corda e s'accoda al Duca che regge la lanterna. Avanzano silenziosi.

Vanno avanti nel buio silente.

Silenti vanno avanti a passo lento e l'ondeggiante luce della lanterna rischiara le viscere del monte.

Il silenzio è relativo per via del rumore dei passi. Il buio è relativo per via della lanterna.

A un tratto:

– Signor Duca...

– Non abbiate paura, reverendo, vedete bene che son sempre qui.

– Signor Duca, non trovate che sono molto coraggioso?

– Ehi, Riphinte, le viscere della terra vi rendono vanitoso?

– Peccato veniale, data la situazione. Voi forse mi state conducendo all'Inferno o alla Morte, e io non batto ciglio. Non è ammirevole?

– Riphinte, questa non è piú vanità, è orgoglio. Peccato mortale, stavolta. Su questa strada, c'è chi s'è lasciato portare ben lontano.

– Se voi riconosceste i miei meriti, signor Duca, non avrei bisogno d'insistere tanto.

– Lo vedremo tra poco, – replicò Gioacchino.

Questa enigmatica frase zittí Riphinte per qualche minuto. Il Duca va innante, va innante silente, l'Abate è fidente, la corda è ondeggiante, il lume egualmente, ed è questo lume a incuriosire l'Abate che riavvita la conversazione.

– Quanto tempo sta accesa, la vostra lucerna, signor Duca!

– Eh, dura parecchio.

– Si direbbe sprigioni una fredda luce perpetua.

– Cosí è, infatti.

– Signor Duca, voi mi prendete a gabbo.

– Dico sul serio.

– Con tutto il rispetto, non ci credo.

– Guarda qui.

Il Duca si fermò, si voltò, mise la lanterna sotto il naso dell'Abate il cui viso rimase la sola cosa illuminata nella tenebra grottesca. L'abate Riphinte aveva labbra sottili, naso di taglia grande, occhi molto neri, sopracciglia molto folti, fronte ovina. Guardò con attenzione. Non ci capí niente. Dato che non amava essere messo con le spalle al muro, azzardò le seguenti ipotesi:

– Un nuovo ritrovato scientifico?

– Siete fuori strada.

– Un'invenzione del Signor Lavoisier? del Signor Volta? del reverendo abate Nollet?

– Siete fuori strada, v'ho detto.

Riphinte schiumava di rabbia a non trovare la soluzione ed era pentito d'aver abbordato quel tema di conversazione. Fece una smorfia e disse:

– Un balocco.

– Balocco? – esclamò il Duca d'Auge, – ma non è altro che la luce filosofale, che non si spegne mai, ultimo segreto e grazioso dono di Timoleo Timolei.

– Oh, quello, poi...

L'Abate ritrasse il viso dalla zona illuminata e rientrò nell'ombra. Udí la risata del Duca che, voltatosi, riprendeva il cammino. L'Abate decise che nei limiti del possibile non avrebbe piú aperto bocca. La risata si spense a poco a poco. L'oscura marcia proseguí.

Anche le marce piú oscure hanno una fine. Il Duca disse:

– Eccoci qua.

Si fermò. L'abate Riphinte l'imitò:

– Dove credete che siamo arrivati? – chiese il Duca.

– Nelle tenebre.

– E cosa vedremo?

– Poco o niente.

Non era del suo miglior umore, l'Abate. Il Duca non ci badò. Continuò il suo discorso in termini solenni e con dizione enfatica:

– In questa caverna vissero i Preadamiti.

L'abate Riphinte, schifato, non fece alcun commento.

– Non mi credete?

L'abate Riphinte, schifato, non si degnò di rispondere.

Il Duca avvicinò la lanterna alla parete di roccia. Disse:

– Guardate!

L'abate Riphinte, schifato, lanciò un vago colpo d'occhio.

– Vedete? – domandò il Duca.

– Sí, – rispose, controvoglia, l'Abate.

– E cos'è che vedete?

Capitolo sedicesimo

L'abate Riphinte rispose, schifato in maniera definitiva:

– Disegni infantili.

– Bravo, reverendo! I Preadamiti avevano la purezza dei bambini, e naturalmente disegnavano come bambini. Non sono io che ve l'ho fatto dire, reverendo, ma avete portato acqua al mio mulino. Le persone che hanno fatto questi disegni, queste pitture, – osservate qua, c'è del colore, – queste incisioni, – osservate questo, è inciso nella roccia, – queste persone hanno vissuto prima del peccato originale, erano come quei fanciulli di cui Gesú parla nel Vangelo. Sono ben i Preadamiti, allora, gli autori di questi disegni, prova della loro esistenza. Vivevano in queste caverne per trovar riparo dagli sconvolgimenti che agitavano la terra, allor sí giovane.

Il Duca avvicinò la lanterna al viso di Riphinte e gli domandò cosa aveva da obiettare.

– Signor Duca, – disse l'Abate in tono ironico, – voglio porvi solo una domanda.

– Ponetela.

– Se i Preadamiti vivevano in questa caverna, come facevano per vederci? Possedevano digià la luce filosofale? Oppure erano nictalopi?

– Avevano gli occhi come i gatti, – rispose il Duca. – Voi non fate che portare acqua al mio mulino. La luce filosofale non la possedevano, ergo dovevano avere occhi di gatto.

L'Abate, pur mordendosi la lingua per aver suggerito lui stesso una risposta all'obiezione che aveva creduto definitiva, tornò alla carica:

– E come spiegate che nessuno ne abbia mai parlato, neppure, in primo luogo, la Sacra Scrittura?

– Chiedo venia, reverendo. E i giganti di cui parla il *Genesi*, capitolo sei, versetto quattro? Ah, ah, trionfo su tutta la linea!

– Allora, secondo voi, migliaia e migliaia d'anni fa, dei giganti dagli occhi di gatto si sono divertiti a disegnare come bambini in una caverna del Périgord?

– Voi scherzate, reverendo, ma siete sconfitto. D'altronde, non c'è una caverna sola. Ve ne mostrerò delle altre.

– Dovevano esser grandi, queste caverne, per contenere dei giganti.

– Vedete bene.

Il Duca diresse la luce verso l'alto. La luce si perse verticalmente in lontananza senza incontrare la volta. Il Duca fece scorrere la luce avanti e indietro in tutte le direzioni, e l'abate Riphinte poté constatare che si trovava in una sala immensa, a quel che pareva senza limiti.

Fu preso da un brivido sacrale.

– Eh? – fece il Duca. – Non è bello come Saint-Sulpice? Quanto alle figure, la vostra definizione di disegni infantili è stata un po' affrettata. Guardate un po' quel mammuth... quell'aurochs... quel cavallo... quella renna... Greuze non dipinge mica meglio.

– Bisognerebbe decidersi, – disse Riphinte. – Poco fa pretendevate che i vostri giganti fossero innocenti e puerili. E ora risulta che erano abili quanto un accademico.

– Se i bambini, – disse il Duca, – non hanno piú un'abilità da accademici è a causa d'Adamo, della sua costola, della sua mela e della sua caduta. Prima...

Un profondo sospiro evocò la meravigliosa unione preadamitica della purezza e della maestria. Il Duca muovendo in lungo e in largo la lanterna, continuava a mostrare.

– Vedete... vedete... quei cavallini che corrono... quelle renne che brucano... quegli aurochs che vanno alla carica... quei mammuth che gli manca solo il barrito...

– Devo riconoscere che il tutto è assai curioso.

– Ah! Voi siete un uomo in buona fede! – esclamò il Duca, con soddisfazione.

– Dopotutto, perché non dovrebbero esserci stati dei giganti pittori dagli occhi di gatto, dal momento che voi siete pronto a concedermi Adamo e la sua caduta?

– Io non vi concedo niente. Era una figura retorica.

– Signor Duca, sono io che mi domando se non siete un uomo in malafede.

– Voi, l'esistenza dei miei Preadamiti l'avete riconosciuta.

– Un momento. Ci ho messo un se. Se voi mi concedete...

– Non mercanteggiamo! Io non vi concedo niente, reverendo, e voi siete ormai diventato propreadamita. Comunque, vi mostrerò altre prove in altri antri. Venite!

Quando furono usciti dalla grotta, l'Abate si fregò gli occhi, guardò il paesaggio, e disse:

– Signor Duca, al vedere questo cielo, questi alberi ed erbe e sassi e uccelli in volo, mi domando da quale fantasmagoria sono stato allucinato or ora. E mi viene il sospetto che la vostra lanterna sia piú magica che filosofale. Permettete che l'esamini?

Il Duca gliela porse. L'Abate dovette ammettere che non vi trovava nulla di magico; eventualmente qualcosa di filosofale.

– In cammino! – disse il Duca riprendendo la lanterna.

Ritrovarono Empoigne, mula e cavalli, e da Rouffillac si diressero verso Tayac dove si fermarono a dormire dopo aver visto nuove grotte. L'indomani, proseguirono fino a Montillac. In quei paraggi, visitarono quella che il Duca definiva la Cappella Sistina dei Preadamiti. Tornarono a Plazac per cena.

Bevevano vin fresco aspettando il minestrone, e l'Abate dava segni di attiva riflessione. Il Duca, reprimendo un sorriso in una strana smorfia, assaporava in silenzio la sua vittoria. Al terzo bicchiere di chiaretto, l'Abate prese la parola e disse:

– È una faccenda sconcertante.

– Lo sconcerto deve ancora incominciare, – disse il Duca. – Quando annuncerò al mondo la mia scoperta, la Chiesa tremerà dalle fondamenta e il Papa rabbrividirà di spavento. E quando il mondo avrà riconosciuto la mia scoperta la Chiesa crollerà, e morto un Papa non se ne farà piú un altro.

– Signoriddio, – mormorò l'abate Riphinte, – dove andremo a finire?

Il Duca stava per rispondere alla domanda allorché Empoigne irruppe seguito da un cavaliere appiedato ma acconciato acconciamente.

– Signor Duca! – gridò Empoigne, – signor Du...

– Chi t'ha dato il permesso d'interrompermi? Non avevo ancora pronunciato verbo, ma la frase che stavo per cominciare era del piú grande interesse per l'abate Riphinte in particolare e per il mondo ecclesiastico in generale.

– Notizie da Parigi, signor Duca! – continua Empoigne, senza pensare a scusarsi.

– Me ne sbatto, delle notizie di Parigi! Le notizie interessanti adesso è di qui che verranno. E sarò io a darle!

– Dici niente, – fece Empoigne con insolenza. – Hanno preso la Bastiglia.

– Chi: hanno?

– Il popolo di Parigi, – rispose il cavaliere appiedato ma acconciamente acconciato. – I prigionieri sono liberati e Sua Maestà ha richiamato il signor Necker. I colori di Francia d'ora in poi sono blu bianco e rosso.

– Altra fregatura, – mormorò il Duca. – Ora nessuno si interesserà ai miei Preadamiti.

– La Chiesa è salva! – esclamò l'Abate giungendo le mani in segno di riconoscenza.

Le due ultime battute parvero sorprendere il cavaliere appiedato ma acconciamente acconciato. Disse:

– Signori, benché le vostre frasi siano oscure, vedo che siete persone di qualità. Permettetemi di presentarmi: sono il Sire di Ciry.

– Oh guarda, – disse il Duca, – siete mio genero. Non vi riconoscevo. Ci si vede cosí poco. Avete messo su pancia. E mia figlia Pigranella ne ha messo su anche lei?

– No, è morta sterile, – rispose il Sire di Ciry con aria leggermente disgustata.

– Poverina, – disse il Duca, e soggiunse, rivolgendosi all'abate Riphinte:

– Reverendo, potreste dire delle preghiere per lei, visto che resteranno valide ancora per un po'!

E tornando a Ciry:

– Insomma, perché siete qui? Mi stavate cercando?

– Affatto. Emigro.

– Siete diventato una rondine?

– Non ho detto: migro, bensí: emigro. Lascio la bella Francia dalle amate sponde. Quello che sta succedendo non mi dice niente di buono e il popolo di Parigi mi pare proclive a dar mostra di una certa ferocia nei riguardi degli aristocratici. Per non parlar dei contadini che si mettono a bruciare i castelli. Per vie traverse, raggiungerò Bayonne dove conto d'imbarcarmi per l'Inghilterra.

– Perché l'Inghilterra?

– E perché no?

Il Duca rimase pensoso, poi disse:

– Dopo tutto, Ciry, non è mica una cattiva idea la vostra. Io potrei andarmene in Ispagna, dove ho un carissimo amico che potrà ospitarmi, il Conte Altaviva y Altamira.

– Io invece, – disse l'Abate, – raggiungerò il buon popolo parigino che ha salvato la Chiesa senza saperlo, il che prova che c'è di mezzo un qualche miracolo.

– E tu m'accompagni? – domandò il Duca a Pouscaillou.

– Io? Io torno dalla mamma. Non voglio che le brucino il castello.

– Sciocchino, – esclama il Duca, – non hai voglia di vedere dei paesi forestieri?

– Oh, sí, signor Duca.

– Allora, sta' a sentire, Ciry, partiamo all'alba tutti e tre e lasciamo l'Abate ai suoi rivoltosi. A proposito, avete notizie del mio eccellente amico Donatien? È stato liberato?

Il minestrone era servito. Ragionando degli uni e degli altri, cenarono copiosamente e, stanchi di tante emozioni, andarono a letto e buonanotte.

Alle prime luci dell'alba, pur con tutta la sua ripugnanza per quest'abbietta operazione, Cidrolin si ficcò un termometro nel sedere, e avendolo indi delicatamente estratto, constatò che aveva un febbrone da cavallo; d'altronde per constatarlo non avrebbe avuto bisogno di tutta questa manovra in quanto si sentiva assai a mal punto, ma prevedendo che si sarebbe finito per ricorrere a persona del mestiere, temeva d'esserne sgridato se non avesse saputo informarlo con esattezza sul proprio squilibrio termico. Poi restò in attesa. Dopo un intervallo abbastanza lungo, ch'egli valutò approssimativamente d'un'ora, gli venne voglia di pisciare. Tossendo rabbrividendo bollendo, Cidrolin s'alzò. Incespicando vacillando barcollando, uscí dalla cabina. Lalice lo scorse mentre si dirigeva al dobliusí.

– E cosí, – cinguettò, – è questa l'ora d'alzarsi? Il caffè è pronto!

Cidrolin non rispose.

Quando fu di ritorno e lei l'invitò nuovamente alla consumazione, neppure allora rispose. Riguadagnò la propria cabina. Passò ancora press'a poco un'ora e sentí bussare alla porta.

Disse: – Avanti –. Lalice eseguí.

– Non sta bene? – domandò.

– Non troppo.

– È colpa mia. Ha preso freddo stanotte.

– Già.

– Magari ha piovuto, anche.

– A catinelle.

– Avrebbe dovuto tornar dentro.

– Son tornato.

– Troppo tardi.

– Non ho visto nessuno.

– Avrei fatto meglio a star zitta.

– Non ci stia a pensare.

– Mi serba rancore?

– Per niente.

– E cosí, non sta bene?

– Non troppo.

– Vado a cercare un medico.

– Forse bastano un po' di pastiglie. Un farmacista può consigliarla bene.

Lei gli toccò la fronte.

– Febbre ne ha eccome.

– So anche quanta: trentanove e nove.

– Vado a cercare un medico.

E scomparve.

Cidrolin trema e sonnecchia.

Lei riapparve subito. Il medico chiede la temperatura.

Cidrolin dice che siamo sui trentanove e nove.

Il medico scrive su un pezzo di carta. Scompare.

Riappare Lalice.

Cidrolin s'ingozza di medicine.

Chiude gli occhi ma non sogna.

Beve roba calda.

Nella nebbia dell'infusione, sente Lalice che sta dicendo:

– Non l'aveva detto, al signor Albert, che era un'infermiera che le occorreva.

Ride.

Cidrolin ha un pallido sorriso. Chiude gli occhi.

Il Duca d'Auge, il Sire di Ciry e il Visconte d'Empoigne detto familiarmente Pouscaillou s'avvicinano a Bayonne.

Cidrolin ogni tanto riapre gli occhi.

Ogni tanto ingurgita medicine.

Si sente ancora tutto tiepido e soffice.

A questo proposito, quel che lo scoccia di piú è di andare al dobliusí. Non si regge in piedi. Lalice vuole sostenerlo. Lui rifiuta. Lei dice:

– Oh, crede che non sappia com'è?

Cidrolin sul momento si vergogna, poi una volta che l'ha fatta non ci pensa piú.

In fondo potrebbe andar peggio.

Si domanda come Lalice si cava d'impiccio, nuova venuta com'è su questa chiatta. Pare che si cavi d'impiccio benissimo. Cidrolin si rassicura. Chiude gli occhi.

Gli riesce di dormire.

A Bayonne, i tre compagni di viaggio si separano. Il

Duca d'Auge e il Visconte d'Empoigne, familiarmente chiamato Pouscaillou, proseguono verso la Spagna. Troveranno certamente dei contrabbandieri per aiutarli a passare la frontiera.

Cidrolin si sente meglio. Dall'oblò entra un raggio di sole. È una bella cosa sapere che ci sono dei buoni medici, delle buone medicine. Lalice gli porta della roba calda da bere con delle compresse; non saranno le ultime, ma le antipenultime magari sí.

Lalice fa:

– Comincia a andar meglio.

– Cosí pare.

Cidrolin nei pronostici è prudente.

L'ottobre sta per finire. Tutti dichiarano:

– È un autunno eccezionale!

Il termometro, immerso nell'ombra dell'atmosfera, indica una temperatura quasi estiva.

Cidrolin va a stendersi sulla sdraio, al sole.

Ed ecco che vengono quelle là, a chiedere notizie. Oh, sono buone, le notizie, adesso. Loro, le figlie, guardano Lalice con curiosità. Non sono insolenti con lei.

Guardano con curiosità anche il proprio padre.

– Ci sono ancora delle scritte sulla sua staccionata, – dice Lucillo.

– Che bisogno hai di farlo arrabbiare, – dice Sigismonda.

– Vuole che vada a pulire? – propone Jolando.

– Cosí ti sporchi il vestito nuovo, – fa Bertranda.

– Grazie, – dice Cidrolin, – ci penso io.

Lalice è andata a cercare di che rinfrescare il gargarozzo a signori e signore.

Dice Bertranda a Cidrolin:

– Dovresti comprarti la tivú. Sola con te, quella si scoccia. Soprattutto la sera.

– Cosa ne sai, – dice Lucillo a Bertranda.

– Cretino, – dice Sigismonda a Lucillo.

– Forse non ha torto, – dice Jolando a Sigismonda.

– Volete lasciare in pace papà? – dice Bertranda agli altri tre. E a Cidrolin: – Comprale una tivú, da' retta a me.

Lalice torna con i rinfreschi, e se la svigna con discrezione.

Bertranda apprezza:

– È carina.

– Ha classe, – dice Lucillo.

– Belinone, – dice Jolando, – te ne capisci tanto, tu.

– Hai fatto un affare, – dice Sigismonda a Cidrolin.

– Ora che ci siamo tranquillizzati, – dice Bertranda, – possiamo togliere il disturbo.

Rimangono ancora un po', per finire i rinfreschi. Riattaccano la storia della tivú. Bertranda insiste:

– Compratene una. Anche per te, sarà una distrazione.

– Istruttiva, anche, – dice Jolando.

Non se ne vanno tanto presto perché si sono messi a parlare della tivú.

L'indomani è Lamelia a farsi viva.

– M'ha detto Bertranda che sei stato malato. Mi sa che ora tutto è a posto. Chi è che t'ha curato?

Con un leggero cenno del capo Cidrolin indica Lalice che sta lavando il ponte.

– Carina, – dice Lamelia. – Non sei cascato male.

Cidrolin mette su una fisionomia che vuol dire: mah, può darsi. Poi utilizza due parole per domandare:

– E te?

– Vuoi dire: come mi va, il matrimonio, ogni cosa?

– Sí.

– Con Bubú...

– Chi?

– Mio marito. Ha avuto otto giorni di ferie. Abbiamo fatto un viaggio.

– Dove?

– Nel Périgord. Non per i tartufi: per qualcosa di piú profondo ancora, le buche preistoriche. Le abbiamo visitate tutte: Lascaux, Rouffignac, Les Eyzies, Font-de-Gaume e tutt'il resto. Sapevano disegnare da maledetti, quei paleolitici lí. I loro cavalli, i loro mammuth, ffuit... cosí, – (gesto).

– Tutti falsi.

– Cosa intendi dire?

– Sono tutti dei falsi.

– Ah! Se fossero dei veri falsi, si saprebbe.

– Io lo so.

– E come lo sai?

– Mah.

– Te lo sei sognato?

– È un tale del Settecento che ha dipinto tutto.

– E perché l'avrebbe fatto?

– Per fare incazzare i preti.

– Scherzi, papà. Sogni. Faresti meglio a comprarti la tivú, ti faresti una cultura.

– Lo so.

– Ora che sono tranquillizzata, scappo.

Sul Quai, Lamelia fa dei segni, non per dire arrivederci, ma perché ci sono dei segni sulla staccionata. Lalice l'ha vista; abbandona la ramazza e prende il pennello e il vaso di pittura.

Cidrolin si stende sulla sdraio. Guarda Lalice che scala il pendio. Chiude gli occhi.

Egli cavalca a fianco del suo ottimo amico, il Conte Altaviva y Altamira. Dietro, Empoigne. Contrabbandieri rapaci e realisti l'hanno aiutato, a prezzo d'oro, a passare la frontiera.

– Aveste ragione d'emigrare, Joachim, – dice il Conte in quell'eccellente francese che a quel tempo era parlato da ogni europeo colto. – Vedete un po', quella notte del quattro agosto: gli aristocratici francesi non la smettono di fare bischerate.

– Ne convengo, – disse il Duca.

– In attesa che si dissipi questa agitazione, come contate di passare il tempo, Joachim, ora che siete qui in Ispagna? Il paese è austero e, a parte le corride, non vedo proprio quali distrazioni possa offrirvi, Joachim.

– Dipingerò.

– È questo in verità un passatempo gradevole, sebbene io personalmente non abbia mai pensato a praticarlo. Come v'è venuta quest'idea?

– In sogno.

– Ho inteso bene? In sogno?

– Proprio così. In sogno. Mi son sognato che Felisa, la mia figlia minore, quella che è scema, tornava da Roma e mi raccontava che aveva visto la Cappella Sistina. E io mi dicevo: sono pittore anch'io.

– E cosa dipingete, Joachim? Bodegones? Fiori? Battaglie?

– Caverne.

– Con le tentazioni di sant'Antonio?

– No. È sulle pareti delle caverne che dipingo.

– Ma, Joachim, chi le vedrà mai, queste vostre opere?

– Gli storici della preistoria.

– Ecco un'espressione francese che ignoravo. Che vuol dire?

– Ve la spiegherò piú tardi. Ditemi, non conoscereste qualche posto del genere dove possa esercitarmi?

– Ve ne sono proprio sulle mie terre, – rispose il Conte Altaviva y Altamira.

Capitolo diciassettesimo

Cidrolin, guarito, tornò a sobbarcarsi i lavori di ridipintura.

Diede l'ultima pennellata, poi fece due passi indietro onde avere il distacco necessario a esaminare l'opera compiuta. L'esame gli fruttò una certa soddisfazione. In quel momento sentí un richiamo e si voltò. Un'auto con roulotte aveva parcheggiato lungo il marciapiede; dietro, a breve distanza, un'altra auto che rimorchiava un carrozzone-bestiame s'era fermata in seconda posizione. A quel che risultava dalla targa, venivano dalla provincia. Il guidatore della prima macchina mise fuori la testa per domandare:

– Il campo di campinghe per campisti, per favore.

– Semplicissimo. Sempre dritto, a cinquecento metri.

Cidrolin aggiunse:

– Mi sa che a quest'epoca dell'anno sia chiuso.

– Vado a vedere, in tutti i casi. Grazie.

Rinfoderò la testa nel suo carapace e innestò la marcia.

Prima di premere l'acceleratore, gridò a Cidrolin:

– Sono pittore anch'io!

Cidrolin lo guardò allontanarsi, seguito dal carro bestiame. Restò lí ad aspettare un quarto d'oretta, poi un'altra ventina di minuti: voleva vedere se per caso la carovana non tornava sui suoi passi, avendo trovato chiuso il campo di campinghe per campisti. Passò un'ora, e non vedendo niente, Cidrolin ridiscese per il pendio e andò a mettere a posto il barattolo di pittura e il pennello. Lalice pelava patate. Cidrolin domanda:

– Patate fritte, oggi?

– No, gratinate.

– Le avrei preferite fritte.

– Oggi: gratinate.

– Va be'! – fa Cidrolin.

E aggiunge:

– Esco a fare un giro. Vado fino al campo di campinghe per campisti. Sta arrivando ancora della gente.

– Dev'essere una cosa da vedere.

– Farle fritte, non si può proprio?

– Che tirannia! Avrà le sue patate fritte!

– Qualcuna un po' molle e le altre dure come schegge di legno.

– Per me invece, – fa Lalice, – mezzo e mezzo.

– Magari si potrebbe farle metà gratinate e metà fritte, e delle fritte un po' molli, un po' dure, e un po' mezzo e mezzo.

Lalice non risponde.

– Va be'! – dice Cidrolin, – vado a vedere un po' là cosa succede.

Il campo di campinghe per campisti è piú o meno deserto, ma vi sussiste ancora una vaga attività. Quelle due macchine coi rimorchi non ci sono, ma Cidrolin finisce con ritrovarle cento metri piú in là, ferme lungo il marciapiede. Scesi dalle macchine, due uomini e due donne stanno discutendo. Cidrolin s'avvicina, passa davanti al gruppetto, il guidatore della macchina di testa non l'ha riconosciuto, Cidrolin cammina ancora per una cinquantina di metri poi torna sui suoi passi. All'altezza del gruppo, dice a quello che gli aveva chiesto la strada:

– È laggiú, – (gesto), – sa? Ha l'aria d'essere ancora aperto.

– Signore, – dice l'altro, – nessuno ha chiesto la vostra opinione.

– Sí che me l'ha chiesta, proprio lei, – replica Cidrolin, – e non avevo ancora finito di risponderle.

Ciò detto, Cidrolin continua per la sua strada.

– Signore, – gli gridano dietro.

Si ferma. L'altro lo raggiunge. Dice:

– Quegli imbecilli non vogliono saperne di noi per via dei destrieri. Perché i miei palafreni non dovrebbero fare del campinghe anche loro?

Cidrolin non risponde.

L'altro dice:

– Non vi pare?

Cidrolin dice:

– Non siamo stati presentati.

– È vero.

Il carovaniere tende la mano e dice:

– Auge.

– Cidrolin, – dice Cidrolin.

Si stringono la mano. Auge aggiunge:

– Come vedete, sono un tipo alla mano. Voi siete imbianchino e io sono Duca: benissimo.

– Non sono imbianchino, – dice Cidrolin, – sono armatore. Proprietario d'una chiatta e d'un canotto.

– Non volevo offendervi, – disse il Duca. – Tutti i me

stieri sono buoni. Come vi dicevo dianzi, anch'io son stato pittore, cosa che potrebbe sembrar strana per un Duca, un Duca che è stato alle Crociate. Ero uno specialista di pittura parietale, anzi. Un po' nel vostro genere, se si vuole.

– Si vuole, – dice Cidrolin.

– Venite, vi presenterò mia figlia. Felisa, ti presento il signor Cidrolin.

– Beee, beee, – dice Felisa.

– E questo è il mio trainer e amico Empoigne. Visconte d'Empoigne.

– Cidrolin, – dice Cidrolin.

– E sua mamma.

– Salve! – dice la Contessa d'Empoigne.

– Ai destrieri vi presenterò un'altra volta, – dice il Duca. – Be', ora che il ghiaccio è rotto e abbiamo fatto conoscenza, non intima ma largamente bastevole a stabilire contatti sul piano sociale, contatti evidentemente piuttosto superficiali, ma chissà, profittevoli e fruttuosi per l'uno come per gli altri, in quale campo d'altronde ancora non sappiamo, magari voi potreste, signor Cidrolin, visto che mi pare siate del quartiere, indicarmi un altro posto non troppo lontano dal centro, dove i miei corsieri, mia figlia, Empoigne, sua mamma ed io potremmo abbinare le gioie del campinghe alle lusinghe della Capitale.

Il Duca fece un gesto imperativo per impedire a Cidrolin di rispondere lí per lí.

– In effetti, – continuò, – se è vero che io provengo da un alto lignaggio, non è men vero che provenga pure dalla provincia, come è indicato dalla targa d'immatricolazione del mio automezzo. Sono un gentiluomo di campagna e preferisco l'aria aperta alle stanze da bagno con dobliusí degli hôtel cittadini.

– È un'opinione che ha il suo fondamento, – dice Cidrolin. – Quanto ai desiderata da lei or è poco espressi, non vedo come venirle incontro. Nel quartiere ci sono però delle scuderie, dove lei potrebbe mettere a pensione i suoi cavalli.

– Questo mai, – dice il Duca.

– Ma le altre volte come ha fatto?

– Non ci sono state altre volte. Nel campinghe, questo è il mio esordio.

– Non molto incoraggiante.

– Signor Cidrolin che io ancora poco conosco, avreste voi per caso intenzione di demoralizzarmi? Comunque, non temete, non sono un tipo demoralizzabile.

– Allora non vorrà negare che il suo esordio nel campinghe non è dei piú incoraggianti.

– Signor Cidrolin che io ancora poco conosco, sareste voi per caso un raziocinatore sul tipo dell'abate Riphinte?

– Abate Riphinte... – disse Cidrolin accigliandosi, – abate Riphinte... è un nome che mi dice qualcosa...

– Le gazzette hanno reso celebre il suo nome, – disse il Duca. – Ha passato metà del suo tempo sottoterra.

– Ah, ricordo, – disse Cidrolin, – il famoso storico della preistoria.

– È stato mio cappellano, – disse il Duca.

– Briscole, – disse Cidrolin, – lei ha i mezzi per tenere un cappellano?

– Altroché, – disse il Duca. – Sono io che l'ho licenziato, per ragioni d'ateismo. D'ateismo da parte mia, beninteso. Per quanto anche lui... be'... torniamo al dunque. Signor Cidrolin, mi dica, dove potrei ricongiungermi panicamente alla natura nelle adiacenze del centro urbano?

– Lí per lí non saprei, – disse Cidrolin, – l'accesso ai giardini pubblici è ancora vietato ai campeggiatori.

– Bei tempi quelli quando ogni locanda aveva la sua scuderia, – disse il Duca. – Adesso negli alberghi non c'è neanche il garage.

– Ce n'è di quelli in cui c'è, – disse Cidrolin.

– Non avevo torto, – disse il Duca, – siete un raziocinatore come l'abate Riphinte.

Cidrolin non raccolse l'insolenza e domandò perché, se non era indiscreto, il Duca si tirava dietro quei due cavalli. Non sarebbero stati meglio in qualche pascolo normanno o borgognone?

– Amano la città, – disse il Duca. – Ogni tanto sentono il bisogno di riprendere contatto con la vita urbana! Ed è da molto che non vengono alla Capitale... Non vedono l'ora di visitare i quartieri nuovi e d'ammirare le curiosità, quelle che meritano, almeno.

– Non direi che questo chiarisca molto le cose, – disse Cidrolin.

– Semplificherò, – disse il Duca. – E dato che voi non siete in grado, signor Cidrolin, nonostante la vostra evidente buona volontà, d'indicarmi un campo di campinghe per palafreni campisti, andremo a cercare un luogo in cui installarci tra quelle boscaglie che scorgo all'orizzonte.

– È un tratto di passeggiata riservato ai pedoni, – disse Cidrolin. – Occhio alle multe.

– Me ne sbatto, – disse il Duca. – Signore, addio. E voi, in cammino!

Il Duca si mette al volante della macchina di testa; Empoigne si siede al suo fianco. La Contessa guida la seconda macchina; al suo fianco è Felisa. Partono. Cidrolin scorge il muso dei destrieri. Hanno un'aria equina.

Rincasa pian piano. Dalla soglia, guarda distrattamente il casamento che stanno terminando; lavorano ancora al tetto e alla cantina. Dall'altro lato della strada, qualcuno lo saluta, e Cidrolin attraversa con destrezza, senza farsi prendere dalle macchine né in pieno né di striscio.

– Lei potrà darmi un'informazione, – disse Cidrolin.

– Penso, – dice il guardiano, – ma forse lei si stupirà di vedermi qui. M'hanno offerta la portineria. Venivo a vedere se mi piace.

– E le piace?

– Penso. Eccomi suo vicino.

– Senta la cosa che volevo chiederle.

– L'ascolto, – dice il guardiano.

– C'è della gente che s'è vista chiudere in faccia la porta del campinghe.

– Fra pochi giorni chiudiamo per tutti.

– Non è per questo. Non li hanno voluti perché avevano con sé due cavalli.

– Erano zingari?

– Neanche per sogno. Un Duca, una Contessa, un Visconte e una damigella deficiente.

– Piú due cavalli.

– Piú due cavalli. In un rimorchio. Non saprebbe un altro campinghe da indicargli? Che non sia troppo lontano dal centro, perché i due cavalli è da tanto che non hanno visto la Capitale e muoiono dalla voglia di visitare i quartieri nuovi e d'ammirare le curiosità, quelle che meritano, almeno.

– È un sogno? – domandò il guardiano.

– Pensa? – domandò Cidrolin.

– Ah, caro signore, vedo che lei è al corrente del mio vizietto. Eh sí! Penso. Appena mi sveglio, penso. Vado a dormire, e penso. Nell'intervallo, non ho fatto altro. Pensi un po' se... ecco che finisco per imporre la mia piccola mania anche agli altri... pensi un po' se non ho bisogno di riposo dopo una giornata intera consacrata al rimescolio della materia grigia. Cosí la lascio riposare, la mia materia grigia; dormo, non sogno. Quanto ai suoi cavalli rimorchiati che vogliono visitare la Capitale, sarei incline a pensare, dato che lei mi chiede la mia opinione, sarei incline a pensare che lei abbia sognato.

– Allora non mi saprebbe indicare un campinghe dove potrebbero essere accolti?

– Sognò.

– Non troppo lontano dal centro.

– Sognava.

– Loro due, il Duca, le macchine e il resto.

– Sogna.

– Eccoli lí, – disse Cidrolin.

Il Duca frenò. Il guardiano impallidí, arretrò, disparve.

– Non apprezza il metodo sperimentale, – disse Cidrolin a mezza voce.

– Diceva, scusi? – fece un passante.

– Avevate ragione! – gridò il Duca.

– Ripassi piú tardi, – disse Cidrolin al passante, che s'evaporò.

Cidrolin si fece allo sportello.

– C'è pieno di sbirri, in quelle boscaglie, – disse il Duca, – sono scoraggiato.

Sporse la testa, guardò il casamento.

– Abitate là? – domandò.

– No, qui di fronte, su una chiatta. Posso offrirle un bicchierino?

– Affé...

– Lí c'è un posto per parcheggiare, ne approfitti... E venga ad assaggiare la mia essenza di finocchio.

– Ah! Non mi tirerò indietro!

La carovana andò a posteggiare un po' piú in là. Cidrolin attraversò con prudenza e bravura, e attese gli ospiti al cancelletto.

Gli ospiti discesero il pendio, con Cidrolin in testa che ripeteva a piú riprese:

– Attenti a non spaccarvi il muso,

E quando passarono per la passerella sopra il pantano, cambiò di ritornello:

– Attenti a non sbattervi a bagno.

La Contessa disse:

– Di lontano è carino, ma da vicino fa un po' schifo.

– L'acqua sembra sporca, – disse Cidrolin, – ma non è stagnante. Non si annusa mai due volte le stesse immondizie. Le spingo col bastone, e s'allontanano scorrendo sul pelo dell'acqua. Tra la chiatta e la riva naturalmente s'ingorgano, e lí alle volte s'odorano le stesse.

– Le stesse, cosa? – domandò il Duca.

– Immondizie, – rispose Cidrolin.

Poi:

– Attenti alle testate. Questo è il quadrato, o, se preferite, il soggiorno.

– Come fa simpatico, – disse la Contessa.

Cidrolin chiamò:

– Lalice!

Un personaggio di sesso probabilmente femminile fece la sua apparizione; indossava pantaloni corsari, maglia a righe orizzontali bianche e blu, calzava un berretto alla marinara e brandiva una scopa.

– Salve! – le disse la Contessa.

Gli altri non dissero niente, a eccezione di Cidrolin che la pregò di riapparire al piú presto con bicchieri, caraffa d'acqua naturale e bottiglia d'essenza di finocchio.

– Di che marca? – domandò il Duca.

– Cavallo Bianco, – rispose Cidrolin.

Appena Lalice disparve, il Duca fece seguire alla sua domanda un commento cosí concepito:

– Naturalmente io preferivo l'essenza estratta dal finocchio di mia coltivazione, distillata secondo la ricetta di Timoleo Timolei...

– Un nome che mi dice qualcosa, – mormorò Cidrolin.

– Un illustre alchimista. Illustre, almeno per quanti lo ebbero a conoscere. Il suo nome non è citato sovente.

– Lo ebbe a conoscere, lei?

– E come. Lavoravo ai suoi ordini. Gli facevo da aiutante, con tutto che son Duca. Vedete che non sono tipo da far storie, quando occorre.

– Ebbe a scoprire la pietra filosofale? l'elisir di lunga vita?

– Volete che vi parli francamente?

– Lo voglio, – rispose Cidrolin.

– Non scoprimmo niente di simile, – rispose il Duca.

– Solamente l'essenza di finocchio? – domandò Cidrolin.

– Si finisce sempre lí, – disse la Contessa.

– Beee, beee, – disse Felisa.

Lalice recò con maestria un esteso e carico vassoio, e, adempiuto che ebbe ai suoi doveri, si sedette, con un bicchiere in mano. Cidrolin disse agli altri:

– Vi presento la mia fidanzata.

E a Lalice:

– Duca d'Auge... Visconte d'Empoigne... Signora ehm...

– Contessa d'Empoigne, – disse la Contessa d'Empoigne.

– E signorina...

– Signora... – disse il Duca. – Signora di Malplaquet.

– Salve! – disse Lalice.

– Beee, beee, – disse Felisa.

– Mica male, la vostra essenza di finocchio, – osservò il Duca.

– Mica da buttar via, – disse Empoigne.

– Mica schifosa, – disse la mamma.

Felisa non era tenuta a esprimere il suo apprezzamento, dato che beveva solo acqua.

– Bisognerebbe dar da bere ai cavalli, – disse il Duca.

– Vado, – disse Empoigne.

– Prenda il secchio che è sul ponte a babordo, – disse Lalice.

– Sten e Stef si staranno domandando cosa si fa, – disse il Duca.

– Li tiene sempre al corrente delle sue intenzioni? – chiese Cidrolin.

– Se lo faccio, loro sono piú contenti, – rispose il Duca.

– È un circo? – domandò Lalice a Cidrolin.

– Non so, – le rispose Cidrolin. – Campisti, in ogni caso. Non li hanno voluti nel campinghe per via dei cavalli.

– Non li vogliono per principio, o perché sono dei bucefali speciali?

– Sono ottime creature, – disse il Duca.

– E ora che s'è bevuto che si fa? – domandò la Contessa. – Si riemigra?

Il Duca non rispose; guardò distrattamente attorno a sé; poi con voce incolore, disse:

– Dev'essere straordinario, una chiatta.

Capitolo diciottesimo

Joachim d'Auge si svegliò d'ottimo umore; aveva dormito d'un sonno profondo e senza sogni. Quando si considerò presentabile, salí sul ponte. Degli altri passeggeri della chiatta nessuno s'era ancora alzato. Andò a pisciare in fiume e si rallegrò in cuor suo dell'allegro fiotto che si rompeva sullo specchio della corrente. Sull'altra riva qualche pescatore stava gettando la sua lenza. Sportivi mattinieri passarono vogando. Il Duca si voltò verso riva: Sten e Stef brucavano le rare ghiottonerie vegetali che spuntavano sulla cresta del pendio. Le auto passavano fitte sul Quai con un tubare monotono.

Il Duca sbarcò. Andò a far visita ai cavalli.

– Dimmi, Sten mio bello, com'è che ti ritrovi?

– Fossimo capre, andrebbe bene.

– V'abituerete. Servirà a tenervi in esercizio.

– Si resta molto, qui?

– Non so, – disse il Duca. – Può darsi che oramai si sia arrivati.

– Stef ed io s'avrebbe preferito un soggiorno in pianura.

– Un pretto prato piatto, – disse Stef.

– E poi, – aggiunse Sten, – non è che ci sia molto da rodere.

– Adesso Pouscaillou vi porterà del fieno.

– E quando? Batte la fiacca, Pouscaillou. Vossignoria dovrebbe suonargli un po' lo svegliarino.

– Pazienza, pazienza, Sten mio bello. Lasciamo dormire gli innocenti.

– E sia, – disse Sten. – Ma vossignoria come si trova a bordo di questa nave immobile?

– Ho sempre sognato d'abitare su una chiatta, – rispose il Duca. – Non ne sono affatto scontento.

– Me ne rallegro per vossignoria, – disse Sten. – Se solo ci fosse un po' di fieno e d'avena...

– Pazienza, pazienza, mio buon Sten.

Sul ponte apparve Lalice.

– Caffè? Tè? Cioccolato? Viandox? – gridò al Duca.

Il Duca tornò a bordo.

– Un caffè ben nero, – rispose, – con toast ben imburrati, marmellata ben inglese, uova ben fritte e salsicciotto ben rosolato.

La navigazione mette fame, perdinci!

Lalice disparve senza far commenti.

Sul ponte apparve Empoigne.

– I palafreni mordono il freno, – gli disse subito il Duca, – spero che nel rimorchio ci sia ancora del fieno e dell'avena di riserva.

– Se no, – disse Empoigne fregandosi gli occhi, – andrò a comprarne un po' allo Standa. Il signor Duca ha ben dormito?

– Meravigliosamente. Devo confessare che non sono affatto scontento del nostro punto di caduta.

– E io alla colazione non ho diritto? Dove e quando la dànno?

– Da' da mangiare a Sten e a Stef. Deve esserci ancora di che farli star buoni.

Pouscaillou sparí in direzione del vagone-bestiame.

La signora d'Empoigne apparve sul ponte.

– Avete ben dormito, sirocchia? – domandò il Duca.

– Salve! – gli rispose la Contessa.

Apparve Felisa. Diede un bacio a papà.

– Beee, beee, – disse.

Lalice grida:

– È pronto.

Si ritorna nel quadrato. Ci si siede allegramente. Empoigne è stato svelto a tornare alla base. In tavola c'è caffè fumante, toast, non toast, marmellate, piattini di burro.

– Mancano le uova al piatto, – osserva il Duca.

– Mancano le uova al piatto, – conferma Lalice.

– Manca il salsicciotto, – osserva il Duca.

– Manca il salsicciotto, – conferma Lalice.

– Va be', – dice con leggerezza il Duca.

Ha già mandato giú sette toast, ivi comprese le materie grasse o saccarifere accumulatevi sopra.

– Il signor Cidrolin non s'è ancora alzato? – domanda il Duca.

– Eccomi qui, – risponde Cidrolin prendendo posto.

– Si dorme proprio bene, qui, – dice il Duca, – e nonostante l'assenza di salsicciotti, vi son grato dell'ospitalità generosa.

– Provvederemo, – dice Cidrolin, – Vero, Lalice?

– Mancano i salsicciotti, – conferma Lalice. – E le uova al piatto.

– E i cavalli come stanno? – s'informa Cidrolin.

– Trovano un po' ripido il terreno, – risponde il Duca. – Non hanno indole caprina.

Benché nessuno l'abbia interrogato, Pouscaillou prende la parola in questi termini:

– A proposito...

– A proposito di che? – domanda il Duca.

– A proposito dei cavalli. Andando a prendere il fieno, ho visto che sul cancello del signor Cidrolin ci son scritti degli insulti.

– Insulti che mi riguardano? – domandò il Duca aggrottando le sopracciglia.

– Non ci stia a pensare, – disse Cidrolin. – È per me.

– Vi vogliono male? – domandò il Duca.

– È possibile. Da quando mi sono stabilito qui, c'è qualcuno che s'esercita a istoriarmi il cancelletto e la staccionata. Io li ridipingo, ma quello là non molla.

– Non sapete chi è?

– Non ne ho la minima idea.

– Non avete mai cercato d'acchiapparlo?

– Una notte mi sono appostato. Mi son preso una broncosi virale aberrante, ecco tutto quel che ho acchiappato.

– Empoigne! – disse il Duca con voce solenne. – Ecco un'impresa degna di cavalieri par noi. Libereremo il nostro ospite signor Cidrolin dal suo graffitomane.

– Troppo gentili, – disse Cidrolin. – Non vorrei...

– Lo cogliamo in flagrante, – continua il Duca, – e l'impicchiamo a un albero del viale.

– C'è il guaio che... – dice Cidrolin, – finiremo per avere delle noie.

– E perché mai?

– Noie con la polizia.

– Come? – esclamò il Duca. – Non avete dunque il diritto d'alta e bassa giustizia? E a bordo della vostra chiatta non siete voi padrone dopo Dio?

– Sí, però l'albero del viale non è sulla mia chiatta.

– Allora getteremo al fiume il reo. Accuratamente legato.

– Temo che anche questo...

– Ebbene, ci contenteremo di tagliargli le orecchie.

– No... no...

– Dovremo limitarci a pigliarlo a calcinculo?

– Ecco... A esser precisi...

– Signor Cidrolin, per i calcinculo non contate su di me. Non consumerei mai la suola dei miei stivali sul didietro d'un graffitomane. Sarebbe una ben grave decadenza.

– Signor Duca, signor Empoigne, sono molto commosso alla vostra proposta, ma tutto sommato me la sono cavata da me finadesso e cosí posso continuare. È una voce del mio bilancio: un vaso di pittura al mese, piú un pennello all'anno, pari pari. E poi per me è un po' una distrazione. Cos'avrei da dipingere, se no?

– Io ci avrei ancora qualche caverna... – disse il Duca con voce sognante. – Ma lasciamo perdere...

D'improvviso, diede un violento pugno sul tavolo. Gridò:

– Questa poi, Empoigne! Ci lasceremo rammollire? Non sia mai detto! Malgrado tutto quel che il signor Cidrolin può raccontarci, stasera catturiamo il graffitomane e chi vivrà vedrà!

– Sí, parola d'Empoigne, lo catturiamo!

– Catturate! – gridò la Contessa.

– Beee, beee, – disse Felisa.

Il baccano era grande.

– Nell'attesa, – disse Cidrolin, – vado a dare qualche pennellata.

Esce seguito da Lalice. Lalice chiede:

– Se ne vanno quando?

– Non se n'è parlato ancora.

– Domattina, glieli faccio, il salsicciotto e le uova al piatto?

Cidrolin prende il barattolo di vernice e il pennello.

– Se non è troppo complicato, sí, – risponde Cidrolin. – Dobbiamo mostrarci signorili.

Cidrolin s'avventura sulla passerella.

– Se siamo fidanzati, – dice Lalice, – non dovremmo darci del tu?

– Il lei è piú signorile.

Lalice torna alle sue occupazioni. Cidrolin passa davanti a Sten e a Stef. Li guarda negli occhi.

– Che aria intelligente, – dice a mezza voce. – Gli manca solo la parola.

– Non ci manca un bel niente! – dice Sten. Poi: – Merda! – soggiunge, battendo al suolo lo zoccolo destro, – Gioacchino ci aveva ben raccomandato di tener la bocca chiusa!

Cidrolin si ritrova sul marciapiede. Nel tragitto ha rovesciato il barattolo di vernice.

– Strano, – dice a mezza voce, – è proprio strano.

– Come ha detto, scusi?

È un passante che si ferma a interrogare Cidrolin.

– Strano. Dicevo solo: è proprio strano.

– E cos'è che è proprio strano?

Cidrolin comincia a pitturare il cancello.

– Mah, – risponde.

– Signore! – esclama il passante su tutte le furie, – non si eccita cosí la curiosità del prossimo. Lei mette pulci nell'orecchio e poi sta zitto. No, signore, cosí non si fa!

S'allontana, sbracciandosi in gesti scomposti.

Cidrolin non fa commenti.

Qualcuno chiama. È il portiere del casamento non piú in costruzione e non ancora finito di costruire. È in piedi sul marciapiede di fronte, sulla soglia del suo portone. Cidrolin risponde al saluto e continua a lavorare.

Poi vengon fuori gli ospiti. Discutono sulle cose da fare. Empoigne deve comprare fieno e avena allo Standa, il Duca visiterà il Museo dell'Alchimia, le signore andranno a vedere le case di moda. Questo nella mattinata. Si farà colazione in città, categoria-extra-lusso. Il pomeriggio sarà consacrato alla visita di curiosità varie; è previsto pure uno spettacolo cinematografico. Cena in un categoria-extra-lusso diverso da quello di mezzogiorno. Ritorno a casa non troppo tardi, indi cattura del graffitomane.

– E i cavalli? – chiede Cidrolin. – Non vanno a passeggio pure loro?

– Domani, – risponde il Duca. – Domani. Quando vi avremo catturato quel tizio.

– Che rapporto c'è? – domanda Cidrolin.

– Nessuno, – risponde il Duca.

Si fa pensieroso in volto.

– È vero, – mormora. – Povero Sten, povero Stef. Vorrebbero ammirare le bellezze della Città Capitale pure loro. Starò diventando egoista? Ne arrossirei di vergogna, signor Cidrolin. Voi avete ragione, signor Cidrolin, siete un uomo di buon cuore. Non lascerò due amici ad aduggiarsi mentre io intanto me la spasso. Empoigne, andremo allo Standa a cavallo. Voialtre donne prenderete la vostra auto. Empoigne, va' a prendere Sten e Stef.

Empoigne esegue. Sten e Stef fanno il muso.

– O il mio buon Demò, – dice il Duca.

Sten tiene il broncio.

– Su, su, o mio buon Demò, – dice il Duca. – Non t'avevo dimenticato. Stavamo facendo quattro chiacchiere col signor Cidrolin. È sempre stato fuor di questione che sareste venuti ad ammirare con noi le bellezze della Città Capitale. Dico bene, signor Cidrolin?

Dall'esame dei lineamenti di Cidrolin, non è difficile arguire il dilemma corneliforme che s'agita nel suo petto: è lecito mentire a un cavallo? è lecito smentire un ospite? Cidrolin trova una soluzione elegante. Dice al Duca:

– Lei gli rivolge la parola come se potesse comprendere il linguaggio degli uomini. S'è mai vista una cosa simile: un cavallo che parla? In sogno, forse. O nella mitologia.

Il Duca non trova elegante la soluzione. Dice:

– Che ci avete da ficcare il becco nel modo come io gli parlo? Se non vi domando altro che di dire la verità! Cioè il fatto che non m'ero dimenticato di te, mio buon Demò.

– Signor d'Auge, – dice Cidrolin, – senta dunque questi entimemi, ovverosia questo sorite. Se un cavallo comprende il linguaggio umano, dev'essere molto intelligente. Se è intelligente, ha già indovinato com'è andata. D'altronde, se è intelligente, è buono, e se è buono, avrà indulgenza per una semplice storditaggine del suo padrone ed essa non potrà offuscare la vostra amicizia.

E voltandosi verso Sten, Cidrolin soggiunse:
– Vero, Sten?
Sten sorrise, un po' tristemente, e spetezzò.
– Bravo, Demò, – disse il Duca.
Sale in sella, imitato da Empoigne, e via. Le donne pure, in macchina, dopo che Felisa ha avuto cura di staccare il rimorchio. Cidrolin continua a dipingere la staccionata. Il portiere è sparito.
Poi c'è Lalice che va al mercato.
– Allora è inteso? Compro salsicciotti?
– Siamo signorili, – risponde Cidrolin.
Lalice va al mercato. Cidrolin finisce di dipingere.
Dopo aver messo a posto barattolo e pennello, va a sdraiarsi nel quadrato in attesa dell'ora di colazione. Per colazione c'è salsicciotto. Dopopranzo va a far la siesta in cabina. Alle ore quindici e trentadue minuti dice a Lalice:
– Ho fatto una siesta quasi senza sogni. Solo uno piccolo, senza grande interesse. Lo racconto?
– No, – risponde Lalice.
– Piccolo piccolo.
– Ragione di piú per non parlarne. E poi io adesso vado dal parrucchiere.
Non rincasa prima di cena. Cidrolin è stato a vedere che c'è di nuovo al campo di campinghe per campisti e ha potuto constatare che stavolta è chiuso definitivamente. Ritorna sulla chiatta. Al calar della notte, ha preso una pertica, ha fatto scorrere le immondizie accumulate nel canale tra la chiatta e la riva, spingendole verso la corrente. Poi s'è messo ad aspettare l'ora di cena.
Per cena c'è del salsicciotto.

Poi Lalice accende una sigaretta e va a prendere un mazzo di carte involto in un tappeto verde sgraffignato in un caffè. Prova a fare un solitario, l'occhio destro mezzo chiuso per il fumo della cicca che lei non si decide a mollare. Spegne la cicca. Il solitario non è riuscito. Lalice accende un'altra sigaretta e ne comincia un altro. Cidrolin la guarda fare in silenzio. Il secondo solitario non è riuscito. Si ricomincia, e cosí di seguito. Le cicche s'accumulano. Sono le ore ventitre e sette minuti. Alle ore ventitre e sette minuti, gli ospiti fanno ritorno e s'accomodano nel quadrato. Lalice porta a termine il solitario prima d'andare a prendere lo sciroppo di finocchio.

– Dobbiamo riprendere forze per la cattura del graffitomane, – dice il Duca, allegro.

– Lei si vuole proprio disturbare... – dice Cidrolin.

– Ssst, non facciamo complimenti, – dice il Duca. – Ci riposiamo un momento, poi montiamo di guardia.

– Vengo con voi.

– Lasciate stare. Con Empoigne, porteremo a buon fine il nostro compito da soli.

– Salve! – dice la Contessa.

Voleva dire che va a letto.

– Beee, beee, – dice Felisa.

Voleva dire che va a letto anche lei.

In effetti, ci vanno.

– È riuscito tutto bene? – domanda Cidrolin al Duca d'Auge che non ha ancora l'aria di chi si dispone a montar di sentinella.

– Che cosa?

– Il vostro giro nella Capitale.

– Sten e Stef sono entusiasti.

– E lei? E il signor d'Empoigne?

– Abbiamo avuto dei momenti difficili. La Capitale non è piú quella d'una volta.

– È da parecchio che non ci veniva?

– Da piú d'un secolo, – risponde tranquillamente il Duca.

Empoigne tossulta.

– Da un sacco di tempo, voglio dire, – riprende il Duca. – La circolazione, per esempio: le noie che abbiamo avute con 'sto traffico. Sten e Stef non c'erano abituati. I vigili ci hanno distribuito un mucchio di piccoli moduli ma non so proprio che farmene.

Li tira fuori di tasca e li strappa in tanti pezzettini.

– È durante la visita alla vostra gran torre che stava per succedere un pasticcio, – continuò il Duca. – Sten voleva salire fino al terzo piano. Ha dovuto contentarsi del primo, ma già per farlo arrivare lí si son dovute fare tante storie. Per fortuna che c'era lí della gente che giocava con una macchina cinematografica: s'è potuto aggiustare la cosa grazie a questi tali, perché dal momento che si tratta di cinematografo tutto diventa possibile. A ogni modo, piú in là del primo piano Sten non è potuto salire.

– E l'altro? – domandò Cidrolin.

– L'altro chi?

– L'altro cavallo.

– Stef? Non è voluto salire. Aveva le vertigini.

– Sarebbe magari ora che andaste ad appostarvi, – disse Lalice.

– Ancora una tirata d'essenza di finocchio e corriamo, – disse il Duca conciliante.

– E il ristorante com'era? – domandò Cidrolin.

– Cosí cosí, – rispose il Duca. – Vi servono di che nutrire giusto un uccellino cagionevole di salute. La lista non comprende nessuno dei piatti che mi piacevano tanto ai tempi che furono e testé: paté di zafferano ed usignoli, castagnaccio di topi campagnoli, timballo d'orso bruno e girasoli, annaffiati da alcolici rosoli.

– Anche poeta, è! – fece Cidrolin.

– Eh, eh, di tanto in tanto, – disse il Duca, – mi capita di tornire uno strambotto...

– È la prima parola che sento, – disse Empoigne.

Dopo questa sortita dal suo rispettoso mutismo, il Visconte si trovò a vorticare attraverso il quadrato rovesciando bicchieri.

Mentre si tira su massaggiandosi l'area cervicale compresa tra l'orecchia e la nuca, il Duca termina la frase, rivolto a Cidrolin:

– ... ma soprattutto sono pittore. Come voi.

Poi esclama:

– Già, a pensarci bene: se adesso noi, in una maniera o nell'altra, togliamo al graffitografo la voglia di ricominciare, voi poi non avrete piú niente da dipingere. Finirà che vi sentirete un babbeo e un disutilaccio.

– Farò del mio meglio, – dice Cidrolin.

– Allora, il dado è tratto! *Andiamo*, come diceva Timoleo Timolei. Empoigne, m'hai interrotto mentre stavo parlando, ma sei perdonato. Seguimi e mostreremo al signor Cidrolin ciò di cui siamo capaci. *Tchao!*, sempre come diceva Timoleo Timolei.

Escono.

– Lei resta ad aspettarli? – domanda Lalice.

– Sarebbe piú cortese, – dice Cidrolin.

Lalice spegne la sigaretta, raduna le carte e involge il mazzo nel tappeto verde. S'alza e dice:

– Insomma, questi tipi, si può sapere chi diavolo sono?

Cidrolin fa spallucce. Dice:

– Che importa?

Lalice insiste:

– Bel modo di rispondere. Direi di sí, che c'importa.

Dice Cidrolin:

– A volte ho l'impressione d'averli già visti, in sogno.

– Questo non migliora molto le cose.

– Oh, è solo un'impressione.

– Non insisto. Io, per i sogni...

Sulla soglia, Lalice chiede:

– Allora, resta qui fin che tornano?

– Bisogna bene, – risponde Cidrolin.

Lalice va via.

Cidrolin ridistende il tappeto verde, prende il mazzo di carte, comincia un solitario.

Ricompare Lalice.

– E i cavalli? – fa.

– Be', che c'è coi cavalli?

– Son da ridere, le loro storie di cavalli.

– Ancor piú da ridere di quel che lei non pensi, Lalice. Uno dei due cavalli parla. L'ho sentito io.

– E che diavolo dice?

– S'era messo a imprecare, ma io non sono rimasto lí a sentirlo.

– Non era in sogno?

– Oh, in sogno, i cavalli che parlano è roba di tutti i giorni.

Lalice torna a sedersi. Dice:
– Resto un po' qui con lei.
Prende le carte. Domanda:
– Facciamo una partita?
– Buona idea, – fa Cidrolin, calmo.
Rimasero a giocare fino all'alba.

Capitolo diciannovesimo

All'alba, fuori, comincia la cagnara.

– L'hanno acchiappato, – fa Lalice.

Cidrolin non dice niente.

La cagnara s'amplifica, diramandosi in improperi, invettive, imprecazioni.

– Un casino dell'accidente, – fa Lalice.

Il bailamme s'approssima. Ed ecco che la porta s'aperse, e un uomo fu scaraventato sul tavolo, sparecchiandolo di carte tappeto verde bicchieri bottiglia portacenere. Il Duca ed Empoigne, ciò fatto, chiusero accuratamente la porta dietro di loro. L'uomo ritrovò l'equilibrio, ma subito sedette, costretto dai suoi due intrappolatori.

– Ecco qua, – disse il Duca, soddisfatto. – Un lavoretto come si deve.

– Elevo protesta! – disse l'intrappolato. – Al ratto! Al ratto! Questo è un adult-knapping! Aita! Arrivino i nostri! Qui c'è qui-pro-quo! Un iniquo qui-pro-quo! Io volevo sorprendere quelli che le sporcano la staccionata, ed ecco che mi piombano addosso costoro. Che siano loro i colpevoli?

– Oh, il vile calunniatore! – esclamò il Duca e gli allunga una biffa.

– Allarmi! Infamia! Recidiva! Grave scorrettezza! Ehi lei, senta, lei che mi conosce...

Cidrolin dice al Duca e al suo palafren-viscon-giannizzero:

– S'accomodino, prego, ora sentiamo le spiegazioni di questo signore che effettivamente io conosco.

Si rivolge quindi al portinaio già guardiano di campo da campinghe per campisti:

– Per esser piú precisi, signore, io la conosco di vista, ma ignoro il suo nome.

– Louis-Antoine-Benoît-Albert-Léopold-Antoine-Nestor-Charles-Émile La Balance.

– Lunghetto, – dice Cidrolin.

– Perché due volte Antoine? – domanda il Duca.

– Una volta per mio padre e una per mio nonno. Quanto alla lunghezza, s'abbrevia abitualmente in La Balance Bis.

– Qualcosa di piú corto non l'avreste? – chiede Cidrolin.

– Comunemente sono chiamato Labal.

– Dunque, signor Labal, – attacca Cidrolin.

– Con qual diritto lei mi sottopone a un interrogatorio, signor Cidrolin?

– Allungagli un loffione, – dice il Duca a mezza voce.

– Nessun diritto da parte mia, – dice Cidrolin, – e a lei il diritto di non rispondere.

– Adesso quello lí se n'approfitta, – osserva il Duca, tra le quinte.

– Bene, – dice Labal. – Stabilito ciò, vi racconterò la mia storia.

– Ah, tutta una storia! – dice il Duca, a parte.

– Sarà concisa e illuminante.

Labal prende fiato, prende lo slancio, prende a dire:

– Il nome che porto, signori, m'ha votato a una sorte singolare. La bilancia, come voi sapete meglio di me, è il simbolo della giustizia, ed io per tutta la mia vita mi sono adoperato per fare regnare la giustizia sulla terra, nella misura beninteso delle mie deboli forze. Se la società mi ha imposto questo nome carico di predestinazione, la natura m'ha da parte sua provvisto d'una materia grigia particolarmente attiva: dalla piú giovane età mi sono accorto che la giustizia ufficiale non era che una vana parola e mi sono ripromesso di colmare con i miei sforzi personali le lacune dei tribunali regolari. Da tre a quattrocento persone sono quindi state da me fatte fuori, in quanto m'era parso che le pene loro comminate fossero eccessivamente lievi. Se la cifra vi stupisce, devo dichiarare che m'interesso soltanto ai casi gravi e conosco una sola rettifica alle sentenze erronee: la pena di morte. State pure tranquilli, io non passo all'esecuzione se non dopo aver lungamente pensato al caso in oggetto. È questo, o signori, che mi distingue dai giudici ordinari: io penso. Pesante fardello, signori, il pensiero, un fardello di cui a voi forse non tocca sorreggere il duro gravame. Ma non mi dilungherò oltre: su questo tema già l'altra sera mi sono intrattenuto col signor Cidrolin. Comunque sia, essendo divenuto, per ragioni che non vi riguardano e che sarebbe troppo lungo spiegarvi, essendo divenuto, dicevo, guardiano notturno d'un campo di campisti da campinghe, m'avveniva, tornando dal mio lavoro alle prime luci dell'alba, di constatare che degli insulti venivano scritti di frequente sulla staccionata delimitante il terreno nelle adiacenze della chiatta a bordo della quale voi attualmente vi trovate e io vengo trattenuto contro la mia volontà. La reiterazione dell'operato mi fece pensare, e lorsignori vedranno che la espressione «pensare» sulle mie labbra non è mai una vana parola, mi fece pensare, dicevo, che l'autore di dette iscrizioni era forse un giustiziere del mio stesso tipo, cioè a dire un concorrente. La cosa mi dispiacque. Se tutti si mettono a far giustizia a modo loro, non la si finisce piú; l'unico qualificato sono io. Mi dedicai allora a una piccola inchiesta e appresi, signor Cidrolin, i guai da lei passati, la grave ingiustizia di cui ella fu vittima. Due anni di preventiva inflitti a un innocente! La persecuzione di cui lei era vittima m'apparve ancor piú amara. Volendo smascherare il triste figuro che la perseguitava con la sua ingiustificata vendetta, mi feci assumere come portinaio nell'immobile recentemente costruito sull'altro lato del Quai. Passo le notti appostato, ma non avevo finora scoperto niente. Poco fa, scorgo due ombre sospette. Loro erano in due, io ero solo. Ciononostante, mi sono coraggiosamente recato sul luogo delle loro operazioni indubbiamente delittuose. È stata la prima sconfitta della mia carriera, tant'è vero che sono qui vostro prigioniero. La mia innocenza per quel che riguarda i graffiti mi pare ampiamente provata dal fatto che non sono né ero munito d'un qualsiasi mezzo di scrittura, pittura o incisione.

Tacque, e da quel momento si sentí il calmo russare del Duca d'Auge che s'era addormentato fin dall'inizio dell'apologia.

Cidrolin si grattò la testa. Vide che Empoigne stava solo dormicchiando e gli domandò se era vero che il loro captivo al momento della cattura non era munito d'alcun strumento di scrittura, pittura o incisione.

Empoigne, schiudendo appena le palpebre, rispose:

– Ha detto il vero.

– L'accusato è innocente, insomma, – concluse Cidrolin.

– Presto detto.

– La signorina ha qualcosa da eccepire? – domandò Labal con insolenza.

– No, no, – rispose Lalice. – Tutto quel che lei ha raccontato prova come due e due fan quattro che è lei il giustiziere del cavolo, il minosse dei miei stivali, il montecristo di mamma sua, lo zorro di nostra nonna, il robinud dei fattacci vostri, il catone della morale murale, l'implacabile scarabocchiomane, insomma il rompiballe anticidrolinico patentato.

– Signorina, – disse Labal con calma, – mi permetta di dirle che lei ragiona come una testa di rapa, che non vede piú in là del suo naso, che non sa far funzionare la sua materia grigia. Rifletta un momento; e non voglio qui far uso del verbo pensare che forse la spaventerebbe, le chiedo solo di riflettere, non nel senso in cui il verbo riflettere è usato a proposito degli specchi, il che denoterebbe una riflessione assai superficiale per quanto piú consueta, me ne rendo ben conto, a voialtre fanciulle..

– E lo lasci continuare? – dice Lalice a Cidrolin. – Fossi in te gli spaccherei la testa. Se il Duca era sveglio, l'avrebbe fatto star zitto già da un po'.

– Invece dorme, – disse Labal. – Dicevo: rifletta, signorina. Vi avrei forse raccontato la mia vita, peraltro esemplare, se fossi stato io il responsabile di questa persecuzione? È assurdo. Si persuada, signorina, che la mia cidrolinofilia è assoluta.

Lalice non risponde.

– Signor Labal, – dice Cidrolin, – le chiedo scusa per i miei ospiti; hanno creduto di far bene.

– Con l'orgoglio e la generosità che mi contraddistinguono, – dice Labal, – darò un colpo di spugna su quel che è avvenuto.

– È quel che vedremo, – fa Lalice.

– Salve! – fa la Contessa entrando nel quadrato.

– Beee, beee, – dice Felisa.

– Con permesso, io mi ritiro, – dice Labal.

Si eclissa.

– La colazione non è pronta? – domanda mamma Empoigne.

Lo domanda molto gentilmente, a dire il vero. Lalice non ha di che aversela a male. E aggiunge, la Contessa:

– Chi era quel signore? Era lui che volevano acchiappare?

– È stato un errore, – dice Cidrolin.

La Contessa s'astiene da ulteriori commenti per non turbare il sonno del figlio che aveva finito per addormentarsi anche lui; ma tutti spalancarono tanto d'occhi al sentire penetrar nelle narici l'odore di salsicciotti arrostiti che Lalice portava in tavola.

– Gradevole risveglio! – esclamò il Duca. – Succulenta apparizione! Nobile ricompensa per cavalieri qual siamo! E il nostro briccone? Dov'è finito? Mi par di capire, signor Cidrolin, che nonostante le vostre buone parole, l'avete sbattuto in fiume, zavorrato di lingotti di piombo.

– No, – dice Cidrolin. – L'ho lasciato andare.

– A commettere una buona azione, – dice il Duca indignato, – non mi ci pescano piú!

– Non era una buona azione, – dice Cidrolin, calmo. – Quell'uomo non aveva niente a che vedere con le scritte ingiuriose.

– Cidrolin s'è fatto mettere in mezzo, – dice Lalice.

– Non stento a crederlo, – dice il Duca, – e poi a me, in fin dei conti, che m'importa? Vi lascio alla vostra pittura, signore! Alla vostra pittura!

Invece, per tutta la giornata Cidrolin non ebbe niente da ridipingere. E per tutta la giornata, come il giorno avanti del resto, non rivide i suoi ospiti. Rincasarono solo dopocena. Cidrolin giocava alle carte con Lalice. Lalice, giocando, fumava.

Il Duca ed Empoigne si sedettero con loro e si servirono essenza di finocchio. La Contessa e Felisa si ritirarono subito nella loro cabina.

– È andato tutto bene? – chiese gentilmente Cidrolin.

– E a voi? – domandò il Duca, con brio. – Gli scarabocchi?

– Quest'oggi niente.

– Eh be', noialtri oggi se volete sapere ci abbiamo dato dentro nell'architettura. Per far piacere alla su' mamma, – (lo indica), – visitammo tutte quante le tane da preti della Capitale; e non è che scarseggino.

– Lei è forse anticlericale, signor Duca? – domandò Cidrolin.

– Con tutta l'anima! Ma non chiamatemi signor Duca. Ora che ci conosciamo, potete dirmi semplicemente Joachim.

– E perché dovrei chiamarla Joachim?

– Perché mi chiamo cosí.

– Mi chiamo cosí anch'io, – disse Cidrolin. – E non mi vedo, a chiamare me stesso sotto specie d'un altro.

– Specie d'un altro sarete voi, – replicò il Duca, bonario. – Dato che ci chiamiamo Joachim tutt'e due, chiamatemi Olinde, che è il mio secondo nome.

– E anche il mio.

– Io ne ho altri cinque: Anastase Cré...

– ... pinien Hon...

– ... orat Irénée Mé...

– ... déric.

– Se è cosí, – esclamò il Duca che era proprio d'ottimo umore, – torniamo al punto di partenza: voi chiamatemi Jo e io vi chiamerò Cid.

– Preferisco Cidrolin per intero, – disse Cidrolin.

– E vada per Cidrolin, se è questo che voi volete, ma allora ti darò del tu.

– Non ho niente in contrario.

– E mi darai del tu anche tu, – aggiunse il Duca tracannando una gran sorsata d'essenza di finocchio.

– D'accordo, le do del tu.

– E cosí, Cidrolin, – continuò il Duca con un tono di voce sostenuto, – m'hai fatto girar le balle stamattina allorché l'alba sorse illuminando l'avvenuta evasione del nostro prigioniero. Valeva proprio la pena, mi son detto, di gelarmi il treno posteriore durante tutt'una notte nel rendere servigio al mio ospite, perché poi il sullodato ospite si conduca come una pudica e dubitosa sensitiva. Ma dopo tutto, come mi faceva osservare Sten poco fa, tu sei al corrente della questione meglio di me e avrai avuto le tue buone ragioni per liberare quel personaggio, la cui faccia piú ci penso meno mi garba. Fossi al tuo posto, non mi piacerebbe vedermelo girare intorno. Ciò detto, buona sera.

Su questa brusca battuta conclusiva s'alzò, imitato da Empoigne. Ma Lalice intervenne:

– Chi è quel signor Sten che le ha fatto l'osservazione su di lui? – e indicò Cidrolin.

– Non è un signore: è un cavallo, – rispose Joachim.

– Un cavallo che fa osservazioni?

– A proposito, – continuò Joachim senza tener conto della domanda, – anch'io ho fatto un'osservazione. Ho scoperto che con questo loro Totip i francesi sono diventati alchimisti.

Né Lalice né Cidrolin battevano ciglio; ed Empoigne meno ancora.

– Sí, – continuò il Duca, – speranc tutti di far dell'oro dai cavalli. E adesso, buonasera!

Sparí, poi subito riapparve.

– Certo la mia riflessione vi è parsa un po' strana. Effettivamente, veniva come i cavalli a merenda.

Sparí di nuovo. S'udí la sua risata allontanarsi, spegnersi.

– Rimanga ancora un po' con noi, – disse Lalice a Empoigne che s'accingeva a seguire il Duca con un po' di ritardo.

– Non posso. Devo aiutare il Duca a cavarsi gli stivali.

– Non porta mica stivali.

– Stivali morali, sí.

– Anche i vostri cavalli portano stivali?

– Morali? Certamente.

S'udí un lungo uggiolio.

– Lo sentite? – disse Empoigne. – Ora mi sgrida.

S'affrettò a sparire.

– Visto e considerato, – disse Lalice, – andrò anch'io a togliermi i miei stivali morali.

– Io resto ancora un po', – disse Cidrolin.

Solitario, fa un solitario. Poi spegne.

Passano i minuti, non si sente altro che le auto nottambulare alla ventura sul boulevard.

Poi, tutt'a un tratto, clamori grida imprecazioni. S'apre la porta del quadrato, si fa luce. Labal scaraventa nella stanza l'uomo che ha sorpreso mentre stava coprendo la staccionata di graffiti oltraggiosi. L'uomo si siede, riprende fiato, si versa un bicchiere d'essenza di finocchio. Lalice accorre, saltata su dal letto, una vestaglia indosso. Quanto agli altri passeggeri della chiatta, dormono d'un sonno profondo. Da quando non sognano piú niente o quasi niente, il loro sonno è sempre profondo.

Lalice, accorsa, vede Cidrolin che si versa un bicchiere d'essenza di finocchio. Labal s'è seduto, ha l'aria grave e sta zitto.

Lalice vorrebbe chiedere qualcosa ma non sa bene cosa.

Cidrolin beve il suo bicchiere d'essenza di finocchio. Dice al portinaio:

– Spero che non abbia preso freddo ad aspettarmi. Il suo bicchiere d'essenza di finocchio se l'è meritato.

A Lalice, sorridendo debolmente, fa:

– Il signore è un buon segugio.

Lalice si siede.

– Quel che mi domando, – dice Labal, – è cosa le resta da fare, adesso. So bene che non son cose che mi riguardano, ma dato che mi sono assunto una importante responsabilità negli ultimi avvenimenti, lei comprenderà come io possa pormi una tale domanda e porla pure a lei.

Dato che Cidrolin non risponde, Labal continua:

– Dopo tutto, lei potrebbe continuare come per il passato.

Soggiunge:

– Io non la terrò piú d'occhio, stia tranquillo. Ora che la mia missione è compiuta, darò le dimissioni dal posto di portinaio e cambierò quartiere, in cerca di nuove avventure.

Si gira verso Lalice e conclude:

– Non ho assolutamente nulla contro il signor Cidrolin, ma dopo il piccolo incidente di ieri era naturale che cercassi di dimostrare la mia piena e completa innocenza. Il signor Cidrolin può pure stimarsi fortunato che non l'abbia mandato a veder crescere l'erba dal di sotto, per insegnargli a non prendere in giro il prossimo e il sottoscritto. Grazie per l'essenza di finocchio: non bevo mai. Mi si dà licenza di ritirarmi?

– Anzi la si invita, – fa Lalice.

Labal esce chiudendo accuratamente la porta del quadrato dietro di sé.

– Torno a letto, – fa Lalice.

– E sí, – fa Cidrolin. – Buon proseguimento della notte.

Lalice esce chiudendo accuratamente la porta del quadrato dietro di sé. Quando, alle prime luci dell'alba, il Duca viene a vedere se per caso la preparazione della colazione non sia in corso, trova Cidrolin seduto davanti al suo bicchiere, sonnecchiante.

– Olà! – esclama il Duca. – Già alzato o non ancora andato a letto? E la fidanzata? Dorme ancora? C'è ancora della salsiccia nel frigo? Oggi va a piovere.

Appare Empoigne.

– Prepara da colazione, – gli dice il Duca. – Ho una gran fame.

– E i cavalli, signor Duca?

– Già.

Empoigne va a occuparsi dei cavalli. Il Duca si siede di fronte a Cidrolin.

– Dunque, non resta che aspettare il risveglio della fidanzata. Cosa posso ingurgitare nel frattempo? Essenza di finocchio no di certo. A quest'ora. Tanto piú che non la trovo straordinaria, con tutto che è Cavallo Bianco. Non c'è da mettere con quello che preparo io secondo la ricetta di Timoleo Timolei. Ancora un rapporto tra cavallo e alchimia. La cavalchimia. Questa è buona, no? Non ne son sicuro. Me ne venivano di meglio, testé, tempo fa, al tempo che fu...

Sbadigliò.

– Perdío, Cid! Non sei molto ciarliero, stamattina!

– Ho una notizia da darle.

– Non ci si dava del tu?

– Da darti.

– Di'.

– Il portinaio dirimpetto ha acciuffato quello che insozzava la staccionata.

– Quello vero?

– Quello vero.

Il Duca scoppia in una forte e lunga risata. Poi dice:
– Cosí, t'ha acchiappato?
– E già.
– Che importa.
– Qualcosa importa.
– Non potrà impedirti di continuare a dipingere e a ridipingere quando ne hai voglia.
– Non è lui che mi dà da pensare.
– Ma cos'aspetta ad alzarsi, questa fidanzata! – dice il Duca.
– Non so, – dice Cidrolin.
– Se le cose stanno cosí, – dice il Duca, – porto un po' a spasso i cavalli e faremo colazione in città. Alla Sirena Storta, per esempio. Dirai alle due mujeres di raggiungerci.
– Non mancherò, – dice Cidrolin.
Il Duca uscí sbattendo distrattamente la porta del quadrato dietro di sé.

Capitolo ventesimo

Cidrolin fece un po' di pulizia nel quadrato, poi uscí sul ponte. La Contessa e Felisa venivano avanti per la consumazione di salsiccia; furono invitate, in conformità alle istruzioni ducali, a dirigersi verso la Sirena Storta. Ottemperarono. Se n'erano andate già da sedici minuti, quando Lalice fece la sua comparsa. Aveva in mano la valigia.

– Addio, – disse.

Posò la valigia, tese la mano a Cidrolin.

Egli dovette dedurne che lei se n'andava, indi provare il bisogno d'esprimere questa sua deduzione, inquantoché disse:

– Se ne va?

– Come vede.

– Ha buoni motivi per farlo?

– Non mi piacciono gli svitati.

– A chi allude?

– Io a lei m'ero affezionata. Credevo che la perseguitassero.

Si mise a piangere.

– Su, su, – fece Cidrolin. – Ce l'ha su con me?

– Zzí, – rispose lei tirando su dal naso, – mi ha preso in giro.

– Non ho preso in giro nessuno. M'ero solo trovato qualcosa da fare. Una distrazione e nient'altro.

– Bisogna essere svitati in testa per fare cose cosí.

– Meglio quello che andare all'osteria.

– E poi beve troppo.

– M'ha mai visto sbronzo?

– Lei dev'essere imbevuto d'essenza di finocchio, quando va a scarabocchiare i suoi ghirigori. Insultarsi da solo! E perché non mettersi col sedere all'aria, visto che c'è?

– Non è il mio genere, – disse Cidrolin. – E poi credo che lei faccia un po' di confusione.

– Confusione di che con che? Non si metterà mica a discettare, adesso.

E riprese a piangere.

– Su, su, – disse Cidrolin. – Se l'ho fatta soffrire, ci resto proprio male.

– Poteva pensarci prima.

Arginò col fazzoletto la piena che le invadeva le gote, poi si soffiò il naso.

– Me ne vado, – aggiunse.

Prese la valigia.

– E cos'andrà a fare? – domandò Cidrolin. – Tornerà a cercare il signor Albert? Cercherà lavoro? Tornerà a casa?

– Cosa gliene importa? Una volta che sarò uscita dalla sua vita!

Quel che aveva detto la fece singhiozzare talmente che dovette metter giú di nuovo la valigia.

– Se la fa piangere cosí, non ne esca, – disse Cidrolin.

– È tutto quello che sa dirmi?

Ringoiò le lacrime, riprese in mano la valigia, disse addio e partí d'un passo deciso. Cidrolin la guardò salire per il pendio, spingere il cancelletto della staccionata, allontanarsi.

Al bar dell'angolo del ponte, si fermò a prendere un caffè. Sedute ai tavolini sul marciapiede c'erano delle coppie che facevano ventosa e si palpavano prima d'andare al lavoro. Questo spettacolo incitò Lalice a lasciar scorrere ancora qualche lagrima e ad asciugarla con discrezione. Dentro il bar, degli alchimisti compilavano la schedina del Totip. Tra loro figurava il giustiziere. Lalice s'affrettò a prendere il caffè e ad andarsene.

Alla stazione dove aveva incontrato il signor Albert, lasciò la valigia al deposito bagagli e andò a prendere un altro caffè per considerare un momentino la situazione. S'andò a sedere in una grande birreria, con un mucchio di avventori, un mucchio di camerieri, un mucchio di maîtres. Sul marciapiede passavano mucchi di pedoni, e mucchi di auto per la via. C'era uno strillone che strillava, una alchimista che scampanellava cercando di vendere biglietti della lotteria.

Lalice restò lí, intontita, stupefatta, per un'ora buona, cioè a dire per sessantaquattro minuti primi. Poi, tutt'a un tratto, eccola che paga, sale su un autobus, scende, fa il suo ingresso nel Bar Biturico, un bar che vuole aver l'aria di somigliare agli altri bar. Si siede, il locale è vuoto; né avventori, né padrone. Una botola aperta sembra voler dire che quest'ultimo si dà da fare in cantina, non si sa a che pro. Approfittando della solitudine, Lalice piange pian pianino.

Improvvisamente al livello dell'impiantito appare un

berretto tra il largo e lo stretto, di panno soffice, a quadretti bianchi e neri. Lalice si tampona occhiuzzi e nasino col fazzoletto già zuppo mentre il copricapo sinteticamente descritto piú sopra s'eleva lentamente sopra il livello del suolo. A esso fa seguito una testa, indi le restanti parti del corpo, dalle spalle alle suole delle pantofole, pantofole tra il largo e lo stretto, di panno soffice a quadretti bianchi e neri. Il tutto chiude la botola, ruota su se stesso di trentasette gradi. È a questo punto che nel suo campo visuale entra una giovine in atto di guardare, con occhio vago, una riproduzione dell'*Ercole morente* di Samuel Finley Breese Morse riflessa in uno specchio.

– Cosa vuole, lei? – domanda il padrone. – Qui non serviamo donne sole. Che si crede?

– Aspetto il signor Albert, – risponde Lalice con voce sottomessa.

– Albert? Quale signor Albert? Crede che conosca per nome tutti i miei clienti?

Dà un colpo d'occhio circolare per indicare la vastità della cosa, vastità che va dedotta dalla constatazione del deserto circostante. Lalice insiste.

– Sapete chi voglio dire. Il signor Albert, via, il signor Albert. Non ho mica cattive intenzioni. Ho bisogno di parlargli. L'aspetto qui.

Onesiforo solleva il berretto e si gratta l'occipite con tanta energia che i mascellari finiscono per muoversi e lasciar fuoruscire dallo iato cosí venuto a formarsi le seguenti parole:

– E be' il signor Albert, se è proprio lui che cerca, guardi che è in galera.

– No!

– Ho l'aria d'un bugiardo?

Rincalza il copricapo in capo con aria minacciosa.

– Si chiama avere jella, – mormora Lalice.

– Di signori Alberti ne trovi dei vagoni, se non è che questo.

– Io avevo fiducia in lui.

Sta per rimettersi a piangere. Onesiforo corre ai ripari:

– Dacci un taglio, dacci un taglio, – fa. – Non lo rivedrai tanto presto il tuo signor Albert. Non tanto presto. Allora dacci un taglio... Dacci un taglio...

Con aria tragica Lalice s'alza ed esce, chiudendo accuratamente la porta dietro di sé, mentre il padrone dietro il banco del bar s'accascia in lacrime.

Lalice va per la sua strada, una strada che non è poi una strada in quanto non porta in nessun posto, per quanto non è che ci si trovi in una foresta, ma Lalice cammina a caso, ci manca poco che se ne vada via col vento, perché c'è vento, siamo di novembre, piove, pure, e Lalice continua la sua strada sotto la pioggia, però laviengiuchediolamanda e Lalice finisce per fermarsi sotto un portico. Sul suo viso si mescolano gocce di pioggia e lagrime.

– E cosí, – dice la Contessa, – vi siete fatta una bella doccia.

– Bee, bee, – dice Felisa.

Lalice le guarda, inebetita.

– Qualcosa che non va? – chiede la Contessa. – Smicciate con un'aria come se v'avessero venduto dei fagioli che non vogliono cuocere. Uh! Ci riconoscete o no?

– Buongiorno signora, – fa Lalice, in tono da non compromettersi.

– Salve! – dice la Contessa.

– Bee, bee, – dice Felisa.

– Ci siamo messe un po' al riparo, – dice la Contessa, – e appena accenna a spiovere scappiamo alla macchina, laggiú, – (gesto), – all'angolo. Venite con noi? Abbiamo appuntamento con Jojo e Poussepousse per pranzo. Pranzate con noi? Andiamo in un extra-lusso che non bastano tre stelle per classificarlo, ci vuole tutta una costellazione. Tanto per dirvi che a tavola non ci annoieremo, vero, Felisa?

– Bee, bee, – risponde Felisa mostrando la punta della lingua bavosa.

– Piove un po' meno, – dice la Contessa. – Si va?

– No, grazie, signora, – mormora Lalice.

– Dài, non far storie!

Spinge Lalice; Felisa segue al trotto.

– Ma se voi restate con noi a pranzo, a lui chi è che gli fa la pappa? – domanda il Duca, quando s'incontrano all'Extralusso Superconstellation.

– Non gliela farò mai piú, – dichiara Lalice. – Io mai. Mai piú. Vado via. Tra noi tutto è finito.

E scoppiò in lamentevoli singhiozzi.

– Ah no, eh! – esclamò il Duca. – Non vorrà mica rovinarci il pranzo!

– Raccontateci cosa vi succede, – mormorò audacemente Pouscaillou.

– Non mi piacciono gli svitati, – disse Lalice tra le lagrime.

– A chi alludete? – chiese il Duca.

– Cidrolin, – balbettò Lalice. – È lui che...

– Sappiamo, sappiamo, – disse il Duca, seccato. – E con ciò?

– Non è mica normale, – disse Lalice.

La sua risposta fece sorridere il Duca che continuò a dialogare in questi termini:

– Avete un debole per lui?

– L'avevo.

– Oh: l'amate.

– Zzzí, l'amavo.

– E vi sembra normale, questo?

Lalice, sorpresa, restò zitta.

Il Duca continuò:

– Scommetto che l'amate ancora.

Lalice non rispose.

– È vero?

– Sí.

– E questo sarebbe normale?

Lalice non replicava.

– Vedete, – disse il Duca. – Niente è normale.

Soggiunse:

– Coraggio! Dopopranzo tornerete dal vostro Cidrolin. Promesso?

Lalice mormorò:

– Zzzí.

Il Duca si rivolse alla Contessa e le disse:

– Vedete. Non c'è niente di difficile.

Batté le mani e proclamò:

– Per cominciare, maître, salsiccia! Per secondo, maître, salsicciotto! E per dessert, delicatessen! Ecco quel che si dice un menu ben assortito. Il tutto con barbe di caviale e altre moscovitterie! E champagne!

Si rimpinzarono di sanguinacci, migliacci e altri capricci, ma Lalice aveva fretta di tornare alla chiatta. Dopo il caffè, se la squagliò con discrezione mentre il Duca si concedeva un'ultima bottiglia di champagne, la nona.

I due cavalli erano legati fuori, al palo d'un divieto di sosta. I passanti al vederli si trasformavano per qualche istante in curiosi, poi ritornavano alla loro primitiva natura. Un gruppetto di vigili urbani era assorto in una vaga discussione. Il tutto non riusciva a costituire assembramento. Lalice non indugiò, dato che conosceva appena Sten e Stef. Essendosi concessa un tassí, si fece deporre davanti al bar dell'angolo per comprare sigarette. C'erano alcune coppie intente coscienziosamente a far ventosa, mentre alcuni alchimisti aspettavano che un piccolo apparecchio li rendesse edotti sull'esito delle loro distillazioni.

Lalice uscí dal bar, s'avviò per il boulevard. Da lontano scorse un assembramento; s'avvicinò; si distinguevano i furgoni della polizia, i camion dei pompieri.

– Mannaggia, – disse a mezza voce. – Cos'altro diavolo è successo?

– È crollato un casamento in costruzione, – rispose un passante che veniva in senso contrario. – Non era abitato, naturalmente, dato che non era ancora finito. C'era dentro solo il guardiano. Stanno estraendolo dalle macerie. Le interessa quel che le sto dicendo?

– Poco, – rispose Lalice.

– Lei è un tipo difficile, – replicò il passante e s'allontanò scoraggiato.

Il boulevard è bloccato.

– Abito là, – fa Lalice. – Sulla chiatta.

La lasciano passare.

Va a cercare Cidrolin. Di Cidrolin, sulla chiatta, neanche l'ombra. Si siede nel quadrato, accende una sigaretta, stende il tappeto verde, comincia un solitario. Cidrolin intanto era sulla via in mezzo ai curiosi. C'è chi lavora: sgombrano la strada, cercano di disseppellire il portinaio, filmano per il cinegiornale e la tivú. Avvicinandosi la notte, intervengono unità dell'esercito munite di proiettori. È un bellissimo spettacolo, ma dei proiettori non ci sarà bisogno. Ecco che qualcosa vien tirato fuori dai rottami: è il cadavere di La Balance, molto mal ridotto; vien fatto sparire con rapidità e discrezione. La via è libera, ricomincia il traffico, i curiosi vanno a curiosare altrove, i passanti ripassano, mantenendosi rari ma qualificandosi come notturni. Nella notte s'allontanano vigili urbani, militari, pompieri.

Sulla soglia del suo cancelletto, Cidrolin vede cancellarsi a poco a poco tutte queste notizie di cronaca cittadina. Voltandosi, s'accorge che a bordo della chiatta c'è una luce accesa.

– To', – disse a mezza voce, – saranno già tornati gli ospiti.

Non gli rispose alcun passante.

Scese per il pendio, superò la passerella, entrò nel quadrato. Lalice schiacciò la cicca nel portacenere ormai colmo e gli sorrise.

– Vien bene, il solitario? – chiede Cidrolin sedendosi di fronte a lei.

Lalice non rispose; girò un'altra carta, poi un'altra ancora, e tutt'a un tratto si batté la punta delle dita sulla fronte esclamando:

– La mia valigia! Mi son scordata la valigia al deposito!

– Vado a prenderla. A che stazione?

– Non si disturbi. Ci andrò domattina.

– Come vuole.

Dopo un breve silenzio, Lalice riprese:

– Ne son successe di cose durante la mia assenza.

– Mica tante. La casa di fronte è caduta sulla testa del portiere.

– E che ne è di Minosse?

– Morto.

– E lei? Il lavoro da pittore?

– Son disoccupato.

– Ne son successe davvero di cose durante la mia assenza.

Dopo un breve silenzio, Cidrolin riprese:

– Poveraccio.

– Chi?

– Il portinaio.

– Perché poveraccio? Era un rompiballe e un assassino.

– Però è morto.

– Certo, c'è poco da ridere, ma di lui ne possiamo proprio fare a meno. Noi non ci abbiamo proprio niente a che vedere.

Prese una sigaretta e l'accese. Aggiunse:

– A meno che...

Dopo un breve silenzio, riprese:

– Non doveva essere cosí mal costruito, quel caseggiato. Non sarà mica venuto giú da solo. No?

Dopo un breve silenzio, Cidrolin rispose:

– Io sono pittore, non architetto.

Sorrise gravemente e concluse:

– È vero: noi non ci abbiamo proprio niente a che vedere.

Lalice schiacciò nel portacenere la sigaretta appena cominciata e disse:

– Andrò a far da cena.

– C'è ancora del salsicciotto nel frigo, – disse Cidrolin, – ma d'andare a comprare il pane non me la son sentita. Vuole che vada?

– Non val la pena. Ne faremo a meno.

Lalice s'alza, mette a posto le carte e il tappeto; quand'è sulla soglia, Cidrolin propone:

– Dopocena si va al cinema?

Tornando dal cinema, trovarono i cavalli sul ponte della chiatta, e gli ospiti nel quadrato. Cidrolin va a vedere che succede.

– C'è successo un guaio, – esclamò il Duca di slancio. – Il carro bestiame è stato schiacciato nel crollo! Gli è cascata addosso un'enorme putrella. Non potreste ospitare Sten e Stef nella stiva?

– Vediamo d'arrangiarci, – disse Cidrolin.

– E non è tutto, – continuò il Duca con lo stesso slancio. – Anche sulla mia vettura son finiti dei pietroni; si può dire che me l'han messa fuori uso. E siccome quella di mamma Empoigne è rimasta in panne questo pomeriggio, mi domando come faremo ritorno a casa nostra.

– Avete intenzione di tornare a casa? – domandò Cidrolin.

– Quanto a loro, poi, – soggiunse il Duca non raccogliendo la domanda, – hanno ammaccato il motoscooter.

– Un tandem a motore, – disse l'abate Riphinte.

Rifacendo il conto Cidrolin s'accorse che da quattro che erano, i suoi ospiti erano diventati sei.

– Un eccellente mezzo di trasporto, – disse Monsignor Biroton.

– Quanto di meglio ci sia, – disse l'abate Riphinte.

– Marca italiana, – disse Monsignor Biroton.

– L'abbiamo comprato a Trento, disse l'abate Riphinte.

– Sí, – disse il Duca. – Sono tornati dal concilio.

– Vi abbiamo sostenuto alcune tesi sul monoteismo dei popoli preistorici, – disse Monsignor Biroton.

– Le pitture parietali ne sono una prova evidente, – disse l'abate Riphinte.

– E la fidanzata? – domandò il Duca a Cidrolin interrompendo gli ecclesiastici. – Non è qui?

– Sí, sí, – disse Cidrolin, – era stanca, è andata a letto.

– Si capisce, – disse il Duca, – le emozioni.

– E già, – disse Cidrolin e s'affrettò ad aggiungere: – Vado a vedere i cavalli.

E uscí.

Scoperchiò il boccaporto della stiva. Poi si mise in posizione di pensatore ritto in piedi e restò a lungo in questa posizione, finché non sentí una voce alle sue spalle che diceva:

– Basta metterci una tavola abbastanza lunga perché noi si possa scivolare giú.

Cidrolin si voltò; c'erano i due cavalli, nessun altro.

– E per tornare su? – domandò. – Come farete?

– Oh, per quello ci vorrà una gru e un sottopancia, – rispose Sten. – E una certa quantità di forza, la cui unità di misura porterà d'ora in poi il mio nome, mille volte piú grande di quello di Newton.

– Una volta che siete là sotto, rischiate di restarci.

– Toccherà a voi arrangiarvi. Per il momento, non abbiamo nessuna voglia di passare la notte fuori, soprattutto se si mette a piovere. Vero, Stef?

Siccome Cidrolin non si muoveva, Sten riprese la parola in questi termini:

– Si fa tardi. Se cercate bene, una tavola abbastanza lunga la si deve trovare. Quella che fa da passerella, per esempio.

Cidrolin seguí il consiglio di Sten.

E, messi i cavalli al riparo, andò a dormire.

Capitolo ventunesimo

Quando Cidrolin l'indomani mattina uscí sul ponte, scorse il Duca che tagliava gli ormeggi con un coltello da cucina, mentre Empoigne e gli ecclesiastici, per mezzo di pertiche, scostavano faticosamente la chiatta dalla riva.

– Si può sapere cos'è che state facendo? – domandò Cidrolin, con cortesia.

– Torno a casa, – rispose il Duca.

E poiché Cidrolin si disponeva a porre alcune domande complementari, il Duca, autoritariamente, disse:

– Se ne parlerà piú tardi.

Cidrolin, grattandosi la testa, andò in cucina. Lalice stava facendo rosolare i salsicciotti.

– E cosí, – disse lei, – ci si mette in viaggio?

– Pare di sí.

Non si dissero altro. Cidrolin poi andò nel quadrato. Vi trovò varie dame e damigelle che aspettavano in silenzio la colazione. Tornato sul ponte, s'accorse che i suoi ospiti continuavano a moltiplicarsi. Il Duca dava ordini, interpellava i nuovi venuti. L'ultima gomena era stata resecata; la chiatta s'allontanava dalla riva. Cidrolin fece dietro-front, tornò in cucina. Gli altri non gli badavano nemmeno. Prese Lalice per un braccio, la spinse sul ponte.

Pian piano la chiatta risaliva il corso del fiume. Il Duca s'era messo al timone e pareva prender gusto al suo lavoro. Scorse Cidrolin e Lalice che scendevano nel canotto e lo staccavano; presto raggiunsero la riva; sparirono.

Fu allora che si mise a piovere. Piovve per giorni e giorni. C'era tanta nebbia che non si poteva sapere se la chiatta andava avanti o indietro o se restava ferma. Finí per arenarsi in cima ad una torre. I passeggeri sbarcarono, Sten e Stef con qualche sforzo; s'erano ridotti magri e fiacchi da non poterne piú, poverini. All'indomani le acque s'erano ritirate nei letti e ricettacoli consueti e il sole era già alto sull'orizzonte, quando il Duca si svegliò. Si avvicinò ai merli per considerare un momentino la situazione storica. Uno strato di fango ricopriva ancora la terra, ma qua e là piccoli fiori blu stavano già sbocciando.

Nota del traduttore

«Secondo un celebre apologo cinese, Chuang-tzé sogna d'essere una farfalla; ma chi dice che non sia la farfalla a sognare d'essere Chuang-tzé? E in questo romanzo, è il Duca d'Auge che sogna d'essere Cidrolin o è Cidrolin che sogna d'essere il Duca d'Auge?

«Un intervallo di 175 anni separa le apparizioni del Duca d'Auge nella storia. Nel 1264 incontra san Luigi; nel 1439 compra cannoni; nel 1614 scopre un alchimista; nel 1789 si dedica a una strana attività pittorica nelle caverne del Périgord. E finalmente nel 1964 avviene il suo incontro con quel Cidrolin che egli aveva sempre visto in sogno immerso nella piú assoluta indolenza su di un barcone amarrato stabilmente a riva. Anche Cidrolin, dal canto suo, non fa che sognare... La sua sola occupazione sembra essere quella di riverniciare la staccionata lungo il suo tratto di banchina, imbrattata dalle scritte ingiuriose d'uno sconosciuto.

«Chi sia questo sconosciuto, lo si scoprirà come in un romanzo poliziesco vero e proprio. Quanto ai fiori blu...»

Cosí il risvolto di copertina, certo di mano di Queneau, che presentava Les fleurs bleues *nella sua prima edizione, Gallimard 1965. Appena presi a leggere il romanzo, pensai subito: «È intraducibile!» e il piacere continuo della lettura non poteva separarsi dalla preoccupazione editoriale, di prevedere cosa avrebbe reso questo testo in una traduzione dove non solo i giochi di parole sarebbero stati necessariamente elusi o appiattiti e il tessuto di intenzioni allusioni ammicchi si sarebbe infeltrito, ma anche il piglio ora scoppiettante ora svagato si sarebbe intorpidito... È un problema che si ripropone negli stessi termini per ogni libro di Queneau, ma questa volta sentii subito che in qualche modo il libro cercava di coinvolgermi nei suoi problemi, mi tirava per il lembo della giacca, mi chiedeva di non abbandonarlo alla sua sorte, e nello stesso tempo mi lanciava una sfida, mi provocava a un duello tutto finte e colpi di sorpresa. Fu cosí che mi decisi a provare. Il problema era di rendere il meglio possibile le singole trovate, ma farlo con leggerezza, senza che si sentisse lo sforzo, senza creare intoppi, perché in Queneau anche le cose piú calcolate hanno l'aria d'esser buttate lí sbadatamente. Insomma, bisognava arrivare alla disinvoltura d'un testo che sembrasse scritto direttamente in italiano, e non c'è niente che richieda tanta attenzione e tanto studio quanto rendere un effetto di spontaneità.*

La traduzione che qui si ristampa (identica a come uscí nel 1967, se non per minimi ritocchi) è un esempio speciale di traduzione «inventiva» (o per meglio dire «reinventiva») che è l'unico modo d'essere fedeli a un testo di questo tipo. A definirla tale già bastano le prime pagine, coi calembours *sui nomi dei popoli dell'antichità e delle invasioni barbariche (che introducono fin dall'inizio il tema del disfacimento della Storia) molti dei quali in italiano non funzionano e possono essere resi solo inventandone di nuovi al loro posto.*

Fin lí si trattò solo d'un divertimento. I problemi cominciano in seguito, con i continui cambiamenti di registro e i diversi tipi d'intervento che essi richiedono. Ci sono giochi di cui si trova subito un equivalente non troppo lontano (se Q. per dire «folclorico» dice aussi faux que lorique, *possiamo provare a mettere «tanto folle quanto clorico»); ci sono giochi in cui l'italiano offre occasioni piú felici del francese (la battuta «Il diavolo fa le pentole ma non i copernichi», in una discussione astronomica del Seicento, dà forse qualcosa di piú che* Copernic soit qui mal y pense*); ce ne sono altri che non permettono di cavarsela con leggerezza e obbligano ad arrampicarsi sugli specchi (al capitolo terzo compare una ragazza canadese d'origine pellirossa* iroquoise, *termine che Q. associa con* ironie, ire, *e scompone in* ire au quoi; *in questi casi, perché quel tenue spunto non si perda, io non so resistere alla tentazione di dilatare, sovraccaricare e talora esorbitare: «L'irochese ironizzata si fa irosa od irritata» è una frase – addirittura in versi: due ottonari rimati – che ho introdotto io di mio arbitrio, ma che penso renda tutte le intenzioni dell'originale).*

Altro problema sono le citazioni di poesia francese nascoste nel testo, o spesso neanche nascoste ma spiattellate lí come luoghi comuni. In qualche caso ho sostituito la citazione attingendo al patrimonio della memoria poetica italiana corrente e scegliendo qualche verso magari completamente differente ma che facesse al caso in quel dato punto; altrove ho messo in evidenza la citazione lasciandola in francese (e addirittura aggiungendo l'indicazione della fonte, che solo per il lettore francese può considerarsi sottintesa). In altri casi poi, quando erano proprio quelle parole che contavano, ho tradotto pianamente, trascurando i precedenti e gli echi.

Poi ci sono i localismi contemporanei. Per esempio, Q. chiama un personaggio che fa il conducente d'autobus ératépiste, *dalla sigla Ratp (Régie Autonome des Transports Parisiens); ho cercato di conservare almeno la rigidezza della denominazione chiamandolo sempre «Dipendente trasporti pubblici».*

E ci sono le allusioni all'attualità, con effetto anacronistico. Per esempio, nell'espressione del parlato sgrammaticato à quoi na sert?, *come battuta d'un dialogo a proposito delle Crociate in Egitto, si può leggere «Nasser». Io me la sono cavata come ho potuto.*

La maggiore difficoltà in Queneau sono le espressioni del parlato popolare, che diventano motivi ricorrenti e in cui consiste il vero spirito del libro, come nel capolavoro queneauiano Zazie. *Qui la battuta ricorrente dello sfiduciato Cidrolin è:* Encore un de foutu. *Io ho cercato di renderne la funzione ritmica di ritornello rassegnato, con «Anche questa l'ho in quel posto», espressione che però suona piú volgare che in francese; ma questo scarto verso la volgarità è un rischio che si corre sempre, quando si cercano equivalenti italiane a espressioni del francese popolare.*

*L'ironia culturale è piú facile da rendere che i valori legati al parlato, all'*argot, *all'uso corrente. Tra i giochi piú dotti, c'è quello del Duca d'Auge che usa parole che non potevano essere note ai tempi suoi come* péniche, siesta, mouchoir, *e alla domanda «*Vous pratiqueriez donc le néologisme, messire?*», spiega che è suo privilegio prevedere la forma che le parole assumeranno in futuro se-*

guendo il filo delle etimologie. Naturalmente, per parole italiane di diversa radice ho dovuto cambiare la catena delle derivazioni.

Senza problemi invece passa in italiano il pastiche di Robbe-Grillet, nella descrizione d'un bar e soprattutto del berretto a pallini del padrone (il nome del locale, Bar Biture, riporta al tema del sonno, dominante in tutto il libro, cosí come il nome del padrone, Onésiphore, che è lo stesso di quello del vescovo del Duca, stabilisce una delle tante corrispondenze tra le due storie parallele).

Pure senza difficoltà di traduzione sono i dialoghi sulla linguistica, satira della «disciplina pilota» di quegli anni, e quelli sulla storia («la storia universale in generale e la storia generale in particolare») in cui passano termini della discussione storiografica piú aggiornata come histoire événementielle o che avranno fortuna in seguito come microhistoire. Poi la psicanalisi con la sua Traumdeutung... Le scienze umane, insomma, sono rappresentate tutte quante.

L'identità tra storia e attualità, tra cultura e senso comune impronta di sé il linguaggio del libro. Gli ambienti storici visitati dal Duca d'Auge nel suo viaggio nel tempo corrispondono quasi tutti ad argomenti alla moda nella cultura francese recente: l'alchimia (col suo lessico misterioso), Gilles de Rais, Sade («il mio buon amico Donatien»), le caverne di Lascaux e di Altamira. Non mancano neppure le allusioni a Heidegger e ai suoi Holzwege, i «sentieri che non portano da nessuna parte»...

Per qualcuna delle difficoltà ho avuto la fortuna di poter consultare l'autore, a voce e per lettera (e l'amicizia che è nata da quel rapporto è stato il frutto piú prezioso *di questo lavoro). Rimpiango solo di non avergli chiesto di piú, e non solo sul significato letterale delle frasi. Ma eravamo due conversatori laconici, purtroppo, e in Queneau l'ammirazione per Mallarmé forse si fondava anche sull'affinità nel temperamento taciturno, almeno a quanto suggerisce una lettera che mi scrisse. L'avevo interpellato sui nomi dei due cavalli parlanti del Duca d'Auge, che si chiamano Démosthène e Stéphane. Il perché del primo nome è chiaro, dato che è un cavallo parlante che tende all'eloquenza, ma l'altro, che solo bofonchia poche frasi, perché si chiama cosí? «Le Stéphane en question, – mi rispose Q., – c'est (pour moi) Stéphane Mallarmé. Il était peut-être "causant" à ses mardis, mais son œuvre fait – me semble-t-il – penser à la concision, sinon à la taciturnité».*

Ricordo anche che gli domandai del titolo Les fleurs bleues, *che richiede soltanto una traduzione letterale (la scelta di «blu» anziché «azzurri» m'era parsa piú scattante e queneauiana) ma che resta misterioso come significato in rapporto al libro. Mi spiegò il significato francese dell'espressione, che indica ironicamente le persone romantiche, idealiste, nostalgiche d'una purezza perduta, ma non mi diede altri lumi sul valore di questa immagine nell'insieme della vicenda del Duca d'Auge e di Cidrolin, questione sulla quale i commentatori di Q. ancor oggi continuano a discutere.*

L'espressione fleurs bleues *compare due volte nel romanzo, all'inizio e alla fine. All'inizio il Duca d'Auge, partendo da Larche (attenti al nome!) esclama: «*Loin! Loin! Ici la boue est faite de nos fleurs*». Si tratta d'un verso di Baudelaire, con un cambio di consonante («*Loin! loin!

ici la boue est faite de nos pleurs! » *in* Moesta et errabunda *nelle* Fleurs du mal*). In Q., il fango è quello della Storia che si disfa («Resti del passato alla rinfusa si trascinavano ancora qua e là») e di cui tutto il profitto che si può ricavare sono « un po' di giochi di parole» e «un po' d'anacronismi»; ma è certo che questa fanghiglia contiene tanto i «fiori» degli ideali delusi quanto i «pianti» di cui la realtà della Storia è inzuppata.*

*Al finale, quando il Duca d'Auge approda con la chiatta di Cidrolin trasformata in Arca di Noè (*l'Arche*) per attraversare il diluvio e arrivare alla meta sognata (cioè uscire dal Tempo? o ricominciare l'Eterno Ritorno d'un tempo ciclico?) vediamo che «uno strato di fango copriva ancora la terra, ma qua e là piccoli fiori blu stavano già sbocciando».*

Ideali e sogni contro lo spessore della vita che ci circonda: l'ombra del Don Quijote *che s'affaccia a metà delle* Fleurs bleues *(evocata da un lettore aggiornato nel 1614, data della prima traduzione francese) ci invita a vedere in questo libro una variante moderna del capolavoro cervantino. Ma c'è chi ricorda anche il Calderón de* La vida es sueño, *almeno nel tema generale dell'incertezza tra i due termini. E, passando alla problematica del sogno nel Romanticismo tedesco, s'impone per piú d'un motivo il riferimento all'*Henrich von Ofterdingen *di Novalis, dove un giovane sogna un* fiore azzurro *simbolo dell'ideale, della poesia, della vita pura e perfetta, e lo cerca attraverso esplorazioni nella storia e nella natura.*

*Siamo in un clima letterario e intellettuale completamente diverso? Sí, ma non senza rapporti. Una trentina d'anni prima, Q. aveva seguito all'*École des Hautes Étu-

des i corsi di André Kojève sulla filosofia di Hegel, non solo ma era stato lui a redigere i testi dei corsi e a pubblicarli. L'immagine di Hegel che Kojève consegnava alla cultura francese era ben diversa da quella di «filosofo della Storia» che da piú d'un secolo circolava nella cultura italiana; era sulla «uscita dalla Storia», attraverso la conquista della Saggezza che Kojève metteva l'accento. Questa idea centrale si ritrova in piú d'un romanzo di Q., ma mai in modo cosí esplicito come nelle Fleurs bleues. *Le parodie caricaturali di fatti storici ed epoche possono essere facili e scontate, ma quel che ci mette Q. è una specie di sarcasmo contro il tempo e i suoi valori, contro l'«homo historicus» rappresentato dal frenetico Duca d'Auge (non incline però all'interventismo: si rifiuta di partecipare alla Crociata, e sta ben attento d'evitare di trovarsi in mezzo alla Rivoluzione francese), contrapposto all'uomo statico per eccellenza, che sonnecchia su una chiatta immobile sulla Senna e la cui unica attività è il sogno.*

Il Duca d'Auge, il divenire storico, sono sogni dell'uomo che vive solo nel presente? O l'eterno presente è solo un sogno che s'alza dal fluire del tempo senza riposo? La mano della coscienza infelice che scrive sulla staccionata di Cidrolin la parola «assassino» è quella di Cidrolin stesso che s'assume le colpe del proprio sogno cioè della Storia, oppure fa parte del sogno del Duca d'Auge che aspira a una redenzione in cui tutte le colpe siano cancellate da una mano di vernice?

Ma l'uscita dalla Storia non è quella che può contemplare un Cidrolin che annega i suoi oscuri rimorsi nel pernod («essenza di finocchio»), né è il fangoso camping internazionale lí vicino col suo sogno di fraternità interna-

zionale (ammucchiata geografica allo stesso modo che all'inizio del romanzo il campo fangoso del Duca d'Auge si presenta come un'ammucchiata storica) custodito da un giustiziere fanatico. Sbarcato Cidrolin, sarà il Duca d'Auge a prendere il comando dell'Arca che miracolosamente si mette a navigare senza bisogno di rimorchiatore e raggiunge il suo monte Ararat. E gli abitanti dell'Arca sono un'allegoria complessa: comprendono (coi due cavalli) gli usi della parola nell'argomentazione e nell'elusività poetica e profetica, cosí come (con la figlia idiota del Duca) l'umanità («preadamitica»?) di prima del linguaggio.

Le interpretazioni piú convincenti del romanzo (come quella di Vivian Kogan) sono in questa direzione della fine della Storia secondo lo Hegel di Kojève. Ma non bisogna dimenticare che negli stessi anni dei corsi di Kojève, Q. seguiva alla stessa Scuola anche quelli sulla gnosi dello storico delle religioni H. C. Puech. Les fleurs bleues, *secondo Alain Calame, si legano alla simbologia gnostica e ai suoi derivati, soprattutto a Gioacchino da Fiore (non si chiama Joachim il Duca d'Auge?) decifratore delle corrispondenze tra Vecchio e Nuovo Testamento (le due storie che s'alternano nel romanzo sono piene di corrispondenze) e teorizzatore delle Tre Età che sviluppano nel tempo i tre aspetti di Dio, finché l'Età dello Spirito non pone fine alla Storia. È appunto a questa Età dello Spirito che tende il viaggio di Joachim de* Les fleurs bleues.

E ancora: il tempo per gli gnostici è la parodia involontaria dell'Eternità; dunque il giustiziere Labal, guardiano del palazzo in costruzione che muore sotto le macerie del crollo, potrebbe essere, sempre secondo Alain Calame, l'Arconte che finisce nella propria trappola...

Ho voluto solo informare dei piú recenti tentativi d'interpretazione. Ma resta sempre in piedi il primo, quello psicanalitico (Anne Clancier) che ha dalla sua il fatto d'esser stato proposto vivente l'autore e non smentito da lui. Il belluino e sempre euforico Auge sarebbe l'Es, Cidrolin un Ego sonnacchioso e pieno di complessi di colpa, Onésiphore Biroton la Censura, Labal il Super-Ego. Ed è solo l'Inconscio che ha preso coscienza di se stesso attraverso i sogni che può sbloccare la barca e guidarla verso il recupero dell'innocenza...

Si tratta pur sempre d'un libro che non parla d'altro che di sogni e d'interpretazione dei sogni, e dove si dichiara: «Rêver et révéler, c'est à peu près le même mot». *Questa è una frase che non ho potuto tradurre; chiude una battuta di Cidrolin che contiene una grande verità tanto per la psicanalisi quanto per la letteratura: «Sta' attento con le storie inventate. Rivelano cosa c'è sotto. Tal quale come i sogni».*

ITALO CALVINO

Indice

Stampato per conto della Casa editrice Einaudi
presso Mondadori Printing S.p.A., Stabilimento N.S.M., Cles (Trento)

C.L. 13984

Edizione						Anno			
10	11	12	13	14	15	2003	2004	2005	2006